域外对联大观

郭华荣 王玉彩 常江 编著

YUWAI DUILIAN DAGUAN

山西出版传媒集团
山西教育出版社

图书在版编目（CIP）数据

域外对联大观 / 郭华荣，王玉彩，常江主编. — 太原：山西教育出版社，2023.12
ISBN 978-7-5703-3756-9

Ⅰ.①域… Ⅱ.①郭… ②王… ③常… Ⅲ.①对联-作品集-世界 Ⅳ.①I16

中国国家版本馆CIP数据核字（2024）第026657号

域外对联大观
YUWAI DUILIAN DAGUAN

责任编辑	康　健
复　　审	任小明
终　　审	李梦燕
装帧设计	李　珍
印装监制	蔡　洁

出版发行	山西出版传媒集团·山西教育出版社
	（太原市水西门街馒头巷7号　电话：0351-4729801　邮编：030002）
印　　装	山西人民印刷有限责任公司
开　　本	787×1092　1/16
印　　张	20.5
字　　数	418千字
版　　次	2024年5月第1版　2024年5月山西第1次印刷
书　　号	ISBN 978-7-5703-3756-9
定　　价	78.00元

撷玉采珠跨五洲（序）

郭华荣

从事新闻出版工作的我，后半生力所能及地参与了中国楹联学会创始人常江先生倾情关注的三件事：

一是在《楹联通讯》基础上，办好《对联》杂志这一海内外唯一公开发行的会刊。《常江文集》"鸿雁纷飞"卷中，他写给我和赵云峰老师的121封信就是佐证，我至今仍为刊物之终审。正如赵云峰老师所言："咱们从筹办、搭台、唱戏以来，虽然没有像桃园三结义那样结拜兄弟，但都是志同道合、对楹联事业以身相许的人，这个坚如磐石的基础是牢不可破的。"

二是按照我们三人（常江、郭华荣、刘太品）签订的"捐赠对联图书生死议定书"，先后将几十年精心收藏的数千册古今图书，无偿捐赠给馆址在天津的中国对联图书馆，为广大楹联爱好者服务，将小爱化为大爱。

三是共同收集域外对联，研究对联在海外的传播与交流。对此议题，我们虽然没有什么具体约定，但都一直心照不宣地认真而持续地做着。这不，将我们三十多年收集的域外对联资料合在一起，由常江先生及其夫人王玉彩女士夜以继日精心整理，分类汇总，历时一年编成这本《域外对联大观》。

这本书分上、下两编，按照名胜、祠庙、佛寺、团体、行业、节庆、恭贺、悼念、题赠、杂题十大类，汇集亚洲、欧洲、非洲、大洋洲、南北美洲50个国家的华文对联，有3500多副，名副其实之"大观"也。

喜庆之余，回顾这些年搜集域外华人对联资料的艰难过程，以及不时出现的那种满足感，真的是感慨万端。联想当年为"抢救国宝，振兴联艺"，杨家梁、刘作忠立下"一定要在有生之年，把祖国大地上的对联记录下来"的誓言，他们历尽千辛万苦，觅得对联万副，"二十余年圆一梦，千金难买赤子情"。搜集国内对联尚须醉心如此，何况搜集又远又散又繁的域外对联呢！说句真心话，没有锲而不舍、久久为功的精神是不行的。

为引起人们对域外对联的重视，我们尽可能从以下几个方面着力：

第一，多方引导。《楹联丛话》等典籍中，记有康熙皇帝为传教士利玛窦题的教堂对联，李鸿章出使国外为英国女皇题的寿联，可见，对联是中外交流的"开路先锋"，自然引起我们的关注。于是，在1983年7月1日我起草、常江先生定稿的《关于成立中华楹联研究会的倡议》中，写了这样一句话："对联不但在祖国文化长河中经流不息，而且远传海外，成为各国人民了解中国优秀传统文化的重要途径。"接着，1983年9月12日出版的《楹联通讯》第五期上，刊登了我俩署名的《国外楹联漫谈》。在《对联》杂志创刊不久的1985年一卷六号上，遵照常江先生"对国外对联资料，可辟个专栏，这样影响面可能大些"的建议，开辟了"国外联存"专栏，首刊常江先生写的《日本长崎兴福寺联》及他亲拟的"编者按"："中国对联远传世界许多国家，是中外交流的组成部分。《楹联丛话》中曾介绍过琉球楹联，以后《古今联语汇选》《师竹庐联话》等偶有介绍。近年，楹联工作者对国外楹联颇为关注，本刊特辟专栏，陆续介绍有关资料，以飨读者，并望得到各界人士的重视与支持。"

大概是受了《对联》的启示，1987年，《人民日报》海外版"唐人街"版开辟"华埠楹联掇英"专栏，先后连载了我写的《多姿多彩的华人会馆联》《华人祠庙联》《华人商店联》《华人寿挽墓联》《华校武馆联》《孙中山与海外楹联》等十篇文章。1988年3月10日、17日《中国电视报》连载我写的《哪里有华人哪里就有对联——中华对联在海外》，均在海内外产生了一定的影响。

在利用报刊引导的同时，常江先生在各种场合的演讲报告和对联讲座中，也多涉猎海外对联。如1986年11月6日在成都举行的中国民间文艺研究会四届二次理事会上，他的发言是《促进祖国楹联文化的第三次大繁荣》，其内容就包括"从楹联海外传播研究中外文化交流的历史、现状和新途径"。1992年5月在辽宁喀左全国楹联学术研讨会上，他作了《楹联艺术发展十年》的演讲，他讲道："为了适应现代生活，楹联不能守旧，必须跟着现代生活走。这也就是它之所以有生命力的一个重要原因，也是我们的楹联能够传到29个国家的原因。"1994年10月，他在福建石狮中国楹联文化研讨会上讲《跨世纪的楹联文化》，指出："对联的哲学基础和美学观念，完全适合我们民族的心态和习惯，它的艺术内涵和外延形式，完全获得各民族和世界华人的认同"，"随着汉字通用性的加强，海内外楹联文化开始交流并趋于繁荣。""也想给《对联》杂志、《中国楹联报》加个担子，担负起对外宣传的任务，一报一刊，既有条件，又有可能。"他甚至当场建议与会的王烈君先生将其论文题目改为《对联文化应成为国际文化》。

其实，受众面更广、影响面更大的是电视。央视七套的《民间文艺采风》节目，从1998年10月到1999年7月近一年里，常江先生应邀主讲"佳联夜话"，共18讲，其中最后一讲专门谈"少数民族对联和海外对联"。主持人问：外国也有对联吗？常江讲：对联，只要是中国人，无论走到哪里，总会把对联带到哪里。现在已知40多个国家有对联了。不但全世界的华人认同，觉得见了对联，看见了汉字，油然而生一种民族的亲情，而且外国的学者也给对联以很高的评价，日本汉学家就认为，在中国文学史上最优美的东西之一属于对句，对联是中国文学的奇葩。

在电视及报刊的影响下，各种征联活动中，参与的海外华人越来越多。1988年春节期间，由中国楹联学会等主办的"环宇大团圆征联"，竟有20多个国家近400位华人参加；由澳门楹联学会1994年举办的"绝对求偶"，海内外华人应征联竟有15000余件，真是令人兴奋！

第二，依靠联友。单靠我们几个人收集域外对联，哪如"众人拾柴火焰高"？在多方动员引导的基础上，我们主要依靠《对联》等刊物联络众多联友一道收集。

首先是为"国外联存"栏目积极供稿的联友，如浙江卢礼阳，福建李天锡、刘福铸、郭建春、胡毅雄，广东陈绍奎、秦莞容、张自中、黄振岗、高寿荃，广西梅显仁、谢少萍，海南李求真，湖南蓝佐国、张古月、陈家伃、文三毛，湖北梅开保，江西徐玉福，江苏金实秋，四川景常春、赖福银，重庆曾庆福，贵州蒋世伟，陕西解维汉，山东王书声，河南谭志词等近30位。他们或长或短，坚持为专栏提供稿件。有几位的文章很有特色，当然，也有些内容上多有重复，我们都积极联络，复信感谢。可喜的是，出现了数人从不同角度收集、研究同一个国家华文对联的情况，像越南，《对联》就先后发过《越南人写的汉字对联》《越南雄王庙及其汉文匾联》《潘佩珠联挽孙中山》等；《楹联界》也发过《漫话越南对联》《越南对联文化考察》等。尤其联友谭志词，利用赴越南留学考察一年的机会，抄录了数万字的越南寺庙汉字对联资料，拍摄了大量图片。

其次，联络国外的华侨华人联友，像法国的薛理茂、陈邦仕，澳大利亚的梁羽生、陈耀南，美国的潘力生、郭融根，加拿大的郭农，泰国的王诚，新加坡的张济川、陈清能，菲律宾的许福源等，他们都是著名的作家、诗人、书法家、楹联艺术家，都是当地文化界的名流，他们都有深厚的爱国、爱乡，尤其爱中华传统文化之心。他们高度赞扬中国楹联学会和《对联》杂志，所以对收集、研究域外华文对联表现出了满腔热情。梁羽生、陈耀南、潘力生、陈清能等先生，几乎把他们一生的对联作品都寄到国内来，其中包括大量在当地撰书的作品。陈邦仕先生不仅经常为《对联》杂志提供精彩的联墨作品，还收集整理了巴黎华人餐馆的对联寄来。尤其许福源先生，为了给安徽巢湖方克逸先生举办中菲逸吟诗联画展，经常来往于马尼拉和北京、厦门、巢湖之间，广泛联系国内联家参与，并为《对联》杂志提供大量菲律宾祠庙华文对联，被誉为"中菲文化交流的使者"。

再次，联络那些出国工作、考察、办展和旅游的联友，这是改革开放为我们收集研究域外对联带来的有利条件。作为外交官的联友祖振扣，在驻利比里亚、斯里兰卡、新西兰大使馆工作期间，不但为当地中资机构、华人企业撰书对联，而且在春节期间举办征联比赛，甚至成立新西兰楹联学会，吸引不少海外华人参加，为我们提供了第一手珍贵的资料。中国楹联学会副会长、书法家谷向阳和学会理事、书画家林凡，先后在美国纽约等地举办楹联书法展，并为当地华人和国际友人撰书了许多嵌名联，"楹联弘国粹，书法耀苹城（指纽约）"，在当地引起轰动。尤其是曾任中国楹联学会副会长兼楹联文化对外交流中心主任的高寿荃先生，亲自赴日本制作了当今世界上最大的装饰对联"天广大联"，中国楹联学会为此举办"对联走向世界"研讨会。之后，他更有所创新，赴加拿大、法国、德国举办大型联画、联印展览，受到当地华人、特别是外国朋友的欢迎，为对联向五洲四海传播做出创造性的贡献，也丰富了我们域外对联的资料库。我在山西歌舞团的朋友郭虎绛，随团出国演出，再忙也不忘收集对联资料，拍摄了韩国、印度尼西亚不少华文对联实物照片。当然，我们自身出访旅游，更不会放过这种机会。20 世纪

90年代初，我先后两次出访新、马、泰三国，便实地抄录寺庙、店铺、社团、会馆对联161副，并写了《应加强与海外楹联界的合作交流》的建议文章，刊登在《楹联界》创刊号上。

第三，留意寻觅。除附着于各种建筑物之外，域外华文对联也大都散见于各类华文图书报刊中。

我们首先通过邮局订阅了《人民日报》（海外版）、《华声报》《广东侨报》《八桂侨史》等报刊，又通过中国国际书店、山西省外文书店等渠道，订阅了美国华文《源流》《桥》，香港《华人》月刊、《书谱》双月刊等杂志，购得《名人与名联》《等持阁联话》《凭联寄意》《楹联学与新楹联创论》《名联谈趣》《桐荫联抄》《镜海联花》《白福臻联话》等不少海外出版的联书。

第四，从各地新华书店及书报摊上，购买有关华侨华人事迹的图书，如写域外华人居住区唐人街的图书《各国唐人街纪实》《共生与同化的唐人街》《唐人街——深具社会经济潜质的华人社区》等；如写华人发展史的图书《龙的子孙——海外华人奋斗生涯》《龙子龙孙闯世界》《华侨沧桑录》《当代海外华人社团研究》等；如写海外杰出华人事迹的图书《中华侨杰列传》《世界华人精英列传》《海外杰出华人特别档案》等；尤其写中华传统文化在海外传播的图书《龙游四海——中华文化影响西方》《港台文化与海外华文教育》《中日文化交流二千年史》《海外中国研究丛书》等。数了数，有四五十本，每一本多少都有些域外华文对联的记载、线索或背景资料。

第五，留意从书协、外事、侨联、旅行社等系统集存的社团资料、报刊图册、域外景点介绍中发现对联；一经发现，随时抄录在卡片上，或用手机拍下来。如遇信息不明或得到线索的情况，就电话咨询或写信联系。一次，在《中国新闻出版报》广告中看到有《越南旅游手册》，我就写信从云南教育出版社邮购。还有一次，在单位收发室翻阅报纸，无意中看到一幅以色列博物馆的图片，展品中竟有一副楹联书法，但字迹不清楚，我便写信联系，尽管信被退回，也觉得为之尽力了。

好风凭借力，扶摇上青天。现在我们生活在网络时代，作为优秀传统文化的对联，同互联网崭新的传播手段相结合，传播空间大大拓展，传播速度大大加快，传播方式大大创新。美国哈佛大学博士后"无穷江月"（蔡维忠）

编著的《动人两行字》一书，用深情的语言注释对联，受到海内外华人热捧。北京电视台为之做了一个专题节目，常江先生作为专家被邀请参加，他对这本书给予很高的评价。

现实表明，现在收集研究域外对联，比以往容易多了，因为沟通渠道更加通畅，获得资料的过程相对简单。我们之所以在本书编竣之际回顾过往经历，为的是那份联友合作的心中感恩，更为的是今后那种文化自信的事业传承。如今，国家对中华优秀传统文化越来越重视，通过创造性转化和创新性发展，对联必将成为中华民族乃至全世界共同的文学艺术。

序，启幕之意，应该是短而精，容人尽快欣赏后面的大剧。不过，在古人那里，序、叙相通。叙者，叙述之意，要把事情说清楚，就难免啰唆一些，敬希见谅。

2022 年 7 月于太原

凡例

一、本书是国外对联的集成之作，分上、下两编。上编"远传篇"，收入与外国地、外国人相关的对联，其作者是外国人或者中国人。下编"交流篇"，收入与中国地、中国人相关的对联，其作者是外国人，或常年居住、工作在外国的中国人。

二、上编联文的收入，没有按国家排序，而是分类集纳，根据国外楹联内容特点，分为十类：名胜，祠庙，佛寺，团体，行业，节庆，恭贺，悼念，题赠，杂题。

名胜类：包括旅游胜地、园林，一些有对联的"小景点"。

祠庙类：包括道教和民间宗教的庙宇、家祠。

佛寺类：包括大小佛寺、佛堂和佛教传习场所。

团体类：包括各地会馆、同乡会所、各类组织。

行业类：包括工矿、金融、教育、餐饮各种行业。

节庆类：包括春联及少量的其他节日对联。

恭贺类：包括团体、组织的纪念日，祝贺婚寿、乔迁等。

悼念类：包括哀挽联、墓葬地联等。

题赠类：包括书题、自题和酬赠等。

杂题类：上述各类不能包容的少数对联。

三、下编联文的收入，亦按十类，但祠庙、佛寺、团体、行业、节庆、杂题类限于目前搜集数量很少，不再分述。

名胜类：按我国省市自治区顺序排列。

恭贺类：按时间顺序和地域结合排列。

悼念类：大体上按逝者卒年时间排列。挽孙中山联，有些是海外追悼会悬挂的，为保持这部分内容的完整性，一律收在下编。

题赠类：按被赠人所在的省市自治区顺序排列，地点不明的，收在最后。

四、各类对联按各国的洲际顺序排列：朝鲜，韩国，日本，菲律宾，越南，老挝，柬埔寨，缅甸，泰国，马来西亚，文莱，新加坡，印度尼西亚，尼泊尔，印度，巴基斯坦，伊拉克；瑞典，俄罗斯，匈牙利，德国，奥地利，英国，荷兰，比利时，法国，希腊，南斯拉夫，意大利，圣马力诺，西班牙；埃及，喀麦隆，加纳，南非，马达加斯加，毛里求斯；澳大利亚，新西兰；加拿大，美国，墨西哥，巴拿马；委内瑞拉，古巴，秘鲁，巴西，阿根廷，乌拉圭。

五、每一副联文，一般包括以下部分：

标题。除少部分是原有的，多数是编者为统一起见而重设的，同一题目下，有两副以上在题目上标明。

联文。尽力与原出处核对，互校，由于来源非常复杂，影响文字的准确性，希望再版时能有所改进。漫漶不清或原稿遗漏的字，除明显可以径补外，以□表示。

作者。能查准作者的必署名，但有时国籍不详，加洋国名是其生活居住地。不知作者的不署名。

注释。对时间、地点、事件尽量加注，词语、典故，一般不注。

标点。为使版面清爽，联文断句用标点，上下联最后不使用标点。

六、本书资料来源主要是海内外各种报纸、杂志及少量读者亲见记录，十分庞杂，不宜列目。附录只将部分书籍列出，而这只是部分来源，请读者注意。

七、欢迎海内外人士对本书内容，予以补充、订正、质疑、纠误。

目 录
CONTENTS

撷玉采珠跨五洲（序）／郭华荣

上编　远传篇

1　名　胜

[朝鲜]
2　平壤大同江练光亭
2　成川降仙楼二副

[韩国]
2　闻香楼五副
2　首尔民俗村三副

[日本]
2　东京龟井户村向岛百花园
2　长崎中华街牌楼二副
2　神户唐人街牌楼
3　鹿儿岛鸣嘤亭
3　北海道札幌市温泉道新庄
3　哲学堂公园二副
3　那霸龟山蜀楼
3　那霸城天使馆九副
4　姑米岛公馆

[菲律宾]
4　马尼拉材润亭二副

[越南]
4　胡志明主席办公室
4　河内胡志明旧居
4　教圣堂

4　日新楼
5　古都顺化四副
5　商舶亭
5　还剑湖三副

[缅甸]
5　天主教铜像

[泰国]
5　碧芦亭
5　挽芭茵宫
6　芭茵行宫
6　八桂堂四副

[马来西亚]
6　云顶牌楼二副
6　槟榔屿轩亭
6　龙山堂

[新加坡]
6　南湖园二副
6　愚趣园
7　步云亭
7　环翠亭
7　丘菽园别墅二副
7　虎豹别墅九副

1

7	香雪庄	9	中国谊园六副
	[印度尼西亚]	10	唐苑二十一副
8	三保洞七副		[加拿大]
8	罗芳伯纪念厅二副	11	中华门
8	老君洞	11	逸园二副
	[英国]	11	望乡亭
8	唐人街二副		[美国]
9	伦敦唐人街	11	中山纪念馆
	[荷兰]	11	金门大桥
9	丹华亭		[巴西]
9	世界园艺博览会中国馆	12	八德园
	[澳大利亚]	12	中国城七副
9	唐人街四副		

13　祠 庙

	[韩国]		[菲律宾]
14	孔庙	17	许氏宗祠五副
14	关帝庙	17	丘姓祠堂
14	昌德宫三副		[越南]
14	云岘宫	17	文庙二十九副
	[日本]	19	真武观三副
14	伏羲庙	19	玉山祠八副
14	唐馆十七副	19	丽密祠二副
15	孔庙五副	20	妈祖庙
16	杨贵妃庙	20	天后宫
16	关帝庙		[柬埔寨]
16	关帝庙	20	三保公庙四副
16	降神观		[缅甸]
16	蔡瑞明祠	20	仰光古庙
16	龙王庙	20	天后宫二副
16	灵应普济祠	20	三圣宫
16	顺济灵慈宫二副		[泰国]
17	天后宫二副	21	三保公庙四副
		21	华佗殿

21	七圣妈庙二副	30	马六甲天福宫
21	新本头公庙	30	雪州天福宫二副
21	石龙军路关帝庙		[新加坡]
21	月亮路关帝庙	30	太原王氏宗祠
21	黄氏诚轩公祠	30	周家祠
22	本头古庙	30	林氏大宗祠
22	清水祖师庙	30	南海宫二副
22	天福宫	30	哥打丁宜天后宫
22	越粒天后圣母宫四副	30	南湾天福宫八副
22	三山天后宫二副	31	粤海清庙天后宫
22	巴真天后宫	31	金凤庙
23	叻丕天后圣母宫	31	联合宫
23	唐人庙		[印度尼西亚]
23	洛坤府天妃宫二副	31	百氏祠堂二副
23	榄邦本头公转火	32	孝思堂
23	关帝庙	32	关帝庙二副
23	本头公庙	32	南洋大霹雳南道院
23	大王宫	32	三保庙五副
23	猜纳本头公庙三副	32	福德祠
24	考三莫海东妈唐人庙十五副	32	东岳观八副
24	聚宝堂二副	33	善才爷庙
25	猜纳关帝庙二副	33	坤甸罗大伯庙四副
25	林氏大宗祠十副	34	罗大伯庙四副
25	海南公祠二十二副	34	万灵祠三副
27	福德祠	34	五祖庙
27	水尾圣娘二副	34	棉兰天后宫
28	普吉岛庙三副	34	小坡天后宫三副
	[马来西亚]	35	望加锡天后宫
28	蔴属巴冬天后宫	35	杨氏大宗祠二副
28	彭亨琼州庙	35	客属总义祠二副
28	关帝庙二副	35	鲁班庙
28	天后宫二十副		[希腊]
29	仙四师爷庙	35	帕特农神庙
29	清云岩		[马达加斯加]
29	三保庙四副	35	关帝庙二副

3

	[毛里求斯]	36	淘金华工神庙
36	上帝天坛庙	36	本迪戈关庙
	[澳大利亚]	36	三圣庙
36	悉尼四邑关帝庙		[美国]
36	天后宫	36	关帝庙
36	墨尔本四邑关帝庙		

37 佛 寺

	[朝鲜]	45	观音堂
38	普贤寺七副	45	兴福寺十二副
	[韩国]	46	皓台寺三副
38	曹溪寺二副	46	崇福寺十四副
38	津宽寺四副	47	清水寺兴成院二副
38	神勒寺四副	47	福济寺十九副
39	海印寺三十七副	49	圣福寺十三副
40	通度寺十七副	50	护生寺
41	内院寺七副	50	寿国寺二副
42	直指寺二副	50	千眼寺
42	莲华寺二副	50	西田寺
42	桐华寺四副	50	日莲堂
42	开心寺三副	50	大光院
42	凤岩寺	50	昭提寺三副
43	台山寺二副	51	黄檗寺
43	毗卢庵二副	51	建长寺
43	大乘寺十三副	51	福岩寺
43	云门寺五副	51	清水寺
44	白羊寺四副	51	永平寺十六副
44	法住寺四副	52	大龙寺
44	觉愿寺	52	妙教寺
44	公林寺三副	52	虚空藏室
45	麻谷寺	52	奥院
	[日本]	52	祇园寺
45	京都万福寺六副	52	乘国寺
45	观音阁	53	安稳寺

53	琉球善兴寺三副	63	顺化觉王内苑六副
53	琉球东禅寺	64	灵姥寺三副
53	琉球龙渡寺		[缅甸]
53	琉球临海寺二副	64	十方观音寺
53	琉球三光院	64	庆福宫三副
	[菲律宾]	64	观音古庙五副
53	华藏寺九十四副	65	福山寺九副
58	宝藏寺四副	65	福莲宫五副
58	宝莲寺二副	66	三圣宫
59	文殊寺	66	观音寺二副
59	圆通寺五副		[泰国]
59	天竺庵二副	66	卧佛寺
59	宿燕寺九副	66	娘栖寺
60	莲华精舍	66	双龙寺
60	慈恩寺二副	66	梵音觉苑
60	南华寺二副	66	潮音寺二副
60	法藏寺	66	天竺寺
60	信愿寺五副	67	圆通觉苑二副
61	大慈林	67	白云精舍
61	普济寺二副	67	佛光精舍
61	旅菲梧林复古庙	67	龙莲寺十九副
61	碧瑶露天大佛	68	观音庙
61	普陀寺二副	68	永福寺三副
61	天莲寺	68	安老佛学院二副
	[越南]	68	普陀寺
61	一同寺	68	三保公佛寺四副
61	龙华寺二副	69	善庆庵
62	真仙寺三副	69	唐人庙三副
62	福林寺	69	礼佛堂
62	镇国寺十一副	69	雷音寺
62	延佑寺	69	德善堂
63	李国师寺	69	清华佛堂
63	玉山寺二副	69	观音堂
63	福林寺	69	德善堂
63	顺化禅林四副	70	明善堂

70	古灵寺	83	葡院三副
70	观音救世庵	83	修德堂
70	佛光神坛	83	普觉寺二副
70	华德念佛堂	83	香莲寺
70	龙福寺十九副	83	龙泉寺
71	乌太他尼府佛寺三副	83	普光寺二副
71	普德寺	83	福海禅院
71	万佛寿山	83	般若讲堂二副
	[马来西亚]	84	福慧讲堂
72	观音寺二副	84	佛缘林
72	千佛禅寺	84	法施林
72	宝林法苑	84	妙香林二副
72	极乐寺三十四副	84	观音堂
74	梵音大殿	84	菩提兰若
74	居士林	84	居士林
75	菩提心寺		[印度尼西亚]
75	妙音寺	84	金德院三副
75	三慧讲堂四副		[印度]
75	慧明讲堂	85	中华大觉寺
75	香林觉苑寺六副	85	中华佛寺四副
76	笔锋寺	85	双林寺二副
76	远和寺	85	华光寺六副
76	青云亭十一副	86	给孤独园
76	青山岩七副		[尼泊尔]
77	清云岩四副	86	中华寺
77	净业寺四副		[匈牙利]
77	霹雳洞五十四副	86	虚云禅院三副
	[新加坡]		[英国]
81	凤山寺	86	法雨寺二副
81	丹明寺		[荷兰]
81	圆明寺	86	荷华寺
81	龙山寺		[法国]
82	双林寺十五副	87	观音寺二副
82	广化寺	87	广肇佛院
83	护国金塔寺		

	[澳大利亚]	88	金山寺
87	华藏寺二副	88	旧金山万佛城十副
	[加拿大]	89	光明寺三副
87	观音寺	89	华严莲社三副
87	佛圣堂	90	万佛圣城
	[美国]	90	玉佛寺二副
87	大乘寺三副	90	檀华寺二副
87	宝华寺四副	90	法印寺
88	东禅寺	90	西来寺十一副
88	松山寺		

93 团 体

	[日本]	97	大埔同乡会二副
94	东京中华会馆二副	97	广肇会馆
94	神户中华会馆五副		[缅甸]
94	横滨中华会馆二副	98	云南会馆三副
94	神户广东会馆	98	安溪会馆二副
95	东文学堂	98	晋江公会三副
	[菲律宾]		[泰国]
95	张颜同宗会馆	98	客属会馆二副
95	两广会馆	98	刘关张赵四姓"龙岗亲义会"
95	华侨钱江联合会	98	丰顺会馆六副
95	华光汉国术总馆	99	八桂堂
95	福建商会	99	泰南海南会馆二副
95	洪氏英林总会五副	99	广西同乡会
96	让德吴氏宗亲总会会所五副	99	潮州会馆
96	洪门进步党总部五副	99	义民文史馆
96	太原王氏宗亲总会三副		[马来西亚]
96	让德吴氏宗亲总会新厦六副	100	槟城潮州会馆二副
97	锡里公益所	100	兴安会馆二副
97	宿务分堂	100	梅县张氏会馆
	[越南]	100	客属公会
97	明乡会馆二副	100	槟榔屿琼州会馆八副
97	穗城会馆	101	马六甲琼州会馆二副

101	永春会馆二副		105	曹家馆二副
101	丹州琼州会馆		105	醉邮学会
101	琼联会馆		106	净名佛学社
101	明星慈善社二副		106	净宗学会
101	龙山堂		106	永平广东会馆
101	林氏九龙堂		106	广东梅县李氏家族会馆
101	雪隆海南会馆		106	南洋客属总会七副
102	海南会馆		106	丰顺会馆
102	陈氏书院		107	茶阳会馆
102	蛇庙二副		107	胡文虎俱乐部
102	南洋嘉属会馆二副		107	华人大会堂
102	南洋嘉应会馆		107	胡氏总会所落成春祭四副
	[文莱]		107	赤阳会馆
102	南洋文莱岛嘉属会馆		107	湘灵音乐社
	[新加坡]			[印度尼西亚]
102	中华会馆		108	孔教会礼堂
103	湖南会馆		108	南洋琼州会馆
103	福建会馆		108	南洋嘉应会馆
103	南安会馆			[印度]
103	安溪会馆二副		108	华人商会
103	题安溪会馆			[前苏联]
103	永春会馆四副		108	全苏对外文化协会
103	福清会馆			[匈牙利]
103	琼州会馆七副		108	布达佩斯亚洲中心
104	广肇会馆			[英国]
104	周家祠		108	四邑华侨会馆
104	南洋周氏总会		108	公使馆
104	林氏大宗祠			[法国]
104	云氏公会		108	华侨会馆
104	唐氏宗会		109	广肇同乡会二副
105	赵氏总会			[南非]
105	琼崖黄氏公会		109	华人国韵社
105	琼崖许氏公会		109	中华总公会二副
105	琼崖吴氏公会			[马达加斯加]
105	琼崖何氏公会		109	华侨会馆

	[毛里求斯]	112	中华会馆二副
109	华人会馆	112	阳和会馆
109	仁和会馆六副	113	纽约联成公所
110	南顺国术醒狮训练中心	113	美洲至孝笃亲公所三副
	[澳大利亚]	113	全美黄氏宗亲总会
110	浙江会馆	113	李氏敦宗公所
110	福建会馆	113	美洲孔子书院
110	广东会馆	113	华林寺武术馆
110	广西会馆	113	中国文化中心
110	更生会	113	国际佛光会世界总会
110	中华文化中心三副	113	佛教会
110	香港中文大学校友会	114	纽约藏传佛教宁玛派大圆满心髓研究中心
	[新西兰]		
111	番花会馆二副	114	礼乐会
111	华人圣公会二副	114	崇正义济社
111	华侨会所二副	114	洛杉矶全福会（2006）
	[加拿大]		[墨西哥]
111	龙冈会所二副	114	华侨协会
111	温莎中华会所二副		[秘鲁]
112	洪顺堂	114	中华侨商会馆
	[美国]	114	华人会馆通惠总局二副
112	冈州会馆		[巴西]
112	冈州新会馆	115	两广会馆
112	龙冈会所	115	华埠二副

117 行 业

	[韩国]		[菲律宾]
118	工艺店	119	金龙酒家
118	海临餐馆四副	119	菲华光汉国术总馆
	[日本]	119	博物馆
118	东京线装书店		[越南]
118	东京天广中国料理五副	119	河内亚洲宾馆
118	福冈天真馆柔道场	119	胡志明市张永记学校
118	长崎戏台五副	119	京都建筑与食品有限公司

	[缅甸]
119	林氏维多利亚屿园店
119	仰光一大学
	[泰国]
120	华园酒楼
120	三财糖果两合公司
120	天华医院
120	光汉学院二副
120	大同华校
120	华侨医院祖师坛四副
	[马来西亚]
120	仁康药行创立中医暨针灸诊所
120	鱼商行
121	同善医院
121	九龙酒家
121	云顶豪华赌场
121	《星洲日报》
121	宏愿网络公司
121	天天醉酒家
	[新加坡]
121	天吉锡矿公司
121	今发锡矿公司二副
121	宝光金铺四副
122	佛教施诊所五副
122	云宫酒楼
122	同乐鱼翅酒家
122	潮州酒楼
122	凤雅阁茶坊
123	爱同学校
123	艺秀艺廊
	[印度尼西亚]
123	华人振文学校三副
123	华侨学校
123	新福州总公司三副
123	华人花园酒家二副
124	北京同仁堂分店
124	兰芳公司
124	华人肉店
124	华人客店
124	华人酒店
124	务本公司
	[印度]
124	培梅中学
125	华南餐馆
	[俄罗斯]
125	北京饭店
	[克罗地亚]
125	孔子饭庄
	[德国]
125	北京烤鸭店
125	北京饭店
125	金瓯酒家
125	汉堡大学孔子学院
125	四合院餐馆二副
	[奥地利]
126	"咱台湾"中餐馆
126	新雅饭店
126	昆仑饭店
	[瑞士]
126	中国餐馆二副
	[英国]
126	镛记酒家
	[荷兰]
126	金殿酒家
126	南天酒楼
	[比利时]
126	福华酒楼
	[法国]
126	汉家饭馆
126	华人饭馆

127	金塔饭店	131	越南天堂饭店
127	上海酒楼	131	越南香越饭店
127	中华饭店		[意大利]
127	金城酒楼	131	文楼酒店餐厅
127	万里长城饭店	131	酒楼
127	四海酒家	131	中华大酒店
127	大同饭店二副	131	东方酒楼五副
127	民众饭店	132	欧洲学院图书馆"中国馆"
128	中国饭店二副		[圣马力诺]
128	岭南酒家	132	玉林居二副
128	豪华饭店		[南非]
128	扬子饭店二副	132	约堡华侨国立中小学
128	太白酒家二副		[毛里求斯]
128	天香饭店二副	132	东方大酒家
128	文苑酒家		[澳大利亚]
129	东亚酒家	132	太源酒楼
129	健乐园酒家	132	餐馆
129	天津饭店	132	醉香酒楼
129	金谷酒家	132	花竹茶室
129	梅园酒家	133	和春旅馆
129	万宝饭店	133	药材店
129	金泉饭店	133	海市图书馆
129	安乐酒家	133	北京饭店二副
129	荣华酒店	133	华人糕点铺联
130	文雅酒家		[新西兰]
130	明苑酒家	133	金龙餐厅
130	美都酒家	133	福禄寿中餐馆
130	百合饭店		[加拿大]
130	顶好饭店	133	北京酒楼
130	珠江大酒家	133	苏州酒楼
130	海天酒楼	134	汉宫酒家
130	某华人饭馆二副	134	珠城酒楼三副
130	中国餐馆	134	广东酒楼
131	中国茶馆	134	琼华酒楼
131	新中国饭店二副	134	银龙酒家

134	八仙酒家	137	金龙大酒家
135	素食馆	137	枫林小馆
135	欣欣川湘小馆	137	西园酒家
135	戏院	137	得心茶室
135	《明报》	137	密歇根州中餐馆
	[美国]	138	德明中文学校招生广告
135	哈佛大学燕京学社	138	宝国银行房屋贷款广告
135	百老汇剧场	138	商店广告
135	太白酒楼二副	138	唐人街百货商店
136	川菜馆荣乐园	138	纽约中华公所中文学校
136	粤味餐馆	138	孔子书院
136	岭南楼大酒家	138	富兴中心
136	醉仙居酒楼二副	138	唐人街美国银行
136	四海酒家	138	通商银行
136	龙凤楼	138	中药行
136	锦江酒楼	139	明伦学校
136	休斯敦中国餐馆		[委内瑞拉]
136	皇后酒家二副	139	梅园酒楼
137	天和酒楼		[阿根廷]
137	丽宝海鲜大酒家	139	华人餐馆
137	某华人餐馆		

141 节 庆

	[朝鲜]		[越南]
142	平壤大同江外交使团会馆春节联欢会（1995）	142	西贡春联
			[泰国]
142	平壤留学生春节联欢会（1996）	143	春联
	[韩国]		[新加坡]
142	春联十副	143	春联（2007）
142	驻韩国大使馆春节联欢会（1998）		[马来西亚]
		143	春联三副
	[日本]	143	吉隆坡拿督阿玛杨国斯先生新春纳福
142	春联		

12

	[新加坡]		[西班牙]
143	湖南会馆春联（1944）	145	春联（2014）
	[伊拉克]		[埃及]
143	中国驻伊拉克大使馆新春联欢会二副（1989）	145	春联
	[俄罗斯]		[喀麦隆]
143	莫斯科大学中国留学生春节联欢会（1992）	145	春联
			[南非]
144	莫斯科中国留学生春节联欢会二副（1997）	145	春联五副（2002）
144	莫斯科俄中友好各界联欢会二副（1997）	145	华侨凯森学校春节联欢晚会
			[澳大利亚]
144	莫斯科华人春节联欢会（2000）	145	春联四副
144	春联二副		[新西兰]
	[英国]	146	新春联欢会（1997）
144	春联（1986）	146	新春联欢会（1998）
144	留学生联欢会二副		[加拿大]
	[荷兰]	146	新春联欢会（1996）
144	新春华侨聚会（1995）	146	春联三副
	[法国]		[美国]
145	春联三副	146	春联十一副
		147	达福地区华人春节联欢晚会（1999）

149　恭　贺

	[韩国]	151	贺日本东京成田山新胜寺开山1050周年二副
150	华侨庆祝香港回归联欢晚会（1997）		[菲律宾]
	[日本]	151	全菲华侨抗日救国大会（1934）
150	横滨中华会馆庆祝孔子诞辰（1898）	151	菲华诗书画国际展委会成立十周年四副
150	贺日中友好汉诗学会成立三副	151	庆祝菲律宾共和国建国一百周年
150	贺中日同盟会谈法会开幕	152	纪念中菲建交二十五周年
150	贺井上銈吉六十寿	152	纪念中菲建交三十周年二副
150	贺宫崎一郎八十五寿辰	152	贺菲华退伍军人联合总会成立暨林玉堂先生出任会长四副
150	贺世界客属第五次恳亲大会四副		

152	贺菲华侨林玉堂新建大厦落成		四十二周年
152	中华逸吟神墨诗书画国际展览会开幕十副（1997）		[马来西亚]
	[老挝]	156	世界红十字会吉隆坡分会创立四十三周年
153	庆贺寮都学校建校56周年	157	饶福昌、廖月华贤伉俪吉隆坡新厦落成
	[缅甸]		
153	贺中华民国开国	157	吉隆坡松龄医药中心新张
	[泰国]	157	怡保何华绪大厦落成
153	庆祝香港回归大会（1997）	157	怡保朱晋韶先生七秩荣寿暨同益公司创业五十周年双庆誌喜
153	兴宁会馆20周年庆典三副		
153	贺谢慧如八秩寿辰	157	居銮大埔同乡会成立五副
154	北榄养鳄鱼湖动物园有限公司创业43周年三副	157	雪兰莪湖滨诗社壬戌中秋雅集
	[菲律宾]		[新加坡]
154	贺张其璠先生荣获模范父亲称号	158	丰顺会馆成立100周年
154	癸亥中秋泰华诗学社庆祝成立六周年纪念	158	丰顺会馆成立110周年二副
		158	贺茶阳会馆成立131周年暨新会馆开馆及回春医院重建
154	贺陈紫英老人百龄晋一寿辰三副	158	琼州会馆大厦落成二副
154	贺沈慧霞律师荣膺上议院议员	158	客属总会20周年庆典大会
	[马来西亚]	158	南洋客属总会38周年庆典
155	吉隆坡世界首届何氏恳亲大会（1994）	159	应和会馆165周年纪念三副
155	大埔同乡会银禧	159	贺中国武汉汉剧院赴新加坡演出三副
155	无极圣母马来西亚总会大厦落成三副	159	贺新加坡中华商业总会成立八十年
155	贺马来西亚居銮大埔会馆	159	贺新加坡八邑会馆金禧
155	贺马来西亚惠州会馆	159	贺新加坡清河公会
155	贺广州嘉应宾馆启幕	159	莒村北乡道通行二副
155	贺廖振宏获封PBN荣衔	160	贺新加坡建国27周年
156	贺古维新学长八旬晋一大庆联	160	贺新加坡顺发当新张
156	永春联合会银禧纪念	160	永昌当宝号周年
156	全球汉诗第六届研讨大会三副	160	世界陈氏总会第九届会议八副
156	世界红十字会吉隆坡分会创立四十一周年	160	贺瑞瑶弟写作《寻根记》
156	世界红十字会吉隆坡分会创立	160	贺新加坡启金弟柔佛笨真新厦落成

161	贺新加坡莒村陈星庆篮球场开幕	166	仁和会馆建馆 125 周年四副
161	贺新加坡莒村谨景楼落成二副		[澳大利亚]
161	贺新加坡安溪同乡会成立七十周年十一副	166	纽省客属联谊会成立二副
		167	纽省客属联谊会"会讯"创刊
162	安溪同乡联谊大会志庆	167	卡市畔溪酒楼十周年纪念
162	李光耀、柯玉珠结婚喜联		[新西兰]
162	清能乡先生八秩嵩寿二副	167	楹联学会成立十副
162	李俊辉先生夫妻双寿（1983）		[加拿大]
162	陈清能金婚自撰	168	中国传统文化展览会
162	黄乃裳七十自寿	168	爱群总社 76 周年庆典
162	贺堂弟捷琼娶媳		[美国]
163	贺杨步贤、吕秀满女士新婚	168	隆都从善堂成立 75 周年三副
163	南洋赵氏总会成立 35 周年会场	168	贺《世界日报》创办三十年（2006）
163	贺母亲八十大寿		
163	贺原葡属帝汶华侨中学四十年校庆（1951）	168	寿胡适二副（1945）
		168	寿蒋彝（1973 年 1 月 4 日）
	[印度尼西亚]	169	贺美国乔志高夫妇生子（1948）
163	福清会馆成立七十八周年暨福清大厦落成		
		169	贺潘力生夫妇八十双寿
163	蕉岭同乡会 30 周年二副	169	贺美国马尔智、饶天予婚
	[俄罗斯]	169	贺洛杉矶丁岩、雪梅及添禧一家乔迁新居（2009）
163	俄罗斯欢迎李鸿章别墅牌楼（1896）		
		169	贺美国赵晓康、赵艳超乔迁（2015）
	[英国]		
163	维多利亚女王七十华诞	169	贺美国旧金山孙东冬、刘嫣婚（2006）
164	贺哈同、迦陵双寿		
164	贺黄国龙新婚	169	贺美国洛杉矶王文柏、静萱婚（2007）
	[德国]		
164	贺第一届欧洲华裔青少年夏令营开营	169	贺美国三藩市蓝溪《金山之路》出版
	[法国]	170	贺全球书画风采展
164	贺法国薛理茂八十寿二十九副	170	加纽约谷向阳楹联书法展七副
166	贺巴黎华侨婚	170	纪念旅秘鲁中山隆镇隆善社第三次筹捐抗日军饷活动 50 周年墨宝展览
	[毛里求斯]		
166	中国文化艺术展览会		

15

171 悼 念

[朝鲜]
- 172　江源道中国人民志愿军烈士陵园
- 172　挽徐友兰二副
- 172　挽朝鲜义勇军四烈士

[韩国]
- 172　挽韩国安重根

[日本]
- 172　追悼黄花岗烈士大会
- 172　挽日本熊泽纯
- 172　挽一山一宁
- 173　挽日本宫岛诚一郎之父（1880）
- 173　赠日本源桂阁
- 173　挽日本竹内好（1977）
- 173　挽日本山田良政二副
- 173　挽旅日华侨惠葆祯（1987）
- 173　朱舜水墓
- 173　吴锦堂自挽

[菲律宾]
- 174　华侨义山荣福堂
- 174　挽旅菲律宾侨领许新甫
- 174　挽旅菲律宾某华商
- 174　挽菲律宾性愿老法师六十一副
- 178　挽王人杰
- 178　李峻峰挽子二副
- 178　悼念杨仲清夫妇
- 178　挽菲律宾蔡母施太夫人
- 178　挽郭志雄三副
- 179　追悼菲华侨领袖于以同烈士
- 179　挽金山太沧和尚
- 179　挽南亭老法师二副

- 179　挽曾焕闯居士
- 179　挽吴府陈太夫人慧华居士
- 179　挽星洲光明山宏船和尚
- 179　挽常凯法师二副
- 180　挽妙抉法师
- 180　代挽刘文格居士
- 180　施性水母墓
- 180　施性水墓
- 180　华侨陈村生墓
- 180　蔡维育法名智胜佳城
- 180　为许姓代撰墓联
- 181　为施姓代撰墓联
- 181　姚乃昆先生令慈墓二副
- 181　李回福先生佳城
- 181　吴孔荣先生佳城
- 181　陈温良居士生西卅周年百龄冥寿
- 181　林丰年墓园
- 181　庄吴淑珍女士墓二副
- 181　福建龙溪华侨义山墓地
- 182　华侨义山八副
- 182　墓园十三副

[越南]
- 183　挽越南胡志明二副
- 183　阮尚贤悼亡妻
- 183　华英弟逝世十周年

[泰国]
- 183　挽泰国谢枢泗
- 184　挽泰国曾福顺七副
- 184　挽泰国华侨领袖伍东白九副
- 185　挽泰国纯果师叔（1993）
- 185　邓深文挽堂兄

185	北槛坡义山庄礼堂	194	章雪云、张满凤夫妇墓碑
186	海角墓苑	194	椰城万灵塔
186	春武里府华人公墓明灯山庄牌楼二副		[印度]
		195	挽印度甘地二副
186	义山墓四副	195	挽印度柯棣华大夫
186	挽泰籍华人欧阳遇女士		[英国]
	[越南]	195	挽英国李约瑟
186	挽马来西亚黄桐城二副		[比利时]
187	挽杜南	195	挽比利时雷鸣远
187	挽林谋盛少将		[法国]
	[马来西亚]	195	挽旅法同学朱子文
187	吉隆坡新街场广东义山伯公庙	195	诺埃尔华侨公墓
187	首家新式墓地富贵山庄三副	196	吴章桥回粤清明扫墓题
187	林连玉墓		[澳大利亚]
	[新加坡]	196	挽南非革命家曼德拉
187	挽新加坡侯西反九副	196	墨尔本荒坟
188	挽陈嘉庚二十五副	196	悉尼中山先侨公墓二副
190	挽胡文虎十副		[加拿大]
191	挽黄永棋九副	196	挽加拿大白求恩大夫
192	挽林义顺四副	196	挽谈云礤四副
192	郭明翰挽92岁祖母三副	196	挽谢汝任二副
192	儿女忆慈亲二副		[美国]
193	挽陈志平	197	挽华侨抗日空军杨慎贤等四烈士二副
193	应和会馆五属义祠三副		
193	陈永修、何梅英夫妻墓联	197	挽美国葛利普十八副
193	八丁俱乐部灵台	198	挽马其锐二副
193	挽福州黄家成	198	挽黄华杰二副
193	挽华侨许瑟希	199	挽刘宜良
193	挽华侨柯子述	199	挽房兆楹（1985）
194	挽印度尼西亚蔡云辉	199	挽杜仲芳
194	挽印度尼西亚张振勋	199	檀香山万那联义冢华人墓园
	[印度尼西亚]	199	洛杉矶长青公墓华人纪念墙
194	原葡属帝汶华人坟场二副		[新加坡]
194	黄乃裳自挽联	199	挽李景昀
194	伟大基金会（公墓）	199	挽李方桂（1987）

	[巴拿马]	200	江夏堂先友坟场
200	中华坟场	200	悼南阳亡兄
	[古巴]		[乌拉圭]
200	颖川堂公立坟场	200	挽妻凌孝隐

201 题 赠

	[朝鲜]	204	沈载荣书题
202	赠朝鲜工会代表团	204	金大泳书题二副
	[韩国]	204	金玉均书题
202	文贞子书题	204	金正雨书题
202	尹斗植书题	204	金东渊书题
202	尹玟永书题	204	金时习书题
202	申昌铉书题	204	金希真书题
202	申德善书题	204	金兑洙书题
202	朴东圭书题二副	205	金相用书题
202	朴孝先书题	205	金钟午书题
202	朴季顺书题	205	金祥洙书题三副
202	权时焕书题	205	金晶玉书题
202	权昌伦书题三副	205	金瑨元书题
203	吕元九书题	205	金鼎善书题
203	全允成书题	205	金膺显书题二副
203	全相宇书题	205	郑正子书题
203	全洪圭书题二副	205	郑夏建书题
203	李东益书题	205	河奉德书题
203	李圭慈书题	205	赵成周书题
203	李英顺书题	206	南相圭书题
203	李承晚书题二副	206	禹盛永书题
203	李和钟书题	206	姜美善书题
203	李根宇书题	206	宣姬子书题
203	李熙烈书题	206	徐元子书题
203	李熙哲书题	206	黄晟现书题
204	吴明燮书题	206	崔正秀书题二副
204	闵升基书题	206	崔鸣吉书题
204	沈铉三书	206	崔银哲书题

206	曹甲汝书题二副	210	赠日本宫崎寅藏
206	曹秉坤书题	210	赠日本神田喜一郎（1923）
207	曹松旭书题	210	赠日本池田大作（1989）
207	赠韩国龙云法师	210	赠日本田渊保夫（1989）
207	赠韩国林汉钟	211	赠日本三木友里（1989）
207	赠韩国高权锡	211	赠日本高津进一

［日本］

207	中岛春绿甲骨文题联	211	赠日本萨摩雄次
207	今井凌雪书题	211	赠日本书家梅舒适
207	古谷苍韵书题	211	赠日本鸿山俊雄（1956）
207	伊藤弘乃书题	211	赠日本鸿山理三郎
207	村上孤舟题联	211	毛有庆赠人二副
207	青山杉雨书题	211	赠琉球王尚泰
207	武秀容题联	211	赠琉球王弟尚弼
208	柳田泰云书题	212	赠日本友好学校（1980）
208	福泽谕吉书题	212	冯自由自勉

［菲律宾］

208	赠日本炽仁亲王	212	题菲律宾瑞今
208	赠日本大井清教授二副	212	王文汉题联
208	赠日本上山富美子	212	李国芬题联
208	赠日本书家上川景年	212	陈敦三题联
208	赠日本夫妇（1990）	212	赠五指山人
208	赠日本白鸟芳郎教授	212	赠菲律宾王勇
208	赠日本白须直	212	赠菲律宾许福源
209	赠日本新井	212	赠菲名医林文庆
209	赠日本头山满	213	赠菲律宾林玉成
209	赠日本文斋大臣赤松良子	213	赠菲律宾林荣瑞
209	赠日本武山斌郎教授二副	213	赠菲律宾中医师郑启明
209	赠日本林瑞荣	213	赠菲律宾施灿悦
209	赠日本教育家板垣杨石	213	赠菲律宾高莉
209	赠日本松下智	213	赠菲律宾蔡金龙
210	赠日本书家屉木清风、涩谷翠清二副	213	赠菲律宾蔡琼霞

［越南］

213	黄炯题联
210	赠日本香川县青年
213	赠越南西贡何嬾熊
210	赠日本胜间靖子	

[泰国]

213	黄思土题	217	赠马来西亚叶祥麟
214	梁师侠自题	217	赠马来西亚吉隆坡丘铃华
214	黄乃达自题	217	赠马来西亚朱玉凤女士
214	赠泰皇（1993）	217	赠马来西亚吉隆坡孙瑞财
214	赠泰国僧王（1993）	218	赠马来西亚吉隆坡严天福大祖师
214	赠泰国王诚博士	218	赠马来西亚苏可新、陆妙雄伉俪（1997）
214	赠泰国仁得上师（1993）	218	赠马来西亚李忠发
214	赠泰国龙莲寺主持仁晁（1993）	218	赠马来西亚李洪明（2001）
214	赠泰国丽玲女居士（1993）	218	赠马来西亚沈保耀
214	赠旅泰乡贤林光太	218	赠马来西亚沈慕羽（2001）
215	赠泰国龙象洞寺明三法师（1993）	218	赠马来西亚吉隆坡张荣才
215	赠泰国郑午楼二副	218	赠马来西亚陈立训二副
215	赠泰国周镇荣	219	赠马来西亚林荣猛（2001）
215	赠泰国黄秋安	219	赠马来西亚萧慧娟
215	赠泰国黄清林	219	赠马来西亚赖兴祥（2001）
215	赠泰国谢慧如二副	219	赠马来西亚梁锦英博士
215	赠泰国黛华女居士	219	赠马来西亚蔡玉英

[马来西亚]

[新加坡]

216	叶国日书题	219	中华书学协会顾问王瑞壁书题
216	李金财书题	219	杨昌泰集甲骨文书题
216	沈慕羽书题	219	何钰峰书题
216	张英杰书题	219	中华书学协会会长陈声桂书题
216	书协亚庇联委会署理主席陈湘荣	220	陈朝祥书题
216	书艺协会顾问释竺摩书题	220	徐祖燊书题
216	柯思迅书题	220	翁南平书题
216	书艺协会顾问彭士骥书题	220	黄国良书题
216	林声耀自题二副	220	黄明宗书题
216	赠马来西亚槟城广洽法师	220	丘程光书题
217	赠马来西亚吉隆坡大通旅行社王清桃	220	乐龄书画会理事傅子昭书题二副
217	赠马来西亚云大来	220	曾广纬书题
217	赠马来西亚邓惟通	220	温心吾书题
217	赠马来西亚甘丽燕	220	中华书学协会顾问潘受题
217	赠马来西亚甘国辉	220	潘受自题
		221	陈清能自题五副

221	赠新加坡王勇三副	225	赠新加坡周怀棠
221	赠新加坡总理王鼎昌	225	赠新加坡周慧敏
221	赠新加坡卢润才大律师	225	赠新加坡郑丽丽
221	赠新加坡卢清月	225	赠新加坡赵生财
221	赠新加坡叶宝蓝	225	赠新加坡洪慧玲
221	赠新加坡传印法师	225	赠新加坡洪慧庭
221	赠新加坡传芬尼师	225	赠新加坡姚嘉潭
222	赠新加坡传修仁者	225	赠新加坡唐世伟
222	赠新加坡传真仁者	225	赠新加坡黄月娥
222	赠新加坡传理（普信）法师（1996）	225	赠新加坡黄明辉
222	赠新加坡向荣侄女	226	赠新加坡黄柏诚
222	赠新加坡刘砚田大相师	226	赠新加坡柔佛永平黄祖芳中医师
222	赠新加坡刘泰发	226	赠新加坡黄德昭
222	赠杨莉英叔婆	226	赠新加坡黄翠英
222	赠新加坡李育平	226	赠新加坡萧肯肯
222	赠新加坡李炯才	226	赠新加坡符国山
223	赠新加坡吴志愿居士	226	赠新加坡马六甲医学博士逸兴二副
223	赠新加坡邱炜菱二副	226	赠新加坡彭亨劳勿朱志明陈韵琴西医生伉俪
223	赠新加坡张秀芳女士	226	赠新加坡道贤法师
223	赠新加坡张春好	227	赠新加坡蔡惠芬女士
223	赠新加坡张春国	227	赠新加坡蔡博厚王玉霞贤伉俪二副
223	赠新加坡张济川	227	赠新加坡慧敏仁者
223	赠新加坡张德祥	227	赠新加坡潘丽英
223	赠新加坡陈双美侄女	227	王瑞璧自题
223	赠新加坡陈杏如侄女		［印度尼西亚］
224	赠新加坡陈织云侄女	227	李冠汉述怀自题
224	赠新加坡陈树源	227	黄乃裳自励
224	赠新加坡陈莲花妹	227	赠印度尼西亚杨松江
224	赠新加坡陈桂珍侄女	227	赠印度尼西亚苏怀和
224	赠新加坡陈清能先生四副	228	赠印度尼西亚华侨领袖张耀轩
224	赠新加坡林冰儿女士	228	赠印度尼西亚谢剑龙
224	赠新加坡罗国本		
224	赠新加坡罗钦鸿		
224	赠罗敬云女士		

[巴基斯坦]
228　赠巴基斯坦蒙塔兹·艾哈默德·汗
[瑞典]
228　赠瑞典玛丽·安妮
[俄罗斯]
228　赠俄罗斯巴劳夫（1896）
[英国]
228　题英国外交大臣葛兰菲尔夫人册页
228　英国青年画家史伯蒂题画
228　赠英国黄发兴、李水莲夫妇
[法国]
229　熊秉明书题
229　吴章桥自题四副
229　赠法国巴黎木忠（1989）
229　赠法国巴黎文同（1989）
229　赠法国巴黎史振茂（1989）
229　赠法国巴黎仕明（1989）
229　赠法国巴黎江秀文（1989）
229　赠法国安派·杜勒博士
230　赠法国诗人余智瑞
230　赠法国巴黎和焜（1989）
230　赠法国巴黎郑荣辉（1989）
230　赠法国巴黎春花（1989）
230　赠法国巴黎胡荣林
230　赠法国巴黎钦湖（1989）
230　赠法国巴黎桂兴（1989）
230　赠法国巴黎振松（1989）
230　赠法国巴黎振藩（1989）
230　赠法国巴黎海澄（1989）
231　赠法国巴黎家利（1989）
231　赠法国巴黎健成（1989）
231　赠法国巴黎基明（1989）
231　赠法国巴黎黄赛吟（1989）
231　赠法国巴黎淑华（1989）
231　赠法国巴黎楚娟（1989）
231　赠法国巴黎锡南（1989）
231　赠法国巴黎锡彬（1989）
231　赠法国巴黎锦桐（1989）
232　赠法国薛理茂
232　赠法国巴黎耀龙（1989）
[西班牙]
232　朱一琴书题三副
[南斯拉夫]
232　赠原南斯拉夫大卫·特克博士
[南非]
232　刘玉麟自题
232　赠南非纪元铎
[澳大利亚]
232　梁羽生自题二副
232　赠澳大利亚邓逸民
233　赠澳大利亚陈耀南
233　赠澳大利亚欧初
233　赠澳大利亚赵大钝
233　赠澳大利亚梁羽生二副
233　赠澳大利亚盛福宗
[加拿大]
233　赠加拿大伟业、丽芬伉俪
233　赠加拿大阮五湖
233　赠加拿大李安求
234　赠加拿大温伟耀二副
[美国]
234　于培智甲骨文书题（2002）
234　王已千书题
234　何仲贤集句六副
234　张充和自题
234　陈煜钧题联
234　徐云叔书题
234　潘力生自题

235	魏乐唐集甲骨文书题	236	赠美籍华人黄国祥（1991）
235	赠美国方宇	237	赠美国覃子豪
235	赠美国田长霖	237	赠美国慕德·陆塞尔
235	赠美国檀香山任友梅	237	赠美籍华人潘力生
235	赠美籍华人杨振宁二副	237	赠美国潘力生、成应求伉俪
235	赠美国里根	237	赠美国梅振才二副
235	赠美国旧金山书画家吴百如	237	赠美国周荣
235	赠美国田石中学联	237	赠美国谭克平
236	赠美国陈梦因先生	237	赠美国李德儒
236	赠美国林建智、张虹夫妇	237	赠美国蔡可风
236	赠美国陈香梅女士三副	238	赠美国海鸥女士
236	赠美国周策纵	238	赠美国梁颖小姐
236	赠美国钟焕成	238	赠美国纽约诗词学会和侨居纽约的华人诗友联友
236	赠美国娄杨丹桂		
236	赠美籍华人黄仕楷（1991）		

239　杂题

240	清代应对		[缅甸]
240	对句	241	仰光九文台基督铜像
240	驻英法大使馆		[泰国]
	[韩国]	241	谜会
240	居室联		[马来西亚]
	[日本]	241	赞马来西亚森美兰州（九州府）二副
240	扇联		
	[菲律宾]		[新加坡]
240	泗水象棋义赛	241	《图南日报》1904年月份牌
240	锦亭万有公派下祖屋	242	象棋义赛
240	华人艺术展	242	陈清能巧对
	[巴基斯坦]		[印度尼西亚]
241	赞中巴、中泰友好	242	题印度尼西亚万隆棋赛场
	[越南]		[印度]
241	康熙越南贡品表文	242	题印度家居二副
241	范师孟对句		[德国]
241	异形对联	242	赞德国葩骈堡

	[法国]		[新西兰]
242	吴章桥巧对六副	243	赠新西兰华裔青年篮球队
242	花生酥饼广告对联		[美国]
243	第二次世界大战博物馆画像	243	纽约祭孔会场
	[加纳]	243	《纽约时报》广告联
243	高速公路牌坊		[秘鲁]
	[澳大利亚]	243	"国家元首及抗日将领书画展览"五副
243	颂亲情来往（1988）		

下编　交流篇

245　名　胜

246	北京人民大会堂	247	湖北宜昌葛洲坝
246	江苏全椒吴敬梓纪念馆	247	长沙天心公园四副
246	江苏苏州抱绿渔庄	248	长沙岳麓山
246	福建安南九日山牌坊二副	248	长沙岳麓书院二副
246	福建蓬岛天柱山天柱岩（1985）	248	长沙岳麓公园三副
246	南昌滕王阁三副	248	湖南岳阳楼七副
247	济南大明湖	249	湖南桑植贺龙铜像
247	济南李清照纪念馆	249	湖南慈利索溪峪
247	黄河碑林	249	湖南张家界
247	河南新郑轩辕黄帝故里	250	重庆市博物馆
247	武昌黄鹤楼	250	四川江油李白纪念馆
247	武昌白云阁	250	西安博物馆

251　祠庙、佛寺、团体、行业、节庆

252	福建晋江东石帝君宫	253	福建泉州百源铜佛寺二副
252	长沙左宗棠祠	253	福建泉州宿燕寺二副
252	北京广化寺	253	福建漳州南山寺
252	福建晋江东石龙江寺	253	福建漳浦兴教寺
252	福建晋江东石竺世庵四副	253	福建漳浦圣灵寺
252	福建泉州天莲堂二副	253	福建漳浦高山寺

253	福建漳浦金刚寺	254	香港中文大学（1976）
253	福建南安大慈林	254	广东佛山石湾陶瓷厂
253	福建南安雪峰寺	254	姚美良先生在香港与大陆创设永芳化妆品厂三副
254	四川峨眉山报国寺		
254	中国《对联·民间对联故事》杂志	254	春联（1995）

255　恭贺

256	贺康熙寿	257	贺南岳楹联学会学术研讨会（1998）
256	贺李鸿章七十寿		
256	贺黄遵宪人境庐重修落成	257	贺张过从艺五十年（1997）
256	抗美援朝空战祝捷会	257	贺广东梅县诗社"梅风"诗报三副
256	贺中国楹联学会成立（1984）		
256	贺福建省楹联学会成立	257	贺广东大埔进光中学新校落成
256	贺中国黄梅国际楹联文化节六副（2005）	257	贺林湘和梅倩伉俪大埔湖寮大厦落成二副
257	贺《中国楹联家》创刊（2012）	258	贺大埔乡讯创刊三周年

259　悼念

260	挽何嗣焜（1901）	277	挽兄郁曼陀
260	挽吴汝纶（1903）	278	挽许地山
260	挽孙中山一百七十一副	278	悼八年抗战阵亡将士
275	挽黄兴、蔡锷二副	278	悼卢慕贞女士
275	挽黄兴	278	挽谭延闿
275	挽陈其美十副	278	挽林迪臣
	［美国］	278	挽何眉生
276	华侨1925年追悼"五卅"惨案烈士二副	278	挽鲁迅二副
		279	挽李苦禅
276	挽陈炯明四副	279	挽叶公超（1981）
277	挽朱瑞	279	挽赵元任夫妇（1982）
277	挽环龙	279	挽赵丹
277	挽胡景翼	279	挽徐向前元帅（1990）
277	挽陈德霖	279	挽邓小平十副

280	挽沈从文	281	挽马萧萧二副（2009）
280	挽陈毓祥四副	281	广东汕头中华永久墓园
280	挽圆拙法师四副（1997）		

283 题 赠

284	赠邓小平	285	赠广东杨怀
284	赠北京陆敏	286	赠广东赵峰强
284	赠秦皇岛钟启宗	286	赠广东大埔湖寮罗福源中医师
284	赠林散之	286	赠广东大埔芙蓉黄境兴
284	得自传寄赵师母（1947）	286	赠广东大埔芙蓉罗情英
284	赠沈阳黄静	286	赠广东大埔湖寮林永松贤甥
284	赠长春黎明侄女	286	赠广东大埔汪裕源伉俪
284	赠吉林高昇	286	赠香港杨瑞生三副
284	赠哈尔滨冯励	286	赠香港赵一江二副
284	赠福建圆瑛（1929）	286	题李卓敏画竹（1976）
285	赠江西萍乡彭江流	287	赠香港保藏弟
285	赠山东赵利勤	287	赠香港保鸿弟
285	赠武汉覃鹉翰	287	赠台湾黄光国博士
285	赠欧初	287	赠延静
285	赠广州杜埃	287	赠胡念祖
285	赠广州华南大学工学院树功侄	287	赠张令闻
285	赠广州海筹侄	287	赠刘万泉
285	赠广州淑蔚侄女	287	赠孙宝涵

289 杂 题

290	安徽黄山迎客松	290	题湖南绥宁寨市
290	题《中国楹联报》	290	题湖南邵阳苑旦平故居
290	捐赠抗疫口罩联	290	趣对英杰三出句

291 附录：本书主要参考资料

292 编织五彩云霞（跋）／常江

名胜

上编　远传篇

◎ 平壤大同江练光亭 ［朝鲜］

长城一面溶溶水
大野东头点点山
——集金黄元诗

【注】长城，指朝鲜长城。

◎ 成川降仙楼二副 ［朝鲜］

一水循环波更静
数峰排闼翠相连

【注】楼在沸流江岸，建于李朝时期。

千年地僻风烟古
十里岩回树木联

◎ 闻香楼五副 ［韩国］

山势周遭天宇迥
江声断续海潮通

巾影清如唐画意
梅华澹得宋诗情

天上几回身是月
风前一笑世皆尘

巡檐共索梅花笑
飞盏遥闻豆蔻香

良玉润珠，精神流照
古今乐石，左右交辉

◎ 首尔民俗村三副 ［韩国］

尧之日月
舜之乾坤

不闻城市喧
只得山中趣

父母千年寿
子孙万岁荣

◎ 东京龟井户村向岛百花园
　　　　　　　　［日本］

春夏秋冬花不断
东西南北客常来

【注】作于清光绪十六年。

◎ 长崎中华街牌楼二副 ［日本］

良港寓长崎，客地故乡同福祚
名城临北海，青山绿水接芳邻（西门）
——梵辉上人

【注】梵辉上人，我国佛学大师。

北拱众星，富比陶公营海峤
门临五福，岁如篯祖采天牟（北门）
——梵辉上人

◎ 神户唐人街牌楼 ［日本］

长怀华雨来神户
安庆和风度玉关
——赵朴初

【注】赵朴初,全国政协副主席,中国佛教协会会长。

◎ 鹿儿岛鸣嘤亭 [日本]

我从麓山携来衡岳千峰雨
谁在樱岛剪取楚天一段云

——羊春

【注】羊春,湖南作家。

◎ 北海道札幌市温泉道新庄 [日本]

云开千里月
风动一天星

——芝洞山人

【注】联经法书,挂在北海道新闻社自建的休养所一个房间的壁龛间。

◎ 哲学堂公园二副 [日本]

棹论理舟,溯物心之源
鞭理想马,登绝对之峰（哲理门外侧）

【注】公园在东京都中野区松丘一丁目,由东洋大学（哲学馆大学）的创立者井上圆了创建。

一心大海,起智情意之波
绝对古月,放真善美之光

（哲理门内侧）

◎ 那霸龟山蜀楼 [日本]

左瞰青畴,右扶苍石
后临大海,前揖中山

——李鼎元

【注】李鼎元,字和叔,嘉庆四年副使。

◎ 那霸城天使馆九副 [日本]

帝德著怀柔,正朔万年颁上国
臣心表忠信,南风三日到中山（屏门）

——汪楫

【注】该馆仿中朝官廨规制,大门署曰"天使馆",仪门署曰"天津门",大堂屏门署曰"敷命堂"。以上均为康熙间册使汪楫、林麟焻题。

（以下堂柱）

牛女拱三垣,看奎璧光分,丹诏有时临渤澥
楼船经万里,笑神仙事渺,青山何处是蓬莱

——赵文楷

【注】赵文楷,字介山,嘉庆四年正使。

丹凤衔书,天威咫尺
苍龙弭节,地险寻常

——李鼎元

【注】李鼎元,字和叔,嘉庆四年副使。

天语表恭藩,秉礼合称今鲁国
海滨崇朴俗,采诗宜入古唐风

——赵新

【注】赵新,字又铭,同治五年正使。

沧海曾经，看初日朝升，长虹夕霁
蓬山不远，喜好风帆引，甘雨车随
　　　　　　　　　　　——于光甲

【注】于光甲，字慎卿，同治五年副使。

圣化洽扶桑，万里而遥瞻日近
皇华临辨岳，九州之外仰天高（二堂）
　　　　　　　　　　　——周煌

【注】周煌，乾隆二十一年册使。二堂左右即寝室，各有一楼，正居正使，额曰"长风阁"；右居副使，额曰"停云楼"。

入帘山晓，卷幔海秋，客馆东西双杰阁
持节龙蟠，衔书凤翥，使槎闽浙两词臣
　　　　　　　　　　　——高人鉴

【注】高人鉴，字螺舟，道光二十四年册使。

云树万家新雨后
海天一色暮潮秋（长风阁）
　　　　　　　　　　　——赵宫赞

槛外月明临玉宇
枕边潮响忆钱唐（停云楼）
　　　　　　　　　　　——高人鉴

◎ 姑米岛公馆 [日本]

鳌首驾山来，拥卫不违天咫尺
蜑民迎节拜，欢呼创见汉威仪
　　　　　　　　　　　——周煌

【注】为册使避风而设。乾隆二十一年，周煌奉命册封，遇飓风登岸居此。

◎ 马尼拉材润亭二副 [菲律宾]

万里风光收眼底
四时景色纳亭中

硕德长垂，仁为己任
贤声远播，亭以人传

◎ 胡志明主席办公室 [越南]

自供清淡精神爽
处事从容日月长
　　　　　　　　　　　——胡志明

◎ 河内胡志明旧居 [越南]

一代伟人，万民楷式
几间旧屋，百世荣辉
　　　　　　　　　　　——余德泉

◎ 教圣堂 [越南]

高上至尊，大道和平民主目
台前崇拜，三圻共享自由权

【注】堂在高台。

◎ 日新楼 [越南]

长剑一杯酒

高楼万里心
——黄兴

【注】辛亥革命前黄兴在越南开展革命活动时所题。

◎ 古都顺化四副 [越南]

王会图开，舟车辐辏
神京景胜，山水高清（城门）

山河一统，日月重光
户牖蛮荒，庭除华风（紫禁城太和殿）

柱树御屏高，万古纲常特立
门依京阙近，四方视听一新（牌坊）

宇宙泰和天，玉帛衣裳此会
京都首善地，馨香文物所都（牌坊）

【注】在顺化市皇城，牌坊四根立柱上刻两副联。

◎ 商舶亭 [越南]

王会图开，舟车辐辏
神京景胜，山水高清

【注】在阮朝国都的顺化市皇城。

◎ 还剑湖三副 [越南]

临水登山，一路渐入佳境
寻源访古，此中无限风光（栖旭桥）

【注】在河内。

庙貌山容相隐约
天光云影共徘徊（镇波亭）

剑有余灵光若水
文从大块寿如山（镇波亭）

◎ 天主教铜像 [缅甸]

主尚仁慈，捐全躯于十字架
公犹慷慨，立铜像在九文台
——陈敷友

【注】在仰光九文台。陈敷友，福建惠安人。早年旅居缅甸，曾任《仰光日报》编辑。时为仰光一巨商，捐款在郊区九文台建天主教神铜像，并撰此联。

◎ 碧芦亭 [泰国]

碧阁凭栏，绿水青山开画境
芦亭敲韵，清风明月入诗囊
——黄乃达

【注】亭在曼谷。

◎ 挽芭茵宫 [泰国]

天下无不是之父母
世间最难得者兄弟

【注】宫在泰国湄南河一岛上，由三座宫殿组成，一为缅甸式，一为哥特式，一为中国式。中国式宫殿由华人李得源建造，于1889年落成。其建筑材料及宫中家具陈设，皆由中国运去。此联悬于二楼书房。

◎ 芭茵行宫 [泰国]

吟到白头诗未老
饮成红面酒为仙

【注】行宫在大城府。

◎ 八桂堂四副 [泰国]

施甘霖，济苍生，慈悲菩萨
作春秋，立经典，道德先师

【注】堂在勿洞。

佳节值春初，满座联欢敦梓谊
良辰当岁首，一堂逸兴叙乡情

八府传来，馆建天南，开幕应观新典礼
桂香飘到，人思地北，登堂如见旧家乡

搜集世间今古史
贮藏堂里圣贤书（图书馆）

◎ 云顶牌楼二副 [马来西亚]

蓬莱瑞霭千祥集
仙境慈云百福臻

放眼蓬莱观世态
纵怀仙境忘炎凉

◎ 槟榔屿轩亭 [马来西亚]

一卧沧江惊岁晚
独凭栏槛俯崔巍

——康有为

◎ 龙山堂 [马来西亚]

龙虎榜中人光分葛薵
山川图里客胜访槟榔

【注】堂在槟城。

◎ 南湖园二副 [新加坡]

南方草木稽含状
湖上莼鲈张翰思

——潘飞声

【注】潘飞声（1858—1934），广东番禺人，诗人，"南社四剑"之一。

南浦总思君，记一湾春水绿波，此景有人曾赋别
湖云应忆我，约千盏荷筲莲露，明年重践再来朝

——潘飞声

◎ 愚趣园 [新加坡]

其愚不可及
斯趣有所为

——郁达夫

【注】此园为著名考古学家、园林艺术家韩槐准所建。

◎ **步云亭** [新加坡]

白日放歌,更上试穷千里目
青云可步,相期无负百年身

◎ **环翠亭** [新加坡]

拔地千山环远翠
倚天一石俯危苍

◎ **丘菽园别墅二副** [新加坡]

引遁逢萌浮海外
逍遥庄子破天荒
——丘菽园

离骚自爱餐英法
重译兼搜种树方
——丘菽园

◎ **虎豹别墅九副** [新加坡]

万水汇归,环海银涛收眼底
金樽共赏,前山翠黛展娥眉(大门)
【注】新加坡巨商胡文虎、胡文豹兄弟兴建的一座别墅,1985年改造成具有中国传统神话色彩的乐园,园内塑上千尊中国神话故事人物。上下联首嵌"万、金",指胡氏兄弟监制的良药万金油。

(以下中央牌楼)
风从大海波涛壮
雾隐南山草木繁

出处慎康衢,庭列芝兰玉树
通幽循曲径,栏迴画栋雕梁

学家宗风承上蔡
山居树石拟平泉
——郁达夫

山静白云闲,辉耀一楼花萼
澜澄沧海晓,望迷万顷烟波
——郁达夫

九曲岚光宜晚眺
十湾烟雨壮潮声

(以下栖霞牌楼)
碧海东流,千古兴亡收眼底
白云北望,万方忧乐到心头
——郁达夫

(以下把翠牌楼)
天半朱霞,云中白鹤
山间明月,海上清风
——郁达夫

爽气自西来,放眼得十三湾烟景
中原劳北望,从头溯九万里鹏程
——郁达夫

◎ **香雪庄** [新加坡]

得有之人力振古
最宜初日此观鱼
——饶宗颐

【注】香雪庄,为著名华侨、"胡椒大王"陈之初所建之别墅。饶宗颐,香港

国学大师。

◎ 三保洞七副 [印度尼西亚]

寻君千载后
而我一能无
　　　　　　　　——章炳麟

【注】在三保垄，纪念郑和所辟。

继张班立功异域
开哥麦探险先河
　　　　　　　　——张君劢

三才冠盖华夏，永仗神威而保百姓
宝器藏诸蛮夷，长藉灵应以惠一方
　　　　　　　　——日本岛津元

（以下正门）
受命皇朝临海国
留踪石洞庇人家

滇人明史风来世
井水洞山留去思

椰雨蕉风迎服德
银涛碧浪助宣威（牌坊）

泊铊以锚坚如铁
古物维尊表其诚（供奉铁锚）

◎ 罗芳伯纪念厅二副 [印度尼西亚]

百战据山河，揭地掀天，想见当年气概
三章遵约法，经文纬武，犹存故国冠仪

【注】在坤甸。罗芳伯，又称罗大伯（1738—1795），广东嘉应州（今梅县石扇）人，崇文尚武，能诗文，擅武术。清乾隆三十七年（1772）与同伴18人，乘大木帆船漂洋过海，南行至坤甸东万律（今印尼西加里曼丹）登陆。先垦荒种植，后联合同乡成立"兰芳大总制公司"。从事采金等业，并团结华侨及土著人，抗击荷兰殖民者的侵略，被一致拥戴为当地首领，称为"大唐总长"。罗芳伯任国家首脑历时19年。

芳名流万古
伯业纪千秋

◎ 老君洞 [印度尼西亚]

函关杳西去之踪，何图一角遥天，古洞名山先占领
吾道际南来之会，好待九彝入化，谈经问礼结芳邻
　　　　　　　　——黄锡铨

【注】洞在巴罗埠。

◎ 唐人街二副 [英国]

华堂肯构陶公业
阜物康民敏士钟（牌楼）

【注】在伦敦。

伦肆遥临英帝苑
敦谊克绍汉天威

◎ 伦敦唐人街 ［英国］

月映竹成千个字
霜高梅孕一身花（凉亭）

【注】为袁枚句。

◎ 丹华亭 ［荷兰］

丹阳永照金兰结
华夏长联桑梓情

——姚昆田

【注】在鹿特丹，华商会主席黄音创办丹华讲学基金会，举办中国文化美食节，同时，落成丹华亭。

◎ 世界园艺博览会中国馆 ［荷兰］

满园春光堪入化
一池秋水总宜诗

【注】博览会 2012 年在荷兰芬洛揭幕。

◎ 唐人街四副 ［澳大利亚］

（以下南牌楼）
继往上国文章，维护自由正义
开来大同世界，发扬民主精神

——彭中流

【注】在悉尼。

德业维新，万国衣冠行大道
信学卓著，中华文化贯全球

（以下北牌楼）
澳陆风光，物阜民康，邦交友善
中原气象，德门义路，揖让仁风

四海种族同仁，修睦合群为兄弟
一家金兰结义，精诚博爱贯澳中

◎ 中国谊园六副 ［澳大利亚］

谊结城邦欣好合
园临沧海焕光华

——刘田夫

【注】在悉尼达令港，由澳南威尔斯省政府与广东省政府共谋兴建。1988 年澳建国 200 周年，著名华人学者刘渭平为公园取名"谊园"。

有客最宜明月夜
无人不起故园情

——余藻华

【注】余藻华，广东省文史馆员。

珠箔半搴花气入
玉篙斜点柳波分

——余藻华

借来十亩西湖水
浇出千丛上苑花

——余藻华

创业辟荆榛，市井康衢，瀛海今看新世界
登临遣客思，红棉丹荔，故乡同比好湖山

——刘渭平

【注】刘渭平，悉尼大学荣誉教授。

绕槛蟾光，海日不随流水去
掠帘鸥影，天风濒送远帆来（塔亭）

◎ 唐苑二十一副 [澳大利亚]

锦绣万花谷
园林四海情（正门）
　　　　　　　　　——张采庵

【注】在悉尼。张采庵（1904—1991），诗人，广东楹联学会副会长。

唐山远接天涯绿
海国长开友谊花（入门）
　　　　　　　　　——张采庵

风过每闻修竹响
月升真似故人来（月廊）
　　　　　　　　　——张采庵

瑞气千条龙变化
云屏八面锦开张（瑞云轩）
　　　　　　　　　——张采庵

（以下红渠水榭）
小艇载歌，谁唱江南长短曲
远香如梦，时来客里水云思
　　　　　　　　　——张采庵

倚栏倘能思越女
荡湖谁唱惜红衣
　　　　　　　　　——张采庵

过眼可无周氏录
入门真似米家船
　　　　　　　　　——张采庵

何处宫商金律动
有时环佩玉人来（竹韵轩）
　　　　　　　　　——张采庵

文采花光生妙悟
笔歌墨舞养清欢（妙香斋）
　　　　　　　　　——张采庵

大道三行真理见
斯文宛在妙香流（礼耕庐）
　　　　　　　　　——张采庵

杂花生树皆诗意
好鸟鸣春是友声（诗境亭）
　　　　　　　　　——张采庵

慷慨纵观沧海大
登临远入绿云深（长廊）
　　　　　　　　　——张采庵

游蜂冶蝶穿花去
明月清风渡海来（邻楼小屋）
　　　　　　　　　——张采庵

岭上多白云，只惜不堪持赠客
山中有宰相，未妨聊作备询人
　　　　　　　　　（山庄客房）
　　　　　　　　　——张采庵

移来中国园林，数不尽翠槛红帘，楼
　　阁邀春，湖上垂杨花上月
指点悉尼城港，好一派波光海气，闾
　　阎扑地，车如流水马如龙（天华阁）
　　　　　　　　　　——张采庵

画栋珠帘谁作赋
流泉爽籁有知音（山庄云山风味餐厅）
　　　　　　　　　　——张采庵

（以下登斯楼）
政通人和天下乐
一碧万顷眼中宽
　　　　　　　　　　——张采庵

长烟皓月无他念
岸芷汀兰有所思
　　　　　　　　　　——张采庵

（以下素食厅）
绿野成新墅
白云思故乡
　　　　　　　　　　——张采庵

物换星移天地大
山高月小水云流
　　　　　　　　　　——张采庵

双瀑故曾邀，昔日已非今日事
一泉寒可读，出山还似在山清
　　　　　　　　　　——张采庵

◎ **中华门** [加拿大]

丰富加国多元文化，留芳万代
弘扬中华建筑艺术，铭记千秋（牌坊）

【注】在多伦多。

◎ **逸园二副** [加拿大]

霜叶流丹思故土
名园拥翠到西洲
【注】在温哥华。逸园，是为纪念孙中
山三次到此宣传革命而建造的。

雅园建云城，纪念先贤伟业
高景仿苏州，宏扬大汉光华

◎ **望乡亭** [加拿大]

遥望中华数千里
不知何日能返家
【注】在西海岸，亭为修筑太平洋岸铁
路的华人所建。

◎ **中山纪念馆** [美国]

行汤武之事，本尧舜之心，天下惟公
　　彰大道
以耶孔为师，合科哲为一，念中无我
　　是真人
　　　　　　　　　　——梁寒操

◎ **金门大桥** [美国]

飞卧金门，弦挽亿钧，一桥景醉环
　　球客
奔流碧水，洋航万舸，两岸商招天
　　下财
　　　　　　　　　　——美国黎权芳

【注】桥在旧金山。

◎ 八德园 [巴西]

身健在，且加餐，把酒再三嘱
人已老，欢犹昨，为寿百千春

——张大千

【注】在里约热内卢，为国画大师张大千在巴西的寓所。画室联，集黄庭坚、辛弃疾词。

◎ 中国城七副 [巴西]

城临巴子国
地辟拉丁洲

——韩国周瑞岐

【注】1762年，巴西赠地建设"中国城"。1962年当地华侨文化机构为中国城举办征联，部分各国作者获奖。

族衍巴西，辟他邦地利
城开中国，振大汉天声

——马来西亚李天声

异域建新城，华胄声名扬海外
他乡作故里，侨胞事业发巴西

——马来西亚倪枝翰

赤手辟南天，荆榛一变膏腴地
丹心怀祖国，风气新城礼义邦

——菲律宾王友梅

联亿兆公民，播全世界和平种子
合中西文化，培南半球友爱根苗

——新加坡刘强

中华文教远敷，赤手空拳，含辛作邑
南美生民是赖，善邻睦族，众志成城

——南非邓瑞华

中外一家，看舟车所通，何处无黄农遗裔
国城数仞，与峰峦并峙，此邦亦赤县神州

——加拿大何栋

祠庙

上编　远传篇

◎ 孔庙 [韩国]

古今尊至圣
中外仰先师

【注】庙在首尔。孔庙,即纪念我国孔夫子(孔丘)的庙。据悉,韩国人极尊敬孔子,到处都建有孔庙。

◎ 关帝庙 [韩国]

千秋义气
万古忠心

——使臣程龙

【注】庙在首尔,供奉关羽。

◎ 昌德宫三副 [韩国]

醉眼看花红漾绣
彩毫题句碧笼沙(嘉乐堂)

【注】1405年作为离宫而修建的。"壬辰倭乱"时被烧毁,1611年重建。此后300年一直作为正式的王宫使用,是举行国王登基、接见外国使节等国家重要仪式的地方。

山影清如唐画意
水华澹得宋诗情

□论先辈分诗品
偶看高文击酒壶

◎ 云岘宫 [韩国]

多贺君家受大福
长宜子孙治中兴(老乐堂)

【注】云岘宫是朝鲜近代兴宣大院君安度晚年之私宅。

◎ 伏羲庙 [日本]

三元纬地
八卦经天

——潘力生

【注】庙在东京。

◎ 唐馆十七副 [日本]

(以下土后神祠)
元辰歌令节
厚德载群生

——梁太忠

【注】馆在长崎。唐馆,又名十禅寺、十善寺,原为药园。

福地阴阳合
丰年俎豆盈

——夏禹祥

兴宗立业财源主
护国安邦福禄神

发祥黑虎招财宝
余庆金轮送福来

——俞玉光

威灵保障征福佑
香烟永奉答神庥

     ——方学余

掌万民之福泽，普沾吉庆
通天下之财源，永锡丰盈

(以下天后堂)
英风远届江天外
坤德长垂海国中

     ——永才

寰海苍生，靡依匪母
千秋庙貌，峻极于天

     ——费肇阳

清晏溥恩波，会同四海
圣神宏道济，峻极三山

随感而通，凛坤灵之显赫
有求必应，戴母德之仁慈

     ——龚季肃

现帝女身，修孝行而千秋垂祀
成菩萨道，施法力而四海蒙庥

     ——张华

德配乾元，溥大圣大仁之泽，包涵向若
道隆坤顺，钟九天九地之灵，独炳莆田

(以下歌舞库即戏台)
要乐通天界

风流第一家

     ——王华清

仙袖舞来花欲笑
玉箫吹彻月当筵

     ——吴永珰

昔日忠谗从此演
当年孝悌在斯编

     ——林国省

道可警民知信义
功能醒世愧思谗

     ——陈忠道

恭谦让逊，文芳唐室，举步序庠周礼
喜怒玩乐，质整地邦，檀指雅操琴音

     ——方学余

◎ **孔庙五副** [日本]

万世文章祖
历代帝王师

     ——顾孝先书

【注】庙在长崎，建于1647年。顾孝先，江苏人，题联于清乾隆二十六年(1761)。

教被寰宇光曲阜
泽流海外润长崎

     ——赵朴初

至圣无域泽天下
盛德有范垂人间

     ——李苦禅

庙貌森然，蓬海肃陈俎豆
仪范卓尔，崎山尊祝衣冠（大殿）
————顾孝先书

讲屋宏开，群仰海邦领袖
吟坛载启，争承尼父渊源（明伦堂）
————沈陶

◎ **杨贵妃庙** [日本]

是耶非耶，不见玉颜空死处
念兹在兹，忽闻海上有仙山

【注】庙在长崎，由当地华侨与土著所建。贵妃庙，祀中国唐代之杨贵妃（杨玉环）。

◎ **关帝庙** [日本]

三山今在人间，神无来兮，弱水千寻迎节杖
五月每逢诞日，民有过者，清泉一掬荐蒲花
————张謇

【注】庙在函馆。

◎ **关帝庙** [日本]

精忠扶汉业
德泽荫侨民

【注】庙在神户。

◎ **降神观** [日本]

岳色千春归福海
波光万里乘灵风

【注】在长崎琼杵山石鸟居。

◎ **蔡瑞明祠** [日本]

传家茶荔都成谱
遗爱枌榆尚有桥

【注】祠在琉球群岛。

◎ **龙王庙** [日本]

合长江大河而注之海
能兴云致雨是谓之神
————于慎卿

【注】庙在琉球群岛。

◎ **灵应普济祠** [日本]

那霸唐营，并峙两宫分上下
夏来冬往，安流二至合华夷
————徐葆光

【注】祠在冲绳那霸天使馆之东，明永乐年间，琉球国王尚巴志创建。徐葆光，江苏人，清康熙进士，官翰林院编修，册封琉球副使。

◎ **顺济灵慈宫二副** [日本]

统全海之洪波，俯顺人情，应念东西南北

综历朝之宝册，仰觇圣德，一心忠孝
　　慈仁

——徐葆光

【注】又称上天妃宫，在冲绳那霸久米村，明嘉靖年间，册封使郭汝霖创建。

累朝叠诰表神功，岳降自习鲟江，翊运疑麻，频现红灯宣圣化
重泽献琛逢盛世，皇华亲临马齿，抠衣展拜，永靖碧海耀吾宗

——林麟焻

【注】林麟焻，福建莆田人，清康熙进士。任内阁中书舍人，册封琉球副使。

◎ 天后宫二副 ［日本］

凤舸灿神光，一片婆心扶泰运
龙津标圣迹，万年福耀镇安嘉

——周煌

【注】在冲绳姑米岛真谢港，清乾隆时，琉球尚穆王遵照乾隆册封使金魁和周煌的意见建造。

神为德其盛乎，呼吸回天登彼岸
臣何力之有也，忠诚若水证平生

——周煌

◎ 许氏宗祠五副 ［菲律宾］

祠庙开南邦，春禴秋尝，克保神州榘矱
子姓衍异域，藟根葛芘，弘扬太岳家声

派衍烈山，俾昌俾炽
芳传太岳，肯构肯堂

绪衍箕山，月旦题名，隆旌望忠信
彻钟泰岱，花栩列座，聚宗芳孝悌

溯炎帝胤四岳，绪衍箕山，木原一本
自光州涖闽峤，播迁漳泉，派分三友

太岳家声，堂构聿新扬海峤
银青世泽，门楣显耀播菲京

◎ 丘姓祠堂 ［菲律宾］

上溯先贤，诗句落花依草丽
远游后嗣，孝思异国奉祠新

◎ 文庙二十九副 ［越南］

逝水有如斯，文武衣冠，王侯第宅
高山长仰止，三关闑奥，数仞宫墙

【注】在河内市中心，还剑湖以西，为越南历代王朝祭孔处和文化教育中心。

（以下大门）
士夫报答为何哉，朝廷造就之恩，国家崇尚之意
世道维持视此耳，礼乐衣冠所萃，声名文物所都

大国不易教，不变俗，且尊崇之，亦信斯文原有用

吾儒要通经，要识时，无拘固也，尚思圣训永相敦

瀛寰中教目，吾道最先，万宇舟车同起敬
全境内文祠，此地为首，千秋芹藻尚流芳

东西南北由斯道
公卿士夫出此途

涅而不淄，磨而不磷
仰之弥高，钻之弥坚

道若路然，得其门而入
圣即天也，不可阶而升

纲常栋宇存天地
道德宫墙自古今

数仞高坚，载得许多道院
万古瞻仰，依然一大宫墙

仙府名蓝，普照慈光辉世界
文庙觉岭，高标佛境润群生

（以下大成殿）
气备四时，与天地鬼神日月合其德
教垂万世，继尧舜禹汤文武作之师

德冠生民，溯地辟天开，咸尊首出
道隆群圣，统金声玉振，共仰大成

配元气于四辰，后天地之生而知天地之始
开学源于万世，祖尧舜之道而建尧舜之功（大成门拜堂）

四辰行百物，生一身造化
三经正九畴，叙万世文明
（大成门拜堂）

神功卓冠，古今天地犹为小
圣道回昭，宇宙日月不可逾
（大成门拜堂）

四科成就人才，化工随品物
六籍阐扬大道，元气在两间

基续亿年培不极
教垂万世仰无穷

泗水文澜流洱水
东山道脉引浓山

（以下奎文阁）
颐朝粉饰隆文治
灯阁珍藏集大观

科甲中业名不朽
宫墙望外道弥尊

车书共道今天下
科甲联题古学宫

奎星天朗人文阐
碧水春深道脉长

圣贤一统图书府
文献千年礼义邦

城临北斗回元气
月霁秋潭照古心

道有主张斗北文明之象
人同瞻仰交南礼乐之都

后帝王而生，事业高帝王上
中天地而立，功德与天地同

山名不在高，水灵不在深，自有主者
天柱赖以尊，地维赖以立，惟此浩然

庙貌山容相隐约
天光云影共徘徊（镇波亭）

剑有余灵光若水
文从大块寿如山

◎ 真武观三副 ［越南］

圣泽汪涵牛渚阔
神功峻拔凤山高
【注】在河内。

地萃其灵，江山长在此
道形于器，钟鼓云乎哉

有国家以来，旺气经今存岳渎
中天地而立，神光盖古镇龟蛇

◎ 玉山祠八副 ［越南］

龙马河图
神龟洛书
【注】祠在河内还剑湖畔。

临水登山，一路渐入佳境
寻源访古，此中无限风光

灵湖弱水随缘渡
尘境仙洲有路通

紫气光回天咫尺
红尘望隔水东南

夜月或遇仙是鹤
濠梁信乐子非鱼

泼岛墨痕湖水阔
擎天笔势石峰高（"砚台"门）

论事情宜存忠厚心，无大黑白
为文章勿作薄幸语，徒自雌黄
（"砚台"长廊）

桥引长虹栖岛岸
楼当明月坐湖心（神龟洛书处）

◎ 丽密祠二副 ［越南］

帝女复生还，壮士芳名传李史
神威隆赫濯，层楼胜景镇灵祠
【注】祠在河内嘉林县养蛇的丽密村，建祠供奉11世纪腰斩怪蛇的黄壮士。祠

前两进牌坊，各有对联。帝女，传说是被黄壮士救起的李朝公主。

妖怪尽平，深洞鱼龙安四野
英灵不散，故乡祠庙立千秋

◎ 妈祖庙 [越南]

亦人亦神，灵到八方皆庇佑
救苦救难，泽倾千载竞鞠躬

——黄发兴

【注】在西贡市（今胡志明市）。黄发兴，时在《人民日报》总编室任职。联题于1994年。

◎ 天后宫 [越南]

天眷正殿，圣诞刚逢春欲暮
后灵永在，母恩普及海之湄

【注】宫在头顿。

◎ 三保公庙四副 [柬埔寨]

三圣名留青史，千秋威德扬北地
保公誉满赤州，万载神恩照南天

（大门）

【注】庙在磅湛，祀郑和，20世纪90年代重建。

征异域，赴异乡，留庙貌于今垂万世
乃为民，亦为国，展神灵自古赫千秋

（三保殿）

七出南洋留古迹
千秋香火祀圣贤（院墙）

一代圣贤，难却名声威胜地
万民祭祀，尚留香火在人间

（小院神殿）

◎ 仰光古庙 [缅甸]

神灵钦远播
圣德仰光昭

【注】建于清咸丰年间，是佛道与民间祭祀合一的古庙，除观音、北帝外，还供奉金花夫人、鲁班、华佗、孔子、包公、海瑞等。

◎ 天后宫二副 [缅甸]

万众腾欢，物阜民康沾雨露
百年庆祝，苍生黎民沐恩膏

【注】宫在丹老，闽粤华侨建于清道光年间。

天下被洪恩，物阜民康，万古同歌美
后宫流巨泽，远钦近悦，千秋羡麻祥

◎ 三圣宫 [缅甸]

广被慈云，观兹宝座辉煌，万古神光□北都
东来紫气，瞻此庙堂焕彩，千秋德泽播南洋

【注】宫在勃生，创建于清末。

◎ 三保公庙四副 [泰国]

脱身南域弥勒祖
受法西天衍佛经

【注】即帕南春寺，在阿瑜陀耶王朝首都大城郊区湄南河畔。为了纪念三保太监郑和，当地华人将寺改称三保公庙。南洋各地侨众为纪念他发展我国与各国人民的友好关系及沟通贸易的功绩，多处建庙崇祀。

三保灵应，风调雨顺
佛公显赫，国泰民安

三昧宝真如，无人无我
佛心公造化，不灭不生

七度使异邦，有明盛记传异域
三保驾慈航，万国衣冠拜故都
　　　　　　　　　　——柯光汉

◎ 华佗殿 [泰国]

一片丹心昭万古
千方妙药救众生

【注】寺在曼谷耀华力路唐人街，是中国式古寺建筑。

◎ 七圣妈庙二副 [泰国]

人杰地灵千古迹
民安物阜万家春

【注】在曼谷。七圣妈，即妈祖。

广济苍生恩泽济
博施赤子德威扬

◎ 新本头公庙 [泰国]

凭圣德而敷五福
仗神恩以祝三多

【注】庙在曼谷龙路942-8号，建于清道光年间。"本头公"即土地神，庙多为华人所建。

◎ 石龙军路关帝庙 [泰国]

帝德龙章，长开泰运
天生神威，羽展鸿图

【注】庙在曼谷石龙军路伊萨努帕巷，祀关羽。

◎ 月亮路关帝庙 [泰国]

关圣精忠功德被尘宇
帝君义勇威武镇乾坤

【注】庙在曼谷月亮路，祀汉关羽。

◎ 黄氏诚轩公祠 [泰国]

系出荷田，喜派衍支蕃，长绵世泽
堂开湄浦，看云蒸霞蔚，丕振家声
　　　　　　　　　　——黄乃达

【注】祠在曼谷吞府荷田，又名"诚轩堂"，为广东梅县荷田（今荷泗镇）黄氏始祖诚轩公之旅泰国曼谷裔孙所建。

◎ 本头古庙 [泰国]

本性实慈祥，呵护良民，不管华侨与泰籍
头衔常显耀，称灵异域，更从外国顾中原

【注】庙在泰北甘烹碧府那空春，重建于1981年。

◎ 清水祖师庙 [泰国]

祖德配天钟岭表
师尊成圣耀暹邦

【注】庙在佛丕。

◎ 天福宫 [泰国]

天降观音，一片慈悲脱苦海
福荫黎庶，万民敬仰□□□

【注】宫在泰国西南部城市。

◎ 越粒天后圣母宫四副 [泰国]

恩波腾海表
庙貌矗天南

【注】宫在越粒府。

万事吉祥神赐福
众人欢庆圣鸿恩

天宇仰庄严，灵应南疆传万世
后妃施德泽，恩涵海国配千秋

天德表千秋，万姓平章歌圣德
后恩敷四海，众生安庆沐娘恩

◎ 三山天后宫二副 [泰国]

三山卫五虎，一旗一鼓拱闽侯
山廓开七门，双桥双塔建榕城（牌楼）

【注】宫在普吉府，1937年重修，1983年林赛珠捐赠牌楼。三山，福州市内屏山、于山、乌山。五虎，闽江入海处五虎礁。一旗，指旗山。一鼓，指鼓山。七门，明清时福州的七座城门：宁越门、遗爱门、行春门、迎仙门、水部门、汤井门、船场门。双桥，指晋安桥、万寿桥。双塔，指俗称的乌塔、白塔。

福地为台，谊联桑梓
州人集会，功致富强（正殿）

——萨镇冰

【注】萨镇冰（1859—1952），福州人，民国时任海军总长、福建省长、代理国务总理等职。新中国成立后任全国政协委员、中央人民革命军事委员会委员、华侨事务委员会委员等。

◎ 巴真天后宫 [泰国]

一统熙朝，万里光天化日
九重圣母，千秋护国庇民

【注】宫在巴真府，始建于清，1962年重建。

◎ 叻丕天后圣母宫 ［泰国］

天哉后乎，功施宇宙
圣者母矣，德霈山河

【注】宫在叻丕府程斋区，1900年初建，1971年移建。

◎ 唐人庙 ［泰国］

天藏宝洞显威赫
后德浩荡佑万民（天后殿）

【注】庙在春武里府挽盛县考三莫海东妈。

◎ 洛坤府天妃宫二副 ［泰国］

覃恩浩荡常流海
后德巍峨独配天

【注】宫在洛坤府，始建于清，祀妈祖。天妃，即天后，传为福建莆田县林氏女，死为海神，为华侨漂洋过海的保护神，故南洋华侨及我国沿海一带普遍敬奉，设庙以祀。

福海毓元灵，波静风平，万派回澜依后德
湄峰开寿域，朝裡野祀，千秋血食颂神功

——陈壬子

【注】陈壬子，清光绪年间人。

◎ 榄邦本头公转火 ［泰国］

本始溯三才，中央属土
头衔分五等，首位为公

——侯文琴

◎ 关帝庙 ［泰国］

伐魏征吴，谁比一时事业
称王颂帝，孰同千古馨香

【注】庙在洛坤。

◎ 本头公庙 ［泰国］

本史圣言，可引世间慈悲客
头举三尺，神光照出公庙辉

【注】庙在泰南洛坤市区，1965年重建。

◎ 大王宫 ［泰国］

永葆岩疆，施德厄海
奠安属邑，溥仁恩邦（律宾宫大殿）

【注】联在大殿左后侧通往曼谷王朝四世王寝宫通道小门旁，疑为某处天后宫的文物。

◎ 猜纳本头公庙三副 ［泰国］

本庙雄当京国，襟唤龙蟠虎踞
头衔伟示华都，胜概民阜神尊（庙门）

【注】庙在猜纳府越盛县。

威震华夷，到处人皆蒙德泽

化通遐迩，无时物不沐神恩（牌楼）

本正气浩荡，国泰民安，庙貌千秋昭圣德
头公声灵威，保我黎庶，心诚一片答神恩

◎ 考三莫海东妈唐人庙十五副
[泰国]

峭壁迂回，揽括灵岭成仙境
浪涛长啸，应和宝经传世人（大门）

【注】在春武里府挽盛县，凿岩面海而建。

山明岭秀，划然圣地成仙境
海阔天长，俨似蓬莱恭佛堂

盛德鸿施，上下尊卑同景仰
王恩鳌戴，士农工贾尽输诚
（圣王公祠）

天藏宝洞显威赫
后德浩荡佑万民（天后圣母）

纯正慈颜，修真明玄醒世梦
阳涵正心，施法诲导救灾黎
（万善坛吕祖）

冠群医剖术，创世界先进
称神手疗法，开天下奇源
（万善坛华佗仙师）

天机微妙藏真理
师训毓德化迷津（万善坛张天师）

六根万籁无声泰佛性
祖忘一尘不染证禅心（六根祖师）

（以下关帝庙）
英勇忠义，史籍永载千秋盛
豪放坚毅，声威颂扬万古传

一点忠心悬日月，历世常青
千秋义气壮山河，史永留名

（以下如来佛堂）
大雄光照耀，风调雨顺
宝殿筑豪华，国泰民安

（以下观世堂）
慈航普渡，众生超苦海
悲心济世，万姓庇钧天

玉宝宣道德，醒世千古
佛殿化庄严，护益万年

（以下财神庙）
财帛盈仓，国泰民安知礼乐
神光永庇，年丰物阜庆康宁

财库丰盈，城乡黎庶千年盛
神恩广被，中泰工农四季春

◎ 聚宝堂二副 [泰国]

地兴财大发

主盛合家安
【注】堂为多数商家和民居的主厅墙脚处一个结构精巧的小土地庙。

四方金银进
五路财宝来

◎ 猜纳关帝庙二副 [泰国]

义起高溪灭胡族
兴复明主还旧邦（首炉明道祖师龛）
【注】在猜纳府越盛县。

彼跻公堂，同心同德祀前辈
入斯祖宇，如兄如弟启后人（堂联）

◎ 林氏大宗祠十副 [泰国]

表海同风，尊祖敬宗民德厚
明禋无替，慎终追远汉声恢

邃宇深堂，海外山川增眼福
连枝并萼，庭前棠棣占春风

崇庙貌以肃观瞻，肯构肯堂，鸟革翚飞宏体制
本孝思而陈俎豆，来歆来格，忾闻僾见切衷怀

崇享廊宏规萃，各派孝子慈孙，虔荐烝尝敦祀事
本源怀盛业衍，历朝祖功宗德，贻谋弓冶振家风

我族乃三仁沛泽，十德遗徽，萃荟起人文，奕祀千年隆庙貌
此地有绿水朝宗，浮屠入画，春秋多佳胜，海天万里肃明禋

异城奠宏基，延三仁之遗泽，继九牧以扬辉，万里风云通上国
同源仪祖德，喜双阙兹重兴，溯长林而缵绪，千秋事业绍前徽

三千年忠孝传家，积厚流光，自博陵以逮闽侯，代发簪缨华世胄
八百里海疆缵绪，瓜绵椒衍，溯西河而迄湄水，应多俊彦振宗邦

敦宗培后进，敬其所尊，爱其所亲，御笔早题诗，忠孝有声天地老
纯德仰前修，监礼之文，问礼之本，圣人曾赞誉，古今无数子孙贤

万里集簪裾，见芝兰苗秀，棠棣敷荣，十德本常馨，自有芳徽流海峤
千秋隆庙祀，溯赐姓西周，敕封南越，三仁原永笃，长留正气塞乾坤

南甸构崇祠，看菩提并峙，风月双清，海峤肃明禋，前堞规模今再睹
西河衍望族，喜瓜瓞绵长，人文蔚起，子孙敦孝德，博陵统绪此重兴

◎ 海南公祠二十二副 [泰国]

海域纳千流，源远流长思泽广

南天容万本，枝荣本固蒂根深

　　　　　　　　——吴子民

海侨立庙堂，承先启后，追远慎终，
　　崇奉儒风维礼教
南国多贤士，继往开来，寻根探本，
　　弘扬汉粹系乡情

　　　　　　　　——吴子民

海甸出英贤，承先启后，慎终追远，
　　尚义崇仁维礼教
南邦多俊彦，继往开来，探本寻根，
　　敦亲睦族系乡情

　　　　　　　　——吴子民

宝殿奉先侨，饮水思源，业绩辉煌光
　　海甸
公祠欣再建，慎终追远，孝行美誉耀
　　南天

　　　　　　　　——符建锦

海涵豁达，无私谏国策
瑞气永恒，普照耀民心

　　　　　　　　——黄循辕

海错山珍，永使侨胞怀祖泽
南辰北斗，长留名教睦邻邦

　　　　　　　　——黄循辕

海外贤能建筑，彪炳公庙多显赫
南洋巨子兴作，昭著祠堂极英灵

　　　　　　　　——黄循辕

海侨赞仁翁，济困扶危，好义急公留
　　史籍
南邦称善长，怜孤恤寡，有方教子绍
　　箕裘

　　　　　　　　——卢焕杰

海表仰先贤，廉洁从公，彪炳勋名同
　　日月
南天钦德政，忠贞报国，昭彰美誉满
　　乾坤

　　　　　　　　——卢焕杰

海外觅安居，斩棘披荆，发奋兴家人
　　共仰
南洋欣作客，栉风沐雨，含辛创业众
　　同钦

　　　　　　　　——卢焕杰

海隅勤垦殖，露宿风餐，燕翼贻谋兴
　　国族
南域善经营，云蒸霞蔚，箕裘克绍振
　　家声

　　　　　　　　——卢焕杰

先侨来海国，克俭能勤，早为孙谋兴
　　己业
游子在南洋，含辛茹苦，永怀祖德建
　　公祠

　　　　　　　　——卢焕杰

海角出英贤，发展华文，崇奉儒风维
　　礼教
南疆多俊士，振兴孝道，思源报本建
　　公祠

　　　　　　　　——卢焕杰

海国同侨缅思泉，慎终追远，虔诚祀先哲
南邦客子怀报本，祖德宗功，遗泽荫后人
　　　　　　　　——吴清群

海外建祠堂，缅先贤翰墨政声，千秋留史籍
南疆兴庙宇，怀古哲忠肝义胆，万载仰高风
　　　　　　　　——吴清群

海角展雄风，光明有自，波清岳秀龙献瑞
南天舒浩气，耿介长存，士雅侨康凤呈祥
　　　　　　　　——吴清群

海岛徽光传世泽，同根共叶，崇昭扬祖德
南邦正气展家声，溯本寻源，敬穆结宗盟
　　　　　　　　——吴清群

海岛精英开天地，行仁行义，世系根生域外
南邦黄胄育子孙，克孝克忠，归真魂聚斯堂
　　　　　　　　——吴清群

海外肇宏图，寄迹他乡，龙腾虎跃家声远
南疆培后秀，安居异域，子孝孙贤世泽长
　　　　　　　　——吴清群

海岛钟灵孕后杰，崇仁尚义，芳名昭日月
南天毓秀育英豪，事孝精忠，饮誉贯乾坤
　　　　　　　　——吴清群

海角集乡亲建祠，崇祀先贤，缅怀文庄政绩
南邦联族谊修谱，史传后代，彪炳忠介精神
　　　　　　　　——吴清群

海岛先贤树宏图，根深蒂固，万载辉煌传祖德
南邦耄耋开世系，源远流长，千秋俎豆报宗功
　　　　　　　　——吴清群

◎ **福德祠**［泰国］

福田广种
德泽宏施
　　　　　　　　——卢焕杰

◎ **水尾圣娘二副**［泰国］

水路分流施圣泽
尾星普照布娘恩
　　　　　　　　——卢焕杰

水势汪洋通海国
尾星灿烂昭南天
　　　　　　——卢焕杰

◎普吉岛庙三副 [泰国]

真身感应在普渡南海
德志慈悲于灵山西天

德行可参天，慈悲为宝
真心能济世，通慧作门

紫竹夹桃花，曾见龙翔锦浪
吉阳来偃月，应知凤舞银钩

◎蘇属巴冬天后宫 [马来西亚]

天道无亏，海航尊为圣
后仪有灵，仙行可称母
【注】宫在蘇属巴冬州海口。

◎彭亨琼州庙 [马来西亚]

琼岛洵称奇，学士名臣尚天下
州居欣得地，襟河带海汇堂前
【注】琼州庙，即天后宫，在彭亨州关丹镇武吉乌美路，始建于清。

◎关帝庙二副 [马来西亚]

忠义二字，团结了中华儿女
春秋一书，代表着民族精神
　　　　　　——于右任

【注】在吉隆坡。

义秉纲常，千秋浩气昭云汉
星辉翰墨，万古文章灿斗牛
　　　　　　——陈清能

◎天后宫二十副 [马来西亚]

天心遗爱，慈云孝义扬家国
后德威灵，救溺扶危震古今（大门）
　　　　　　——陈清能
【注】清末海南籍侨民所建，原在雪兰莪，1989年在吉隆坡乐圣岭建新宫。

英风远届江天外
坤德长垂泽国中

（以下圣娘神殿）
慈意殷拳，福施社稷
恩波浩荡，泽及苍生

湄洲海上，停澜救溺，降魔荡寇倾朝野
乐圣岭间，瑞霭祥云，化雨群伦显古今

天心平等，历层澜于救溺，真是危礁一慧炬
后德无私，荡寇攘以安民，堪称亘古作梯航

（以下回廊柱）
恩救大千劫尘
德被百万苍生

不作风波于海上
自无冰炭在胸中

多知世事胸襟阔
阅尽人情眼界宽

应从椰橡林间地
发现桃花源里天

贪为世上群书蠹
善是人间众福门

珍惜生存应互爱
随缘乐善莫相残

持其志勿暴其气
敏于事而慎于言

阅透人情知纸薄
踏遍世路觉山平

浮生若梦谁非寄
到处能安即是家

做事要设身处世
讲话勿出口伤人

天现五云，慈航远渡
后安四海，圣泽常沾

认半句错，省千般累
忍一息怒，保百年身

翊化扬和，邦家有福

推恩布泽，黎庶以康

慈意殷拳，福施社稷
恩波浩荡，泽及苍生

毓秀山川，风云际会
典型文物，气象堂皇

◎ 仙四师爷庙 [马来西亚]

做个好人，身安心正魂梦隐
行些善事，天知地鉴鬼神钦

——陈清能书

【注】庙在吉隆坡。

◎ 清云岩 [马来西亚]

听风望月增禅意
玩水游山养性灵（怡然斋）

【注】为马来西亚槟城附近的蛇庙，建于1850年。庙中到处是爬行的蛇。

◎ 三保庙四副 [马来西亚]

永藉兰城兴大义
春回桃谷萃群英

【注】庙在马六甲。三保即明代三保太监郑和。

五百年前留胜迹
四方界内显英灵

魂依甲地，万古幽冥治福德

公庇征人，千年享祀配春秋

秩重荒丘，凛凛官方超上国
位跻良吏，绵绵岁序荐明烟

◎ 马六甲天福宫 [马来西亚]

福海浩浩，恩光来泽国
建山巍巍，母德济苍生

【注】即福建会馆，在马六甲州马六甲市乔克街，旅马福建籍侨民建于清代。

◎ 雪州天福宫二副 [马来西亚]

天君除恶患，民安国泰
福地庆丰年，雨顺风调

——福建陈和璧

【注】宫在雪州适耕庄。

天生石洞，圣君除魍魉
福降人间，民众乐升平

——福建陈和璧

◎ 太原王氏宗祠 [新加坡]

凤管瑶星，千古英雄苗裔
虎符金节，一家兄弟屏藩

——江西王丹凤

◎ 周家祠 [新加坡]

濂深涵雅量

溪广裕宏谋

【注】又称濂溪别墅，周活公创立，原在日本街，后迁淡水河，继迁七马路，今址在乞力律23号。

◎ 林氏大宗祠 [新加坡]

忠孝有声天地老
古今无数子孙贤

【注】名九龙堂，创建于1857年，在广东路239、241号。

◎ 南海宫二副 [新加坡]

南域无尘，西方绝俗
海潮有信，莲座生辉

——福建沈庆生

南洲佛寺，殿宇辉煌斯即是
海上仙山，烟涛浩渺信难求

——福建沈庆生

◎ 哥打丁宜天后宫 [新加坡]

天后宫山间明月
圣母殿水下清风

◎ 南湾天福宫八副 [新加坡]

圣德醍醐，光昭海表
坤仪显耀，祥发闽中

【注】宫在新加坡南湾的直落亚逸街

（源顺街），泉州石狮人建于清道光时。

（以下宫门）
圣德流芳，万古声灵赫濯
母仪媲美，千秋俎豆馨香

普济慈航，渤海安澜共庆
覃敷德泽，黎民乐国长歌

发湄州梯航捷至，恩垂北狄
敷嘉里栋宇聿新，福被南闽

神之在天，犹水之在地
民之归后，如子之归亲（正殿）
　　　　　　　　——邱菽园

【注】邱炜萲，号菽园，清末海澄（今龙海）人，光绪举人，去南洋经商、办报。

妃后普徽称，化身是童身菩萨
佛仙同正果，低头拜三世如来（正殿）
　　　　　　　　——邱笃信

【注】邱笃信，邱炜萲之父，清末任盐运司。

使节咏皇华，九万里破浪乘风，直上青天揽日月
恩波周宇县，五大洲承流仰镜，共航碧海会车书

惟神拯航海千百国生灵，庙宇宏开，藉与三山联旧雨
此地为涉洋第一重冲要，帆船稳渡，又来万里拜慈云

　　　　　　　　——曾福谦

【注】曾福谦，清福建闽县（今福州）人，官至刑部直隶司主政。

◎ 粤海清庙天后宫 [新加坡]

后德同天，广荫群生恩有在
母仪称后，功超众信福无边

【注】粤海清庙，俗称老爷宫，在新加坡市菲立街前海边，建于清嘉庆时。

◎ 金凤庙 [新加坡]

金殿敬金身，金光高照
凤凰朝凤庙，凤翥呈祥
　　　　　　　　——刘振威

【注】金凤庙是新加坡华侨集资兴建的古刹，香火极盛。大修时，作者应嘱撰书此联祝贺。

◎ 联合宫 [新加坡]

淡滨尼地蕴灵气建庙护国
联合宫诸尊显赫集圣佑民

【注】为淡滨尼居民区中的小庙，供奉儒释道及各路民间诸神。

◎ 百氏祠堂二副 [印度尼西亚]

百宗源远
氏德流长

【注】祠堂在万隆。

百系不离宗，兴建渤良安总祠，永昌祀典
氏亲皆尚本，长供历代祖牌位，克里伦常

◎ **孝思堂** [印度尼西亚]

孝道千秋重
思恩一念深
【注】在万隆。

◎ **关帝庙二副** [印度尼西亚]

武士称夫子，自古迄今无二者
将军曰圣君，历朝传国有几人
【注】万隆和棉兰的关帝庙均有此二联。

正气薄云霄，千载惟称西汉最
忠义满天下，一生得自春秋多

◎ **南洋大霹雳南道院** [印度尼西亚]

广寒宫遥接尘寰，有客飞升，手拨云雾捧初日
金银气直冲霄汉，问谁守藏，眼看风雨护神龙

——黄锡铨

◎ **三保庙五副** [印度尼西亚]

滇人明史凤来世

井水洞山留去思（大门）
【注】庙在印度尼西亚爪哇岛的三保垄市，祀明代航海家三保太监郑和。滇人，指郑和（云南昆阳，即今晋宁人）。井水洞山，指庙内三保井和三保洞。

椰风蕉雨迎服德
银涛碧浪助宣威

访君千载后
愧我一能无（三保洞）

——章炳麟

皓月空虚，悟夙因是色
墨云暖瞹，归前座烛光（三保宫）

受命皇朝临海国
留迹石洞庇人寰（王景泓墓）
【注】王景泓，明人，随郑和下西洋，逝于此地。

◎ **福德祠** [印度尼西亚]

福居洪范五
德列达尊三

◎ **东岳观八副** [印度尼西亚]

五岳镇乾坤，职掌阴阳司善恶
天齐临南岛，功驰海宇护苍黎
【注】在棉兰多峇湖。

赫赫神威昭日月

巍巍观宇峙乾坤

大德昭昭垂千古
帝恩浩浩庇万民

德周天界神光广
恩庇神恩圣泽长

古迹保存功成日
恩光普照泽沛霞

云雨八纮来日观
壶华双笏觐天齐

岁稔时和蒙圣泽
民丰物阜沐神庥

善恶到头，难逃案牍殿前算
安危指点，欲识天机观里来

◎ 善才爷庙 [印度尼西亚]

天性宗仁爱
平生好利群
【注】在蔴坡。

◎ 坤甸罗大伯庙四副 [印度尼西亚]

丰沛故人，为使君上寿
蛮夷大长，夸表海雄风
————广东陈展骐

【注】庙在坤甸东万律，为纪念罗大伯而建。罗大伯，原名芳伯，乾隆秀才，科举不第，结伙下南洋，团结华人，联络土著，武装保卫经商活动，成为头领，被梁启超称为中国海外移民八大伟人之一。

钱氏据东瓯，试看开府雄藩，威望居
　然唐节度
臣佗处南海，漫谓边陲窃号，冠裳犹
　是汉官仪
————广东陈展骐

【注】上联用钱镠故事，下联用赵佗故事。意为虽建国但仍臣服中央。事实上罗芳伯所建之"兰芳大总制"为政企合一形式的公司。

海峤建旗幢，十八人飞渡偕来，宜以
　合群成自立
河山悲破碎，亿兆姓散沙贻消，更无
　继起慰而翁
————广东陈展骐

【注】上联是对罗芳伯建立"兰芳大总制"实行民主自治的肯定与赞扬；下联对"兰芳大总制"被荷兰殖民者吞并后，无人继承事业而叹惋。

何殊南北战争，本公德建议联邦，大
　统领怀华盛顿
岂有帝王思想，懔天威仍称藩服，蛮
　夷长媲老夫臣
————广东陈展骐

【注】每年罗芳伯寿辰时，当地华侨及土著必到庙祭拜。当地首长（甲必丹）嘱作者撰此联。

◎ 罗大伯庙四副 [印度尼西亚]

海色天容供眺望
珠光剑气炳英灵

【注】庙在恭祝。

丰沛故人为使君上寿
蛮夷大长夸海表雄风

君自故乡来，覆篑初基，竟辟榛芜蕃族姓
山随平野尽，海门不远，会看风雨起蛟龙

——饶芙裳

欲说赤松游，逐鹿归来，黄石矶边应挂棹
莫嫌红树远，打鱼闲了，碧云湾里话桃源

——饶芙裳

◎ 万灵祠三副 [印度尼西亚]

万姓共尊崇，祖述轩辕，创业精神昭后世
灵祠今建设，侨居汉裔，馨香虔敬祝千秋

【注】祠在椰城海口七灵津。

万姓此为先，裕后光前，祧祀永瞻黄帝德
灵台安次序，左昭右穆，尊严远溯汉家风

万世流芳，千秋庆祝，涿鹿战蚩尤，建立中华古国
灵光永耀，祖国长馨，椰京侨汉裔，功成百世宗祠

——萧瑟风

【注】万灵祠，是当地华侨建立的崇祀黄帝的庙宇。

◎ 五祖庙 [印度尼西亚]

立胆为义昭千古
存心以忠著万年

【注】庙在苏门答腊棉兰，为华工所建，纪念因反抗荷兰殖民主义者和烟园主压迫剥削而牺牲的陈炳益、吴士升、李三弟、杨桂林、吴蜈蚣等五位华人。

◎ 棉兰天后宫 [印度尼西亚]

圣泽降盂兰，庇护下元普渡
慈云临法会，超升万汇孤魂

【注】宫在北苏门答腊棉兰坡，清末张裕轩昆仲等人创建。

◎ 小坡天后宫三副 [印度尼西亚]

圣德参天，庇万民吉庆
母仪配后，佑四海安澜

——林光贤

【注】宫在丹戎槟榔小坡，始建于清。林光贤，清咸丰年间人。

杨枝滴露，普天皆润泽
清水甘霖，遍地尽沾恩

显迹湄洲，航海梯山同庇荫
光辉南岛，华民义族共沾恩

◎ 望加锡天后宫 [印度尼西亚]

龙飞天外化为霖，圣泽汪洋，罩敷四海
显耀门楣欣此日，声灵赫濯，永祝千秋

◎ 杨氏大宗祠二副 [印度尼西亚]

北国千年柏
椰林万盏灯

祠宇满堂春，个个皆称兄弟叔侄
天涯同赤子，人人哪管北调南腔

——杨亿昌

◎ 客属总义祠二副 [印度尼西亚]

义关桑梓，家隔海天，万里梅花同消息
祠祝千秋，堂联百世，一龛香火结因缘

【注】祠在雅加达。总义祠，是百姓公祠。

义厚重于首丘，想当时航海梯山，手泽绵延，八千里外成群庙

祠皆祖乎黄帝，看今日分支派脉，心香瓣祝，五百年前共一家

——钟鼎元

【注】钟鼎元，清代廪生，印尼华侨。

◎ 鲁班庙 [印度尼西亚]

鲁殿号灵光，独抗赤氛存浩气
班师垂典范，须从规矩作良图

【注】在孟加锡。

◎ 帕特农神庙 [希腊]

琴柱风中哽咽声，如诉劫尘，如怀往事
牌墙月下斑驳影，依然颓废，依旧庄严

——美国无穷江月

◎ 关帝庙二副 [马达加斯加]

铁石为心，汉室擎天一柱
春秋得力，尼山拔地齐峰

【注】庙在苏瓦雷斯华侨总会旁，建于清光绪年间。祀关羽，也祀孔子，又称文武庙。

赤面秉赤心，乘赤兔追风，驰骋时毋忘赤帝
青灯观青史，仗青龙偃月，隐微处不愧青天

◎ 上帝天坛庙 [毛里求斯]

天坛无极
祖国有光

【注】庙在路易港华侨区。

◎ 悉尼四邑关帝庙 [澳大利亚]

精忠昭日月
义气贯乾坤

◎ 天后宫 [澳大利亚]

上海静波恬，共仰神光普照
下民安物阜，咸沾德被无私
——广东梁英斌

【注】宫在悉尼，1999年建成。

◎ 墨尔本四邑关帝庙 [澳大利亚]

勇壮山河，万里雄风扬四邑
忠悬日月，千秋义气普三都

【注】三都，指墨尔本邻近三埠。

◎ 淘金华工神庙 [澳大利亚]

手握黄金凭利济
神灵显赫耀南天

【注】庙在基洛山河畔。

◎ 本迪戈关庙 [澳大利亚]

义炳乾坤，宏开景象
兴来豪杰，大振良图

【注】亦称致公祠。

◎ 三圣庙 [澳大利亚]

圣德通天地
神恩遍万方

【注】庙在昆士兰州首府布里斯班，由一位嫁给华人的英籍妇女主持，有百年历史，祭祀孔子、老子、如来佛祖。

◎ 关帝庙 [美国]

浩气长存蜀汉
忠肝不坠荆襄

【注】庙在美国加利福尼亚州门多圣镇。

佛寺

上编　远传篇

◎ 普贤寺七副 [朝鲜]

钟声夜息闻天语
炉气晨飘接御香（云汉阁）
【注】寺在平安北道妙香山。

千年国祚文明世
八域禅法教授门（归仁斋）

水流花发非空性
海晏河清是佛灵（义重堂）

观空有色西方月
听世无声南海潮（如是门）

口是祸门，必可严守
身乃灾本，不应轻动（修义斋）

碧窗宿雾濛濛湿
斗拱浮云细细轻（御书阁）

玄风总领三千界
丹悃指挥十万兵（都纠正门）

◎ 曹溪寺二副 [韩国]

（以下大雄殿）
一音清震三千界
七辩宣谈八谛门
【注】寺在首尔钟路区，为韩国佛教曹溪宗的总本山，开创于1395年。

尽作三途昏处月
俱为五浊岸边舟

◎ 津宽寺四副 [韩国]

（以下罗汉殿）
无边无量，圆法珠之三昧
正等正觉，妙杂华之一宗
【注】寺在京畿道高阳郡，国师津宽创建于1011年。

尽雪牛于上乘十六罗汉
涌火莲于法界一初如来

松岩隐迹经千劫
生界潜形入四维（独圣殿）

慈光照处莲花出
慧眼观时地狱空（弘济楼）

◎ 神勒寺四副 [韩国]

戏招西塞山前月
来听东林寺里钟
【注】寺在京畿道骊州郡，1469年重建。

（以下寂默堂）
初地相逢人似旧
前身安见我非僧

月照上方诸品静
心持半偈万缘空

禅指西天为骨髓
教谈东土作笙簧（祖师堂）

◎ 海印寺三十七副 [韩国]

圆觉道场何处
现今生死即是（法宝殿）
【注】寺在庆尚南道陕川郡。

四十年说何曾法
六千卷经独此方（修多罗藏）

（以下大寂光殿）
色相无边极清净
众生有苦悉除灭

光相所照咸欢喜
佛身普放大光明

（以下拈花室）
培栽心上地
涵养性中天

石怪鱼翻藻
花奇鸟啭诗

（以下堆雪堂）
定力超香篆
斋心称净衣

春秋多佳日
义理为丰年

静听鱼读月
笑对鸟谈天

禅室宁须稼
云衣不待蚕

学婆离之轨范
习马胜之威仪
【注】婆离，威仪显赫的婆离阿修罗。马胜，佛陀最早度化的五比丘之一。

（以下观音殿）
七重宝树围金界
一片冰心在玉壶

当下知梅子熟矣
此时闻木樨香乎

黄菊充庭秋富贵
紫藤满地古烟霞

身似菩提心似镜
云在青天水在瓶

（以下宝藏殿）
七重宝树围金界
一点闲灯伴白云

簇簇法云生片刹
霏霏花雨散诸峰

却指容颜非我相
已无踪迹到人间

（以下九光楼）
六根但守三空戒
双眼曾得七祖灯

珠林云树千山合
宝刹楼台八面通

清景常开松岭月
香泉时击石门风

（以下穷玄堂）
闲情且向贫中觅
妙用还从乐处生

钟声洗尽浮尘念
涧水流消绊俗缘

路上白云随处摩
镜中清影任吾窥

一尘不到菩提地
万善同归般若门

（以下院主室）
理通天地秘
道全圣贤微

白云和药捣
丹霞待月锄

蕴玉谁知宝
移兰自有香

德成言乃立
义在利斯长

藏古今学术
处天地精华

（以下经学院）
风雅只令留此席
性情独许得其真

景物因人成胜概
富贵于我如浮云

（以下凤凰门）
雷鸣天地同时吼
雨霁江山一样清

物极鱼龙能变化
道精石佛自神灵

（以下解脱门）
八万四千法门高超十地
一百四十功德不共二乘

圆解脱深因登金刚宝座
以最后胜体诣菩提道场

历千劫而不古
亘万岁而长今（一柱门）

◎ **通度寺十七副** [韩国]

异姓同居，必须和睦
方袍圆顶，常要清规（一柱门）
【注】在广尚南道梁山郡黑芝山，慈藏始建于646年。

（以下梵钟楼）
玉镜涵空波不起

烟鬟绕座雨初收

牢笼景象归冷笔
挥斥乾坤放醉眸

红尘谢绝心如水
白□低徊气尚秋

鹫背山高风万里
鹤边云尽月千秋

（以下大光轮殿）
青山尘外相
明月定中心

山河天眼里
世界法身中

听鸟鸣闻声
看花悟色空

（以下皇华阁）
大护法不见僧过
善知识能调物情

百战英雄知佛法
再来菩萨说家常

永使苍生离苦海
恒教赤子有慈航

（以下大方广殿）
杨柳梢头甘露洒
莲花香里碧波寒

七宝池中漂玉子
九龙口里浴金仙

掌上明珠，光摄大千
手中金锡，振开玄门（冥府殿）

有山有水乘龙虎
无是无非伴竹松（应真殿）

四海浪平龙睡稳
九天云净鹤飞高（万象楼）

闲时细论文章事
静处慢品功夫茶（瑞云庵禅茶室）

◎ **内院寺七副** [韩国]

（以下禅院）
北海泥牛涌碧波
南山石虎吐寒霞
【注】寺在庆尚南道梁山郡。

昨日土墙当面立
今朝竹牖向阳开

文章散作生灵福
议论吐为仁义辞

（以下禅堂）
拈花四十九年后
击钵千七百楼中

一毫头连宝王剑
微尘里转大法轮

想见东坡老居士
俨然天竺古先生

水光出洞为明月
石气上天如白云

◎ **直指寺二副** [韩国]

薄云岩际宿
孤月浪中翻

【注】寺在庆尚北道金山郡黄岳山东南，为高丽初年能如大师创建。

袖中有东海
岭上多白云

◎ **莲华寺二副** [韩国]

鸟鸣灵山月
象游鹿野风（大雄殿）

【注】寺在庆尚北道安东郡。

千江有水千江月
万里无云万里天（院主室）

◎ **桐华寺四副** [韩国]

（以下岭南瑙营牙门）
深洞石幢赖有字
古坛松树半无枝

【注】寺在广尚北道达城郡八公山，开创者，一说是极达（492年），一说是智纳（841年）。1605年重建。

碧纱凝□开圣像
清梵消声闭竹房

疏松影落□坛净
细草间香小洞幽

香烟遍覆三千界
定慧能开八万门

◎ **开心寺三副** [韩国]

（以下安养楼）
眼皮盖尽三千界
鼻孔盛藏百亿身

【注】寺在庆尚北道醴泉郡。

洗砚春波临禊帖
焚香夜雨和陶诗

芳草桃花四五里
白云流水两三家

◎ **凤岩寺** [韩国]

无边风月眼中眼
不尽乾坤灯外灯（惺寂堂）

【注】寺在庆尚北道闻庆郡曦阳山，又称阳山寺，智证大师等于881年创建。

◎ **台山寺二副** ［韩国］

（以下圆通殿）
紫檀金色分双脸
白玉明毫发两鬟
【注】寺在庆尚北道清道郡。

亿万乾坤皆晃朗
百千日月掩辉华

◎ **毗卢庵二副** ［韩国］

钟声半杂风声凉
夜色全分月色明
【注】庵在庆尚北道大邱广域市。

事业一炉香火足
生涯三尺短杖赢

◎ **大乘寺十三副** ［韩国］

墨池水滴昙花雨
清磬声传贝叶风
【注】寺在庆尚北道闻庆郡。

（以下无名阁）
烟霞清净尘无迹
水月空虚性自明

翠竹黄花皆佛性
清池皓月照禅心

意静不随流水动
心闲还笑白云忙

（以下应真殿）
观音竹绕菩提路
罗汉松围般若堂

立绝俗尘凭慧剑
先超苦海有慈航

春水净如僧眼碧
远山浓似佛头青

万壑松声惊鹤梦
一帘月色映禅心

法雨慈云沾圣泽
松风水月见精华

万法皆空明佛性
一尘不染证禅心

身在上方诸品静
心持半偈万缘空

莲华法藏心相悟
贝叶经文手自抄

片石孤云窥色相
清池皓月照禅心

◎ **云门寺五副** ［韩国］

（以下观音殿）
白衣观音无说说

南巡童子不闻闻
【注】寺在庆尚北道清道郡。

瓶上绿杨三际夏
岩前翠竹十方春

（以下披霞堂）
流水迷松径
疏笛看云腾

烟霞心与洁
水月性常明

深户映花阁
闲云列竹房

◎ 白羊寺四副 ［韩国］

狮子窟中无异兽
象王行处绝狐踪（香积殿）
【注】寺在全罗南道长城郡白岩山，如幻创建于632年。

（以下四天王门）
灵山会上言虽善
小室峰前句未亲

瑞草蒙茸含月色
寒松翁郁出云霄

闻声悟道
见色明心（真影阁）

◎ 法住寺四副 ［韩国］

云暗月明身内影
山清水碧镜中痕（天王门）
【注】寺在忠清北道报恩郡俗离山，又称俗离寺、小金刚，义信始创于553年。

（以下圆通宝殿）
形分六道曾无息
影入三途利有情

因修十善三祇满
果修千华万福严

应身各挺黄金相
宝髻都旋碧玉螺

◎ 觉愿寺 ［韩国］

刹那生灭无常法
聚散循环有漏因（圣钟阁）
【注】寺在忠清南道天安市。

◎ 公林寺三副 ［韩国］

三日修心千载宝
百年贪物一朝尘（禅心堂）
【注】寺在忠清北道报恩郡。

万里红霞穿碧海
一天白日绕须弥（堪思禅院）

白玉毫辉充法界
紫金光相化□寰（大雄殿）

◎ 麻谷寺 [韩国]

犹如梦中事
却来观世音（大雄宝殿）
【注】寺在仁川公州。

◎ 京都万福寺六副 [日本]

宝殿落成日
昙花出现时
——明·隐元
【注】寺在京都宇治市醍醐山麓，始建于1663年。隐元，中国东渡名僧。

福同四大海
寿等五须弥
——明·木庵
【注】木庵，中国东渡名僧。

机投云水合
道契圣贤临
——明·木庵

岸谷胸中新气宇
溪山几上别乾坤
——明·木庵

门外已无差别路
云边又有一重天（白云关）

选佛场开，直接痴顽汉子
择魔法立，顿超无位真人

◎ 观音阁 [日本]

宝鼎现庄严，金碧装成安乐刹
佛光呈壮丽，云霞照出普陀山
【注】阁在东京浅草。

◎ 观音堂 [日本]

东睿山宽永寺别院
灵窟浅见岳观音堂
【注】堂在轻井泽鬼押出公园。

◎ 兴福寺十二副 [日本]

（以下山门）
目敛大明间气
胸开兴福玄门
【注】寺在长崎东明山，俗称南京寺，建于中国明朝同时期，属禅宗临济派。

宝林檀叶千秋茂
福地名山万古隆
——清·悦峰

鸾回天柱拥晴云，万国欣同载福
龙护瑶窗观浴日，十洲喜不扬波
——河南程德逊

（以下大雄宝殿）
宝地初登，国师千秋如在
法幢重振，东明百世其昌
——清·独湛
【注】独湛，福建人。

像礼旃坛，明镜随时勤拂拭

经幡贝叶，慈云永世护声闻

　　　　　　　——山西冯际裕

法身常住如杲日，丽乎中天，独耀金彩，历千劫而不古

妙相湛然似祥云，笼乎满月，随时隐显，运百福而长今

　　　　　　　——元·心莲

（以下妈祖堂）

帆悬四海波涛静

泽被群生雨露新

率性仁慈，恩洽九州皆乐土

志行济度，力扶四海总安澜

　　　　　　　——杨忠

庙貌镇江滨，仰千秋之俎豆

威灵周海外，拯百姓于风涛

　　　　　　　——山西冯际裕

利济济危艰，风正波平，咸荷母慈之保抱

普施施恩泽，天空云敛，尽歌圣德之光明

慧日被诸阁

慈眼视众生（观音堂）

　　　　　　　——清·呆堂

月散千江影

花开两国春（开山堂）

　　　　　　　——清·即非

◎ **皓台寺三副** [日本]

法窟为国赐建立，直辅王道千古

堂头承钧旨提纲，永祝圣世万年

　　　　　　　（山门）

　　　　　　　——清·林道荣

【注】寺在长崎海云山大洼山麓。

一片顽石，固非陆大夫家藏

七个妙相，讵劳王老师证明（十王堂）

　　　　　　　——岩月

殿里府错安名字

门外汉不劳注脚（万德殿）

　　　　　　　——逆流

◎ **崇福寺十四副** [日本]

檀林涌出宝王刹

福海时朝圣寿山（山门）

　　　　　　　——清·即非

【注】寺在长崎圣寿山，唐僧超然开基，为临济宗黄檗派之禅寺。

天空海阔无双地

虎伏龙蟠不二门（唐门）

　　　　　　　——道本

【注】道本，中国僧人，福建福清籍。

（以下大殿）

佛有了事汉

世无出主人

　　　　　　　——清·即非

遮那性海光明藏
优钵罗花劫外香
　　　　　　——清·千呆

一捧酬恩，云门之大机用，超凡越圣
破颜契旨，迦叶之正法眼，耀古腾今
　　　　　　——清·即非

帝极奠安，四海仰恩波洋溢
皇言宜论，万民荷德泽渊源（天王殿）
　　　　　　——明·樊升吉

扬帆登宝所
慈爱见婆心（妈祖堂）
　　　　　　——清·即非

神功护正法
密行广诸天
　　　　　　——清·即非

湄屿灵昭千古迹
寿山崇祀万年春

体帝心以济人，登衽席波涛之上
秉坤德而司坎，驾津梁天海之中
　　　　　　——魏之琰

一座寿山观自在
无边福海大圆通（禅堂）
　　　　　　——清·千呆

（以下开山堂）
法道超今古
风光遍刹尘
　　　　　　——清·大衡

【注】大衡，千呆之弟子，福建兴化人。

重提摩羯令
别展少林风
　　　　　　——清·大衡

宗门无锁钥，何啻超凡越圣
祖道有钳锤，直教点铁成金
　　　　　　——清·义胜

【注】义胜，大衡之弟子，福建延平人。

◎ **清水寺兴成院二副**［日本］

花雨化成千载泽
香风吹遍十方春（山门）
　　　　　　——游朴庵

【注】寺在长崎长崎山，为京都清水寺之分寺，供奉观音。

日月辉天，盲者不见
雷霆振地，聋者不闻（祖师堂）
　　　　　　——高原道琢

◎ **福济寺十九副**［日本］

（以下山门）
紫气谲云光福济
沧江玉带拥山门
　　　　　　——清·木庵

【注】寺在长崎分紫山，建于唐，为临济宗黄檗派之禅寺，是镇治第一胜景。

东土无双地

西来第一门
　　　　　　　　——明·金岩

【注】金岩，福建延平人，寺内六世僧。

万里云帆辐辏
一围天界分明（大观门）
　　　　　　　　——清·高玄岱

（以下大雄宝殿）
大开福济门，澈见玄中妙主
撑挂空王殿，全凭格外奇材
　　　　　　　　——明·隐元

【注】隐元，兴福寺中兴开山唐僧。

佛即是心，底事承当须铁汉
智亦非道，觑机不荐隔关山
　　　　　　　　——清·木庵

敷陈物色作庄严，即庄严，离庄严，
　　便登宝所
辟破虚空呈相好，非相好，名相好，
　　顿见如来
　　　　　　　　——清·戒琬

超佛越祖，犹落阶梯，向取舍俱忘处
　　承当，始知心原不二
谭微说妙，已涉唇吻，会文采未彰时
　　一着，方信道本无言
　　　　　　　　——清·喝浪

【注】喝浪，泉州籍寺僧。

弘济福林膺杵护

匡扶法社赖屏庥（天王殿）
　　　　　　　　——清·慈岳

【注】慈岳，泉州籍寺僧。

开八字门，是圣是凡任凭来往
分片云紫，盖天盖地自在卷舒
　　　　　　　　（弥勒殿）
　　　　　　　　——清·戒琬

（以下青莲堂即观音堂）
履险如夷，绝域殊乡通宝筏
有求必应，风恬浪静托慈航
　　　　　　　　——张敬修

入三摩地，示现普门千江月影
得自在观，赴感群念万卉春容
　　　　　　　　——陈元霞

【注】陈元霞，福建晋江人。

莲座耸天台，碧海浪花翻钵水
呗音喧月坞，翠岑云树绣山衣
　　　　　　　　——陈元霞

像从南海渡东林，善根归净土
客自西华顶北岛，喜气满慈航
　　　　　　　　——杨增琅

福资亿兆，出苦海以登欢喜场
普济众生，泛慈航而游极乐园
　　　　　　　　——黄季肃

扶起家门，百岁祥云随日转
护林丛社，九天恩露及时需（关帝坛）

饭元是米寻常事
菜本无根足可尝（斋堂）
————大鹏

（以下开山堂）
檀德光涵沧海日
刹竿瑞揭紫山云
————清·喝浪

青鸟衔花天外寂
黄梅消息杖头通
————清·戒琬

万里扶桑，诸品普含牟尼照
一庭翠柏，千枝齐护洛迦文
————杨玄锡

◎ **圣福寺十三副** [日本]

寿山翠霞，清阳弥远
福海光腾，气象转新（大门）
————铁心

【注】寺在长崎万寿山。

掌上明珠，破痴云于冥府
手中金阳，揭慧日于幽都（地藏堂）

寿山地杰乾坤大
圣福门高日月长（山门弥勒像）
————清·木庵

扶正摧邪，天将妙用
尝辛历苦，衲子寻常（山门韦陀像）
————铁心

（以下大雄宝殿）
五云岭上，传楞伽心印
万寿山中，圆毗卢法身
————陈言溥

绀刹风雄，福地千秋临紫气
禅规模大，寿山万古永流芳
————清·木庵

（以下禅堂）
泥牛吼处殊尘刹
木马嘶时豁眼睛
————铁心

一片慈心，随地均沾化雨
千秋义胆，普天同仰英风
————程赤诚书

念毫动处，识旋诸有遮心境
情才空时，胸朗九重共性天
————铁头陀

【注】铁头陀，寿山籍寺僧。

率土仰神明，不仅威行华夏
普天同怙冒，自征德遍海涯
————陆炳

【注】陆炳，浙江嘉兴人。

紫气腾辉，祥云映八方世界
玄天一著，德恩覃十部阎浮（祠堂）
————阳其明

（以下松月院）

盘白石兮坐素月

乘松风兮鼓瑶琴

——铁心

【注】松月院，铁心所建的退息所，奉观音。

开山万寿，满目风光耀西海
膺叠紫云，通身德泽振东关

——元旭

◎ 护生寺 [日本]

参天树木护生寺
遍地光明观世音

【注】寺在鹿儿岛白驹山，日本天和三年梅翁和尚建。

◎ 寿国寺二副 [日本]

天下衲僧，时时透过翻魔镜
关中盟主，世世出兴振祖风（山门）

——蒲庵

【注】寺在鹿儿岛元持山。

示现金容，福地瞻依隆万古
全影妙用，慈云弥布润三根（佛殿）

——明·隐元

◎ 千眼寺 [日本]

古刹重兴，凡圣悉跻欢喜地
法王现在，人天永为植福场

【注】寺在鹿儿岛万德山。

◎ 西田寺 [日本]

月照寒松常自在
云包幽石转圆通

——清·木庵

【注】寺在鹿儿岛丰国山。

◎ 日莲堂 [日本]

草染绿波生太液
花扶红日上披香

【注】堂在鹿儿岛池田村。

◎ 大光院 [日本]

东海禹门，登者悉是鱼龙头角
南方佛刹，到者那劳鸟窠布毛（山门）

——灵瑞

【注】院在爱智郡兴国山。

◎ 昭提寺三副 [日本]

鼓螺蜀岗，羹墙南岳
风月长屋，花雨奈良（鉴真御影堂）

【注】寺在奈良市西京五条，为日本律宗的总本山，中国唐代高僧鉴真创建。

竹翠泉清，高僧留胜迹
松苍柏茂，游子叙深情

——曾保泉

【注】曾保泉（1941—1994），生于开封，祖籍日本静冈，曾任中国楹联学会秘书长。

孤山松间，除□白毫之秋月
沧海浪上，遥引紫台之晓云
　　　　　　　　（释迦念佛会）

◎ 黄檗寺 ［日本］

选佛场开，直接痴顽汉子
择魔法立，顿超无位真人（偏殿）

【注】寺在宇治，由中国禅宗临济宗正传三十二世隐元于1654年开创。

◎ 建长寺 ［日本］

海东法窟
天下禅林

【注】寺在神奈川镰仓，中国南宋禅僧道隆建于1253年。

◎ 福岩寺 ［日本］

法眼洞明，玉粒千钟可费
妄心未了，清泉点滴难消
　　　　　　　　——清·木庵
【注】寺在柳州。

◎ 清水寺 ［日本］

妙法一音演
光风千里来（大讲堂）
　　　　　　　——赵朴初、明旸
【注】寺在大阪。

◎ 永平寺十六副 ［日本］

（以下山门）
杓底一残水
汲流千亿人
　　　　　　　　——熊泽泰禅
【注】寺在福井县吉田郡，为日本曹洞宗之总本山。

家庭严峻，不容陆老从真门入
锁钥放闲，遮莫善财进一步来
　　　　　　　　——博容海

圣光医王，游化吉祥灵苑
立愿常照，令得福寿长生（灵宝殿）
　　　　　　　　——熊泽泰禅

通方作家，单刀直入
毗卢楼阁，门户不扃（中雀门）
　　　　　　　　——玄道即中

树色溪声，一会灵山佛敕
花香月影，千秋祖苑神通（罗汉堂）
　　　　　　　　——熊泽泰禅

来雁迁莺，尽是祇园之佛事
开花红叶，莫非少林之家风

宝座镇乾坤，千秋护国
灵光照日月，万世利人（佛殿）
　　　　　　　　——北野元峰

行须缓步，习马胜之威仪
语要低声，学婆离之轨范（僧堂）

斫额任他门外客

到家还我个中人（众寮）

（以下大库院）
二严清净，如花之发春苑
三轮空寂，似月之印秋天

法食同轮，永转山园之隆盛
证修忘迹，平增香阁之祯祥
　　　　　　　　——熊泽泰禅

（以下一华藏）
一花开老树
五叶此包藏
　　　　　　　　——熊泽泰禅

瞬目拈花，灵岳凤栖，明正法眼
参禅辨道，祖山凰住，证大安心
　　　　　　　　——泰慧玉

大规再兴，遐迩普践祖师妙道
真德弥盛，云仍永准古佛家风（冢阳殿）
　　　　　　　　——玄道即中

奕叶联芳春不老
宗灯续焰夜长明
　　　　　　　　——玄道即中

扶桑洞水大檀护
华域童山小副参（承阳殿）
　　　　　　　　——玄道即中

◎ **大龙寺**［日本］

五轮种子

一切众生
【注】寺在宫城县。

◎ **妙教寺**［日本］

坐宝莲花
成等正觉
【注】寺在宫城县。

◎ **虚空藏室**［日本］

唯心净土
自性弥陀
【注】室在仙台市。

◎ **奥院**［日本］

上求菩提
下代众生
【注】院在和歌山县高野山。

◎ **祇园寺**［日本］

地□磐石之固
山色风云之祥
【注】寺在茨城县水户。

◎ **乘国寺**［日本］

色即是空，天际日升月降
空即是色，槛前山深水寒
【注】寺在茨城县结城。

◎ **安稳寺**［日本］

善根山上，一石可积
功德海中，一滴莫让
【注】寺在茨城县结城。

◎ **琉球善兴寺三副**［日本］

孤磬发清响
浓云生夕凉

愿将佛手双垂下
摩得人心一样平

四大皆空，从何处空
独立不惧，作如是观

◎ **琉球东禅寺**［日本］

顽石有禅意
古木生昼阴

◎ **琉球龙渡寺**［日本］

是诗境佛境
有钟声潮声

◎ **琉球临海寺二副**［日本］

得句佛亦喜
安禅龙自驯

此身恍入水精域
与佛曾结欢喜缘

◎ **琉球三光院**［日本］

奇字偶模天竺帖
大观不羡广陵潮

◎ **华藏寺九十四副**［菲律宾］

花香鸟聚疑闻法
云涌龙参若悟禅
【注】寺在马尼拉市郊，性愿法师于1945年创建。

戒香与觉华齐馥
意珠共性月同圆

华藏海中涵法界
毗卢顶上绝行踪

曼陀天雨纷裔彩
般若灵源助辩才

佛宇光明，传自震旦
声教洋溢，奄有菲滨

皆得妙法，究竟清净
广度一切，犹如桥梁

得一向意，勤求佛道
说微妙法，饶益众生

华藏庄严，仰瞻诸佛相好
恒沙妙谛，彻悟自性真常

灵山示众，拈一华弘开觉路
法会传经，论三谛不离空门

千顷波光，重重显示菩提道
弥天法雨，默默痕成般若文

佛地庄严，皓月当空增静趣
人间热恼，慈云荫处得清凉

锡杖婆娑，曾经尘世三千劫
草鞋踏破，虚扣禅扉二十年

普门示现，慈悲济物无形相
洛伽常定，喜舍能行即观音

观相与持名，举世顿成安养国
施金为弘法，寰瀛又现给孤园

晨钟暮鼓，水月松风，成无上道
问天无愧，与佛有缘，是大菩提

无兵戈热恼斗争，僧自清凉依法在
有花木扶疏供养，佛应欢喜度生来

何须求阆苑瀛洲，当境了无尘障起
祇合备衲衣瓦钵，现身定证净宗归

讲经值风日嘉时，绕座松篁增静趣
安禅在海山胜处，随机龙虎摄慈光

兜率天三十二，佐臣别有瑞祥境界
华藏寺百零八，善士共营清净道场

随时本圆义度人，秽土凭开真实境
发愿就瀛洲立寺，信徒祈得妙明心

（以下大殿佛龛）

慧眼见一切
妙音满十方

广大寂静三摩地
清净光明遍照尊

能于众生施无畏
普使世间得大明

智慧无边不可说
光明照世为所归

（以下道影堂）

妙行圆明，禅指声中千偈了
机缘殊胜，拈花笑处一言无
　　　　　　　　　　——性愿

道契禅旨，一灯相传，衣钵承曹溪
　　法脉
影留经堂，万众共仰，门庭继甬水
　　遗风
　　　　　　　　　　——瑞今

（以下肃敬亭）

肃然卓立须弥顶
敬礼毗卢无上尊

当境绝思量,海色无言绿
生心非取拾,莲花自在香

溪声尽是广长舌
山色无非清净身(溪山亭)

法轮转处天花瞬
海藏开时地狱空(法海亭)

(以下双莲池)
水号八功德
泉鸣万管弦

水清鱼嚼月
风定鸟衔花

发心求正觉
忘己济群生

华藏幽胜景
双莲吐妙香

观鱼得天趣
乐水识真源

澄潭留月影
暖水纵鱼心

金口宣扬五十年正教
阿难结集三百会真诠

(以下藏经阁)
智铠护心城,性流漉习瀑

受持功德藏,接续人天师

白马驮来,贝叶同珍出西土
紫云呵护,石渠媲美矗南天

剖一微尘,出十法界百千性相
建大楼阁,奉三藏教万卷灵文

藏无量妙谛,于一毫端现宝王刹
经恒河沙劫,坐微尘里转大法轮

二千载慧命绵延,法宝有缘来佛国
亿万众天龙卫护,海云无际拥经楼

(以下功德堂)
勤修精进波罗蜜
恒不忘失菩提心

孝顺亲恩,为布金长者
庄严佛刹,仰功德檀那

德业宏宣,证修菩提果
亲恩浩荡,福荫子孙贤

万事本狂花,悲心澈泉壤
多生报盛德,寂照遍河沙

广植福田,历久堪为道种
常闻梵呗,有时亲见如来

遗训遐宣,导群生登十地
征言广被,拯各类出三途

听暮鼓晨钟,猛省尘缘大梦

闻经声佛号，顿悟自性真常
　　　　　　　　——瑞今

能于世间，广施无量功德海
普使法界，建立甚深智慧幢

观相与持名，举世尽成安养国
荐亲为报本，有缘同住祇陀林

仗佛愿力，普超累世冤亲，出世生于汩没，咸登觉岸
凭人寸心，祈求现存眷属，舍万劫之爱缠，同入玄门

（以下报恩堂）
继往开来，今日勿忘前日德
追思报本，先人犹望后人贤

仗寸草微心，仰报现在父母，永脱娑婆厄难
祈法王愿力，普超历劫冤亲，同登清净慈航

慈航东渡，秉承清皈，如我太君堪称无二母
佛法南来，启建梵刹，论大居士乃是第一人（勤修堂）
　　　　　　　　——性愿

轨范长存，德业千秋昭宇宙
典型宛在，功勋万古庇儿孙（孝思堂）

（以下性愿舍利塔）
海汇百川，同归一派

会集凡圣，共入塔婆
　　　　　　　　——瑞今

花落鸟啼，欲扣禅扉人已去
风清云净，且看坟塔月初圆

乘悲智再来华藏，开宗垂接引
愿慈航普渡众生，悟旨仰同登

性宁有隔，人已云亡，无奈且瞻灵骨塔
愿本无遮，识常取趣，有缘同住涅槃城

（以下海会塔等）
一念不生归净土
万般放下脱尘缘
　　　　　　　　——瑞今

天香遍散芬陀利
灵骼长依水堵波

海日升时初照塔
会心妙处总无言

一塔高标，灵迹是寄
六行端湛，德望常昭

惜字如金，惜福如宝
惟德是蹈，惟仁是依

清净三皈，契兹常寂
巍峨一塔，卓彼虚空

塔月松风，长留灵迹
仁声玄泽，永慕高踪

十载住炎洲，勠修净业
一朝生佛国，得证圆通

（以下大总持门）
大道如弦，对境了无障碍
梵音成海，发心首在修持
　　　　　　　　——费范九

云护山屏，喜建人间净土
香留车辙，静听海上经声
　　　　　　　　——费范九

华盖松阴遮曲径
藏山云气护禅关（福德门）

华开世界微尘里
藏纳山河一芥中（智慧门）

一入直超如来地
万善同归普贤门（般若门）

于总持门通一路
以光明藏续千灯（解脱门）

过去是如来，具足无边功德
现在为菩萨，常示卅二应身（大悲殿）
　　　　　　　　——瑞今

地狱未空，誓不成佛
众生渡尽，方证菩提（地藏殿）

护法安僧，神灵叵测
摧邪辅正，功德难论（韦陀殿）

饭来粥去，莫把时间空错过
晨钟暮鼓，常将生死挂心头（大斋堂）

缔结福缘，广利三界四生，法雨均沾
　　开觉路
勤修善果，悟彻六尘九有，慈航普渡
　　出迷津（随缘堂）

无我相，无人相，无众生相，无寿者
　　相，尽归寂灭
有梵音，有佛音，有海潮音，有大悲
　　音，都证菩提（无我堂）

指月弘法化，面壁启宗风，自有传灯
　　延慧命
明镜亦非台，菩提本无树，为谁证果
　　悟禅机（祖师堂）

五观若明，千金易化
三心未了，滴水难消（五观堂）

（以下乘愿安养院）
乘驾菲岛开佛国
愿任如来渡恒沙

愿老弱疲癃皆归安养
凡布施功德咸证菩提

随化以度人，举世尽成安养国
施金为弘法，有缘同住给孤园

乘修无住行布施，无我无人离四相
愿诸有情悟般若，不灭不生净六尘

振锡到菲滨，因斯堂可堪表扬僧宝
摇篮留石井，问后辈能否追忆前贤

乘施甘露，普渡众生，清净安心观自在
愿布慈云，广怀长老，虚空养性见如来

乘愿再来，广发慈悲，普利人天沾法雨
安养归去，回生极乐，长留手泽忆师恩

安心似烟霞，圆融妙趣，自由自在竟忘老
养性如水月，静寂空虚，学佛学禅不计年

示迹晋水，创佛社，化四众，宣扬证法承先德
南渡菲滨，建佛刹，献十方，树立芳范遗后贤

——瑞今

佛垂金手，接引亡魂出苦海
法展慈航，运载含灵生极乐（以下安养堂）

——瑞今

灵骨藏空山，可与古刹同长久
神魂朝圣像，永祀香火齐千秋

——瑞今

永离尘秽，毕竟清净
勤修众善，具足菩提（涅槃堂）

◎ **宝藏寺四副** [菲律宾]

林园清幽，静坐参妙谛
市廛烦扰，到此息尘缘

——瑞今

【注】寺在马尼拉市郊仙范镇，始建于1948年。

宝殿巍峨，如仰九重天阙
藏心广大，能包万象虚空

——瑞今

宝鼎篆名香，诸佛悉遥护
藏经诠妙理，万法总归源

——瑞今

客到莫嫌茶味淡
橱中常留叶根香（斋堂）

——瑞今

◎ **宝莲寺二副** [菲律宾]

宝气到来无，一路风光须细认
莲花开也否，个中消息只君知

【注】寺在马尼拉。

宝在自家身，悟从己得非人得
莲开方丈地，妙以生心契佛心

◎ 文殊寺 [菲律宾]

文思泉水涌
殊勋德山高

——瑞今

【注】寺在马尼拉。

◎ 圆通寺五副 [菲律宾]

（以下大雄宝殿）
佛降西乾，声教传震旦
法宏东土，觉音播菲滨

——瑞今

【注】寺在马尼拉。

圆成三资粮，不生妄念弥陀佛
通晓普门行，返闻自性观世音

——瑞今

禅心静似水，沉沉空寂捧祖印
定力稳若山，如如不动见如来

——瑞今

圆通无碍智，随机示现千手眼
通达同体悲，任运化度万家邦（观音菩萨龛）

——瑞今

三圣现慈容，常为苦海作宝筏
诸将显威武，永住人间护法门
（三圣如来护法菩萨龛）

——瑞今

◎ 天竺庵二副 [菲律宾]

一身现像有多般，称大士不离苦海
千手指人登宝筏，奈众生尚在迷津
（以下山门）

【注】庵在马尼拉。

南海驾慈航，普渡众生超苦海
西天悬慧日，光照万姓庇钧天

◎ 宿燕寺九副 [菲律宾]

发恒沙誓愿
度无量众生

——瑞今

【注】寺在马尼拉。

（以下大雄宝殿）
佛宿空桑因果证
燕栋雕梁岛屿安

普照三千世界，放大光明
精修无量佛缘，得真解脱

法身无相，尽虚空、遍法界，具足妙德
应报非真，运大慈、兴大悲，度化有情

——瑞今

千山护骨塔，功业留海外
万派朝云阶，灵神到莲台（灵塔）

——瑞今

水月空华看世界
电光石火观人生

——瑞今

（以下普同塔）
业尽情空，永脱娑婆界
因圆果满，同生极乐邦

——瑞今

世事念无常，流水夕阳空怅望
音容渺何处，凄风苦雨倍伤神

——瑞今

勤修净业，灵骨寄空山，神栖安养
脱离尘缘，莲胎依宝所，愿合弥陀

——瑞今

◎ **莲华精舍** [菲律宾]

梵宇宏开，宣扬如来正法义
慈云永荫，广度众生出尘埃

——瑞今

【注】精舍在马尼拉。

◎ **慈恩寺二副** [菲律宾]

慈心似日月，愿法界人生少苦恼
恩德如山海，望宇宙世间多和平

——星云

【注】寺在宿务市。

慈悲普被大众，决定万修万人去
恩信同施十万，合当一念一如来

——星云

◎ **南华寺二副** [菲律宾]

佛恩浩荡，无边妙力开觉路
法海汪洋，深入谛理悟禅机

——瑞今

【注】寺在独鲁曼。

南溟广袤，白浪滔滔终不息
华雨缤纷，红尘滚滚何时休

——瑞今

◎ **法藏寺** [菲律宾]

法宇宏开，慈航普渡，拯群迷超苦海
藏经广演，慧日长明，破愚暗证菩提

——瑞今

【注】寺在描戈律。

◎ **信愿寺五副** [菲律宾]

佛宇光明，传自震旦
声教洋溢，奄有菲滨（山门）

——弘一

【注】寺在马尼拉市那拉街，初创于1936年。

信凤有缘参妙谛
愿将无我畅慈怀

——方克逸

教开南邦，高塔耸立第一刹
法源东土，玄义宣扬不二门

——瑞今

（以下大雄宝殿）
皆得妙法，究竟清净
广度一切，犹如桥梁

说法灵山会，九有同尊慈父
现身净饭国，三界共仰能仁

◎ 大慈林 ［菲律宾］

窣堵塔婆舍利子
常寂光土不坏身（性愿上人灵骨塔）

◎ 普济寺二副 ［菲律宾］

（以下山门）
步入山门，要放下尘缘俗虑
登临觉道，须提起正念善心
——瑞今

【注】寺在马尼拉。

心海映慈云，观秋月春花，无非妙谛
慧灯悬宝殿，听晨钟暮鼓，悟彻禅机
——竺摩

◎ 旅菲梧林复古庙 ［菲律宾］

复开法宇，自西天慈云荫梧里
古称佛国，传南海慧日绕菲宾
——瑞今

◎ 碧瑶露天大佛 ［菲律宾］

菩提树下，睹明星成正觉

娑婆界内，渡凡俗出迷津
——瑞今

◎ 普陀寺二副 ［菲律宾］

祖灯续长明，正凭后昆修慧业
堂龛留真影，不忘先贤遗功勋（祖堂）
——瑞今

【注】寺在马尼拉市区，始创于1949年。

满望兴教发大愿
意思淑世存仁心
（如满、如意法师纪念堂）
——瑞今

◎ 天莲寺 ［菲律宾］

道风高标崇胜德
法相长留纪鸿恩（永思堂）
——瑞今

【注】寺在马尼拉。

◎ 一同寺 ［越南］

一览收湖海
同心发智慧

◎ 龙华寺二副 ［越南］

胜会记龙华，喜值慈尊当补处
长河来震旦，信知法乳本同源
【注】寺在西贡。

龙猛阐八宗，显密何殊，究竟同归寂
灭海
华严开五教，理事无碍，分明一路涅
槃门

◎ 真仙寺三副 ［越南］

百寸木树立禅境
四季花迎接佛台（意译）
【注】寺在河内。

慈悲门接远方客
觉悟路送执迷人（意译）

慧月长照今古夜
慈风普扇往来人

◎ 福林寺 ［越南］

福海得门方便入
林泉正路自如来
【注】寺在河内。

◎ 镇国寺十一副 ［越南］

慧日先临，普照三千世界
慈云遍覆，洞开不二法门（大门外）
【注】寺在河内。

镇北古名蓝，荡漾西湖光慧日
越南今胜迹，芳纵东土震禅关
（大门外）

镇国艳传，珥月浓云名胜地
安华兴睹，欧风亚雨太平天（大门内）

镇国日重光，梵宇长留，复见凝眸乘
大觉
西湖波起涌，法轮永振，艳开接武顿
禅关（大门内）

福等河沙，作福自然得福
功垂万世，兴功便见成功（塔门）

（以下围墙）
湖外水澄鱼自唱
园中森茂鸟闻经

花开般若尘心静
竹合真如法界闲

百寸木树立禅院
四季花迎接佛台

慈悲门接远方客
觉悟路送执迷人

天向西天，云水多山海外
地传灵地，炬花名胜古今

九水耀灵光，雾鬓风鬟香结佩
半天浮瑞彩，云軿飚御月联簪（画店）

◎ 延佑寺 ［越南］

延佑名蓝，典在李朝留梵宇

都城胜景，史传梦兆降英灵（山门）
【注】寺在河内。

◎ 李国师寺 [越南]

李国师尊，玉牒千年传□□
明朝法显，铜囊一笠作归依
【注】寺在河内还剑湖畔，相传越南李朝（1009—1225）时建。国师为医好李神宗病的明空禅师。

◎ 玉山寺二副 [越南]

夜月或过仙是鹤
濠梁信乐子非鱼
【注】寺在河内。

泼岛墨痕湖水满
擎天笔势石峰高

◎ 福林寺 [越南]

福海得门方便入
林泉正路自如来
【注】寺在海防市。

◎ 顺化禅林四副 [越南]

（以下山门）
安南国土不二门，莫错过去
顺化禅林第一步，向这里来
——清·大汕

佛心慈愿，先保国泰民安，方有法轮转处
王讳福周，坐享风调雨顺，合当吾道行时
——清·大汕

砂锅里活煮沸吞，有这般手脚，始受得国王供养
钵盂中生擒咀嚼，无那样肚皮，怎能消阁老饭钱（斋堂）
——清·大汕

释氏持律，儒者履中，总要修身诚意，自然敬直乎内、义方乎外
君子敕已，禅人修定，同归见性明心，端由戒慎不睹、恐惧不闻（戒坛）
——清·大汕

◎ 顺化觉王内苑六副 [越南]

等觉地为妙觉地，诚心明心，同入三摩智能真如藏
阮王宫建梵王宫，在世出世，总成一片仁慈大道场（大殿）
——清·大汕

（以下前殿）
海水渊涵，涤世界、洒烦嚣，风起清凉月殿
蓬山叠翠，奠邦畿、作盘石，花沾洁净禅天
——清·大汕

月面雍容，不卷夜明帘，静里森罗

万象
日轮照耀，常瞻金色相，光中普现千祥

——清·大汕

十身调御，应现人王，合作佛心德主
万法庄严，自成宝所，坐深香海宸居
（后殿）

——清·大汕

（以下罗汉堂）
佛德及群生，淑气氤氲，结宝光于慈室
王猷周八表，祥风披拂，开觉路以瑞门

——清·大汕

天台山上乘凉挈裘，忘记石梁桥，撞碎虚空，岂是分外作用
香积界里应供草鞋，错落莲花国，踏翻水月，无非个里神通

——清·大汕

◎ **灵姥寺三副** ［越南］

阅寺碑，仰先王造福之因，水月长圆，光满三千大世界
读国史，记老妪现身之语，岳河永固，灵钟亿万祀基图（大雄殿）

【注】越南有"天姥指点，划地建京"的神话，该寺在皇城西北角的河段东北岸，称"神京第一国寺"。

八功之水常清，一切众生吉祥也

五州之车不敝，大弥十方良善哉
　　　　　　　　　　　　　　（牌坊）

净土梵宫，佛日增辉于四大
摩尼宝塔，法轮常转遍三千

◎ **十方观音寺** ［缅甸］

钟声传三千界内
佛法扬万亿国中

【注】寺在仰光，建于1957年。

◎ **庆福宫三副** ［缅甸］

（以下观音亭）
观察普天下苍生，是因除火救苦
音声遍娑婆世界，所以警昧醒迷

【注】宫在仰光。

庆海甸安宁，赖菩萨慈悲，为众生造福
观世途险恶，悯黎民疾苦，下欲界瞑音

庆云景星，况法雨宏施，世界均沾幸福
观天测海，有祥光普照，人民尽待好音

◎ **观音古庙五副** ［缅甸］

佛法无边，四海同沾法雨
神恩浩荡，万民共沐恩波

【注】庙在仰光，广东、福建华侨建于清咸丰年间。

洋岛澄清，恍拜菩萨瞻宝筏

虎门恬静，遥从瀛海带琼英

莲瓣香分西竺，慈云歌普荫
杨枝露洒南滇，功水颂无波

庙貌重新，气象庄严，赫赫慈恩垂异域
神容依旧，声音丕显，洋洋德泽洽中华

佛原作士，音亦能观，广锡洪恩隆粤峤
广济众生，功参列圣，咸沾渥泽颂闽邦

◎ **福山寺九副**［缅甸］

福神获佑，道德并乾坤
寺降黎民，资生成万象
【注】寺在仰光市北郊高平，供奉清水祖师，属庆福宫管理，创建于1875年。

福天普荫，神威昭千古
寺地英灵，圣德庇四方

福地洞天仙境界
山岩古刹释家行

法力宏深，锡祯祥世界
慈心广大，敷吉庆人间

空观无色相
门接有缘人（空门）

镜明玄理悟
水净道心生（镜水门）

法门春永驻
苑日卉常青（法苑门）

廉外烟云幻
山中岁月长（廉山门）

千山钟神秀
百福相庄严

————赵朴初

◎ **福莲宫五副**［缅甸］

在人世，十方凡俗浮沉苦海
入佛门，千手观音接引西天
【注】宫在卑谬，供奉观音。

福临胜地，阛阓繁荣光梵宇
莲出清池，山川毓秀焕云门

福地得钟脉，隔岸匆匆无尽处
莲台望锦流，宫前滚滚有来源

观空有色，西天觉路，莲座祥云登净域
听世无声，南海清潮，檀林贝叶指迷津

福海无边，梵音远播，万众侨民沾法雨
莲花有致，佛座生香，十方善信护昙云

◎ 三圣宫 [缅甸]

广被慈云，观兹宝座辉煌，万古神灵光北都
东来紫气，瞻此庙堂焕彩，千秋德泽播南洋

【注】宫在勃生，创建于清末时期。

◎ 观音寺二副 [缅甸]

以义为利
豫大丰亨

【注】寺在缅甸古都阿瓦，云南华侨建于清乾隆时期。

把袂尽同乡，会比龙华，恰逢人海无争，佛天皆喜
驱车来异域，迹留鸿爪，常记三生缘旧，一宿情深

——清·康有为

◎ 卧佛寺 [泰国]

卧神假睡，洞察善信虔诚心
佛法无边，笼锡寿富真愿人（大殿）

【注】寺在曼谷大王宫南，亦称越菩寺，始建于大城王朝（1350—1767）。寺内卧佛长45米，高15米，铁制包金，是泰国三大国宝之一。

◎ 娘栖寺 [泰国]

风调雨顺
国泰民安

【注】联刻在雕龙雕凤石柱上，是当年从中国运来的。

◎ 双龙寺 [泰国]

诚心礼佛，衣服务须整齐
圣地尊严，禁止穿鞋登寺

【注】寺在清迈素贴山上，缆车台阶入口处有联。

◎ 梵音觉苑 [泰国]

梵音嘹亮修般若
觉苑光明礼佛陀

——定持

◎ 潮音寺二副 [泰国]

潮音有汛记朝暮
禅寺无尘任去来

——定持

潮音旦夕闻钟磬
觉苑始终证福田

——定持

◎ 天竺寺 [泰国]

西方此去须摩提国
天竺传来暹罗本堂

——定持

◎ **圆通觉苑二副** [泰国]

圆通便是清凉地
觉苑无非解脱门

——定持

慈航普渡众生日
觉苑又修禅静时

——定持

◎ **白云精舍** [泰国]

白云之下吾亲处
精舍其中龙象涛

——定持

◎ **佛光精舍** [泰国]

佛法圆融分顿渐
光明寂照遍河沙

——定持

◎ **龙莲寺十九副** [泰国]

龙势飞腾地
莲灯照耀天（山门）

——清·续行

【注】寺是曼谷现存最古老的中式佛寺，续行建于清同治年间，用地为曼谷王朝五世皇帝朱拉隆功所赐。

（以下大雄宝殿）
万道祥光，常辉宇宙

全真妙法，永布环球

龙树马鸣，心求佛果
莲宫桂殿，身种菩提

龙喷慈云，拥护大千世界
莲香宝殿，辉煌丈六金身

龙护法门，色色空空归大觉
莲团佛座，花花叶叶现如来

龙德光腾，变化直凌千仞上
莲花香暖，氤氲欲绕九霄间

（以下弥勒殿）
大肚能容，包含色相
开口便笑，指示迷途

龙向腹中生，袋贮乾坤欣有法
莲从喉里吐，心空世界笑何人

清斋欣共结
福地喜同登（清福坛）

一片丹心昭万古
千方妙药救众生（华佗殿）

龙出火中，想见三尊三世界
莲生土上，须知一叶一如来

龙阁庄严，广布慈云，大地尽沾龙德
莲□□□，参明妙谛，群生齐步莲台

皈依即是瞻依，爱护真如慈父母

绝妙无非玄妙，扶持后起□神仙

龙德巍峨，广被生民添北斗
皇恩浩荡，宏敷庶士寿南辰

一身现像有多般，称大士不离本号
千手指人登宝筏，奈众生尚在迷津

慈念一动，甘露普沾天下子
悲世多难，法雨遍滴宇宙人

紫竹林中观自在
白莲台上坐如来

观世态演变，尘人多苦厄
雷音响大地，万物尽生春

祖法无二门，不外脱迷人悟
师公惟一谛，莫非返妄归真（方丈室）
——普净

◎ 观音庙 [泰国]

坐南海之莲华千百年，养性修身登法界
通吾商之利路亿万载，铭心刻骨戴慈悲
【注】庙在曼谷。

◎ 永福寺三副 [泰国]

永苑长开智能花，永垂万古

福田广种菩提果，福荫十方
——隐禅
【注】寺在曼谷。

永乐梵王宫，法轮常转
福赐维摩殿，慧镜高悬

一心清净本无双，普利永垂万世
三教庄严居第一，光明照耀十方

◎ 安老佛学院二副 [泰国]

迈步登鹫岭云峰，慧业有经出贝叶
安怀栖龙山福地，老人含笑释如来
【注】院在曼谷。

佛学玄机，悟到空时空色相
善启门常，当思敬老敬人群

◎ 普陀寺 [泰国]

游观名山，虎龙降伏上方宿
皈依大士，朝夕宣扬七宝函
——竺摩
【注】寺在沙芭。

◎ 三保公佛寺四副 [泰国]

三保灵应，风调雨顺
佛公显赫，国泰民安
【注】寺在泰国旧都大城，约建于12世纪。三保，指郑和。

三昧宝真如，无人无我
佛心公造化，不灭不生

脱身南域弥勒祖
受法西天衍佛经

七度使邻邦，有明盛纪传异域
三保驾慈航，万国衣冠拜故都

◎ **善庆庵** ［泰国］

善缘普陀菩萨界
庆德灵鹫梵王家
【注】庵在泰国旧都大城。

◎ **唐人庙三副** ［泰国］

六根万籁无声泰佛性
祖师一尘不染证禅心（六根祖师像）
【注】庙在信武里府挽盛县。

慈航普渡，众生超苦海
悲心济世，万姓庇钧天（观音殿）

大雄光照耀，风调雨顺
宝殿筑豪华，国泰民安（大雄宝殿）

◎ **礼佛堂** ［泰国］

礼忏渡众生，真谛圆熟雨花地
佛光弥八表，宝相庄严□□天
【注】堂在北柳。

◎ **雷音寺** ［泰国］

雷破情天，为众生开觉路
音闻清馨，在万籁俱寂时
【注】寺在华富里抱木山。

◎ **德善堂** ［泰国］

先悟大觉，三乘贝叶，梵文传道醒
　迷梦
玄关圣域，九品莲花，庄严法相度
　凡人
【注】堂在素辇集。

◎ **清华佛堂** ［泰国］

清空一粟贮乾坤，陀钵底广结菩提地
华曜三光悬日月，比丘尼弘开般若门
　　　　　　　　　——王钝良

【注】堂在清迈。

◎ **观音堂** ［泰国］

观相乃净土行门，更应知即相非相
音闻是此方教体，还要会将闻自闻
【注】堂在清迈。

◎ **德善堂** ［泰国］

明性心，耽禅悦，万缘众善
德如天，义至上，百福一堂
【注】堂在清迈。

◎ 明善堂 [泰国]

光弘德教，一法衍传归至善
明灿仁尊，殊宗显赫供斯堂
【注】堂在柿光。

◎ 古灵寺 [泰国]

古物多仙意，翠竹黄花祥沾化雨
灵山少世情，长松细草普荫慈云

◎ 观音救世庵 [泰国]

佛土弥陀，总求上善人俱会
波罗揭谛，遍覆慈悲我众生
【注】庵在宋卡。

◎ 佛光神坛 [泰国]

佛满大千，共抒诚敬
光被八表，永乐升平
【注】在耶拉勿洞。

◎ 华德念佛堂 [泰国]

华裔念弥陀，接引群生登极乐
德音流世界，庄严妙法悉菩提

◎ 龙福寺十九副 [泰国]

（以下山门）
龙腾法海

福种灵山
【注】寺在北柳。

龙宫藏佛法
福寺霭慈云

——彭慈

龙山遍植菩提树
福地高悬明镜台

龙蟠慧日金轮地
福现祥云贝叶天

龙护法门，色色空空皈大觉
福培善果，诚诚恳恳种心田

龙树绕浮屠，七级玲珑光舍利
福田栽善果，满天花雨洒菩提

龙天护法，众信来修真善果
福海慈航，佛堂同点上方灯（天王殿）

天下文明开觉路
人间忠孝护禅宫（文武圣帝殿）

（以下达摩六祖像）
东土达摩传妙谛
南天六祖证菩提

龙德布南天，法雨慈云庇万姓

福田栽北柳，名山古刹足千秋

龙光火光，总是神光，两轮光日月
福大量大，无非德大，一袋大乾坤
（弥勒佛殿）

（以下中厅）
龙树三论，佛法弘通摧外道
福田万顷，善心广种即菩提

龙楼钟鼓，声声唤醒尘寰梦
福地菩提，树树同开智慧花

（以下大雄宝殿）
龙瑞集千祥，佛国有云皆化雨
福田开万顷，灵山无树不菩提

龙气毓名区，请看近水遥山，四面漭
　　洄作襟带
福缘联海宇，从此善男信女，一齐欢
　　喜拜牟尼

（以下神农圣帝华陀殿）
帝德永无涯，历代岐黄遵圣论
神医其不朽，至今俎豆荐馨香

衫抛白紵，饭煮黄粱，一梦醒繁华，
　　隅因术寄灵芝，施妙药，布良方，
　　拯厄扶危，诚感聿昭中外国
袖拥青蛇，肘悬丹篆，千秋神教法，
　　祇为时逢板荡，仗文词，开善化，
　　牖民觉世，荣封屡契帝王心

祖德绍禅徽，当年锡杖南游，慈云覆
　　荫三千界
师功垂教范，此日梵楼重建，法雨缤
　　纷四大洲（祖师殿）

南海驾慈航，普渡众生超苦海
西天悬慧日，光昭万姓庇钧天
　　　　　　　　　　　（慈悲阁）

◎ 乌太他尼府佛寺三副 [泰国]

乐土均霑无量佛
善亭长表有缘人（乐善亭）

何必青精始供佛
但资白糜可斋僧（香积厨）

清境不嫌清客住
福门今为福民开（清福院）

◎ 普德寺 [泰国]

普雨遍施周沙界
德泽广被十方生
【注】寺在信武里府拉差县。

◎ 万佛寿山 [泰国]

万佛布慈云，接引英灵归极乐
寿山饶胜概，平畴绿野有洞天
【注】山在春武里府挽盛县。

◎ 观音寺二副 [马来西亚]

妄念是幻，何须入定息妄念
真心本空，凭么参禅悟真心

——了中

【注】寺在吉隆坡。

观遍诸天宏法眼
音传空谷悟禅机

◎ 千佛禅寺 [马来西亚]

为金刚怒目、威慑群邪，声教传大千世界，普济无量众生，统领诸天常拥护
学菩萨低眉、慈涵众怨，悲心人不二法门，广修恒沙功德，优游尘刹自庄严

——竺摩

【注】寺在吉隆坡。

◎ 宝林法苑 [马来西亚]

宝地庄严，一时开盛会
林烟缥缈，随处结祥云

——竺摩

【注】法苑在吉隆坡。

◎ 极乐寺三十四副 [马来西亚]

鹤立云端能远俗
山居海外好安禅（山门）

【注】寺在槟榔屿州首府槟榔屿城鹤山，1895年槟城侨绅集资，清末福州高僧妙莲、德如仿鼓山涌泉寺所建。

极天上下无如佛
乐国庄严总是神

（以下大雄宝殿）

本无声而有声，钟声磬声梵声，声声梦觉
目有色却无色，山色水色月色，色色皆空

——清·张煜南

净土且参禅，赖诸君勷助同心，普结佛天缘，始信法门原广大
名山欣得主，愿尔辈修持努力，一空人我相，顿教炎海忽清凉

——清·张振勋

教兴东汉，迹溯西周，自来福被华夷，人钦佛法
寺跨山腰，殿临海面，每到潮回子午，响答梵音

——清·姚克明

梵宇启南天，座涌莲花，恍游极乐世界
真经传西竺，书翻贝叶，如参众妙法门

——清·谢荣光

舍利具圆光，上下虚空无窒碍
庄严呈色相，百千万亿愿皈依

——清·丘秋荣

胜地辟禅关，望众僧说法谈经，同参
　　妙谛
名山垂佛教，愿世间善男信女，共切
　　修行
　　　　　　　　　　——清·谢素归

（以下韦陀殿）
威力昭彰，金甲光吞日月
大权示现，宝杵震动乾坤
　　　　　　　　　　——清·林雅言

佛德无涯，顺众生心而随处现应
法门有眼，赖诸公力以此地昭彰

惩劝悉婆心，看来菩萨低眉、金刚
　　怒目
色空皆妙境，悟到木樨香处、梅子
　　熟时
　　　　　　　　　　——清·杨铭汤

八千里奉使随槎，佛法悟因缘，秉节
　　刚逢经始日
数百家弁言属稿，文章参同契，传灯
　　又证倦游年
　　　　　　　　　　——清·何晋梯

（以下钟鼓楼）
铁汉参禅，闻钟声而开觉路
铜人拜佛，听板响以脱迷途

暮鼓三通，警醒灵山方外客
晨钟一响，唤回苦海梦中人

（以下天王殿）
布袋具天机，三界法王留妙相
龙华垂佛教，九霄风雨洒菩提
　　　　　　　　　　——清·梁仙桃

宝地证前缘，山鸟啼余，快睹诸天
　　花雨
经台谈妙法，木鱼声里，遥闻大海
　　潮音
　　　　　　　　　　——清·张维藩

谈经教顽言点头，悟境别生，秋叶春
　　潮成佛偈
说法使众山皆应，禅心已净，晨钟暮
　　鼓证昙花
　　　　　　　　　　——清·梁卢氏玉心

海上仙山，怪石奇峰，都是琳琅玉殿
云中佛寺，梵音妙相，宛如净土莲邦
　　　　　　　　　　——清·林耀煌

佛法显神通，赖大家广布金钱，梵宇
　　琳宫成此日
南天崇释教，愿尔曹永传衣钵，明心
　　见性探真元
　　　　　　　　　　——清·高万卿

慈航度众生，悯尔无知，至此同登
　　觉岸
法雨施溥海，化人有术，从兹永涤
　　俗尘
　　　　　　　　　　——清·梁廷芳

海上觅仙山，一刹那梵宇琳宫，辟地
　　同登极乐国
闽中此杯度，二十载因缘香火，参禅
　　重问妙莲花
　　　　　　　——清·李松年

佛法本无边，十万户烟火楼台，共仰
　　灵光普照
俗尘浑不染，数百里青山碧海，都从
　　宝座回环
　　　　　　　——清·张鸿南

功德圆成，妄相既除宁有我
堂基本竣，前尘不障更无边（法堂）
　　　　　　　——清·张鸿南

（以下大士殿）
万里众生都在眼
十方佛子尽低头

鹤立云端能远俗
山居海外好安禅

于一毫端现宝王刹
坐微尘里转大法轮

无极而太极，悟真正道
独乐与人乐，具大法门

思广大、诵慈悲，紫竹林中常观自在
救灾厄、离苦难，红莲池上果现如来

宝殿焕彩，十方世界现净土
金容庄严，五佛法身入毗卢（五佛殿）
　　　　　　　——了中

极天上下无如佛
乐园庄严总是神

不二启津梁，同归法海
大千空色相，自觅心珠
　　　　　　　——普法

宜王侯，多子孙
大富贵，亦寿考（寺后"福禄寿康"）

万里众生都在眼
十方佛子尽低头（大愿殿）

布袋具天机，三界法王留妙相
灵华表佛教，九霄花雨洒菩提
（弥勒殿）

◎ 梵音大殿 ［马来西亚］

妙相圆融，四圣六凡无二体
法身常住，十方三世永一如
　　　　　　　——了中

【注】殿在槟城。

◎ 居士林 ［马来西亚］

学维摩布道、胜鬘谈经，近事三尊修
　　慧业
看须达铺金、难陀献供，广施七宝植
　　良因
　　　　　　　——竺摩

【注】在槟州。

◎ 菩提心寺 [马来西亚]

因愁生死难逃，每对金容而涕泪
为怖人身易失，常祈宝手以提携

——竺摩

【注】寺在霹雳州怡保。

◎ 妙音寺 [马来西亚]

说妙钩玄，激扬哲理开迷惘
播音弘法，启导人心向正思

——竺摩

【注】寺在马六甲。

◎ 三慧讲堂四副 [马来西亚]

天竺高僧弘法雨
达摩初祖振禅风

——广元

提莫邪护教
用宝筏渡生

——竺摩

三学圆明，一念兴慈能济物
慧眼无碍，十方救苦可寻声

——竺摩

（太虚法师舍利塔）
七百万言全书，永怀法泽
千数十颗舍利，分供华洋

——竺摩

◎ 慧明讲堂 [马来西亚]

慧剑重挥，烦恼顿成妙觉道
明珠乍现，光辉永耀古禅心

——成一

◎ 香林觉苑寺六副 [马来西亚]

得大自在
究竟清凉（大门）

——金明

【注】在马来西亚马六甲惹兰榴梿那喀路，旅马高僧金明法师于1945年创建。金明法师，原出家于福建莆田龟山清禅寺，该寺开山祖师号无了，俗姓沈。

香林兴学弘师范
觉苑谈经转法轮

——金明

【注】寺内办香林学校、香林幼稚园。

（以下大雄宝殿）
香气漫觉园，恍若莲邦乐国
林风吹苑阁，俨然鹫岭灵山

——金明

香林传龟山祖寺
觉苑绍无了家风

——金明

香标万德庄严，证四智三身，圆成无
　上道
林聚六和清净，修二持八度，同发菩
　提心

——金明

香处自知闻，寂寂丛林堪证果
觉时无挂碍，迢迢法苑共栖禅

——清·张琴

◎ 笔锋寺 [马来西亚]

笔劲有峰生翠巘
尊空无酒对斜阳

——梁颂、虞纪佩

【注】寺在吉隆坡。

◎ 远和寺 [马来西亚]

大肚能容，容世间难容之事
慈颜常笑，笑天下可笑之人（弥勒像）

【注】寺在文东加叻埠。

◎ 青云亭十一副 [马来西亚]

青莲开佛国
云雨润苍生

【注】青云亭，又称观音亭，在马六甲州马六甲市庙堂街，亭内有关帝殿、天后殿等。

双离语默国摩羯
独立苍茫山普陀

【注】摩羯，古印度国名。

莲开六甲滋雨露
竹绕青云报平安

【注】六甲，指马六甲州。

观照蕴空，心无挂碍
音声尘净，性自圆通

无事度溪桥，洗钵归来云袖湿
有缘修法果，谈经空处百花飞

——高罗佩

【注】高罗佩，荷兰汉学家。

郑播经纬，知百世之功勋有自
李传刑政，定千年之德惠无疆

【注】郑，郑芳扬；李，李君常。1511年葡萄牙殖民者占领马六甲，设立华人管理机构"甲必丹"，首任甲必丹是梁清，继任则是郑、李二人。

不舍洪慈，遍尘刹而寻声救苦
曲随方便，度群迷则赴急现身

观见诸色皆空，眼前无非真般若
音闻众声自在，耳中尽是大圆通

青锁柳千条，知此间真是祇园法界
云凝莲万朵，问何处有非香国恩波

志在春秋扶汉室
光昭日月庇人间（关帝殿）

覃恩浩荡常流海
后德巍峨独配天（天后殿）

◎ 青山岩七副 [马来西亚]

山青海碧相辉映
圣德慈航护众生

【注】在马来西亚沙捞越摩拉德峇半岛山丘上，为闽籍乡侨集资创建于清光绪年间。

天降祯祥予凡俗
公施德泽被群生

波光潋潋映神座
灯烛煌煌照佛堂

弥陀佛法施广济
竹苑宝经播真言

欲循南海比丘法
虔习北山须弥经

普施德泽渡四海
广济慈云绕三山

青山幽奇，恩泽宏施于赤子
山光秀丽，钟毓布化乎苍生

◎ 清云岩四副 [马来西亚]

至道成时胸卍字
性真返后顶圆光
【注】又称福兴宫，在马来西亚槟城。福建安溪乡侨创建于清嘉庆道光年间，主祀佛教俗神清水祖师。

清水流分常滴滴
峦山云拥自重重

（以下后殿观音堂）
听风望月添禅趣
玩水游山养性灵
——竺摩

慧日高悬，岩上清云观自在
迷津广济，海中慈筏渡如飞
——竺摩

◎ 净业寺四副 [马来西亚]

（以下大雄宝殿）
净念昭彰，极乐国随心应现
业尘不染，菩提场信步阶登
【注】寺在南部柔佛州麻坡河南岸惹兰苏来曼，1946年开始，定光法师创建。

净教溯竺乾，绍继瞿昙规范
业师传华夏，缵承无了宗风
【注】定光法师最早剃度于无了所创的福建莆田龟山寺。

净蓝寂寂共熏修，举步朝菩提迈进
业海茫茫谁知返，回头向觉岸跻登

法嗣续龟山，枝荣百世
功名书莲阁，祀享千秋（功德堂）

◎ 霹雳洞五十四副 [马来西亚]

何年霹雳一声，石破天惊成此洞

远处氤氲五色，云飞霞舞闹诸山
（大门）

　　　　　　　　　　——潘受

【注】洞在霹雳州的怡保市的北部，与三保洞相邻，有佛像数百尊。于1926年由张仙如和夫人开创，是马来西亚最具中华文化价值的佛教圣地，也有"南岛敦煌"的美誉。

一尘不染
四季长春

　　　　　　　　　　——王世昭

大千世界
不二法门

　　　　　　　　　　——杨森

马来胜地
霹雳洞天

　　　　　　　　　　——王世昭

天然佛洞
海外神山

　　　　　　　　　　——阮毅成

洞名霹雳
景胜蓬莱

　　　　　　　　　　——洗尘

一声尘梦觉
万劫佛灯明

　　　　　　　　　　——蔡鹤田

洞天开霹雳

南国有敦煌

　　　　　　　　　　——李天声

一声霹雳惊尘梦
万古奇观数洞天

　　　　　　　　　　——余伟

万古洪荒留胜迹
一声霹雳出灵岩

　　　　　　　　　　——张建邦

古洞距离天咫尺
名山屹立海中央

　　　　　　　　　　——朱玖莹

出入有僧皆佛印
往来无客不东坡

　　　　　　　　　　——张良

出门已是人间世
回首应嗟别有天

　　　　　　　　　　——王世昭

名山上下空千古
古洞东南第一名

　　　　　　　　　　——易君左

细剪山云补破衲
闲捞溪月作蒲团

　　　　　　　　　　——黄老奋

树影静依幽洞月
钟声微度远山云

　　　　　　　　　　——陈荆鸿

洞里千岩惊造化
天开八景蔚奇观
     ——万一鹏

海外名山扬霹雳
天然古洞比敦煌
     ——赵少昂

摩崖画别开生面
幽洞风清涤俗尘
     ——李宗黄

霹雳一声开胜迹
天然八景壮名山
     ——廖祯祥

霹雳洞中瞻胜概
菩提苑里悟真如
     ——蔡鹤田

天下几名山，声闻霹雳
人间留胜迹，美尽东南
     ——何浩天

看缥缈云山，千岩竞秀
历沧桑洞壑，万象奇观
     ——星云

到此已如仙，何必摘星摩斗
随缘来事佛，自然见性明心
     ——张纫诗

百叠青峦，花露时从岩翠滴

千丛绿荫，橡风遥拂洞云寒
     ——李占如

听霹雳一声，惊醒红尘迷梦
造敦煌众相，蔚为胜地奇观
     ——王恺和

佛影岚光，缘证三生登鹫岭
云林石窟，天开八景胜蓬莱

佛化寰中，何处是真如西竺
音扬海外，此间即般若南天
     ——林光灏

海拥灵山，霹雳洞中罗万象
天开佛国，菩提树下证三生
     ——刘逸心

世外看名山，天开八景称无匹
洞中参法相，佛说三生证有缘
     ——张英杰

拔地矗层楼，仙鹤云中呼法雨
摩天连峭壁，灵猿山上听梵音
     ——孙少卿

胜迹比敦煌，霹雳一声迴北极
名山如鹫岭，洞天八景壮南疆
     ——黄君璧

霹雳汇潮音，不假笙簧成妙曲
冰轮澄皓月，长悬天地作孤圆
     ——刘太希

天下几人闲，问杯茗待谁消磨半日

洞中一佛大，有池荷招我来证三生
（客厅）

——潘受

洞吼霹雳声，威震八荒，惊醒尘寰迷梦
山作嶙峋势，形超万仞，撑开佛国奇观

——刘宗烈

佛国探幽奇，听洞中霹雳梵音，唤醒尘梦
仙山留胜迹，看海外敦煌妙相，巧夺天工

——张白翎

胜概甲东南，石室灵岩，法相佛光分鹫岭
名山亘西北，云房秘笈，洞天壁画比敦煌

——李冰人

霹响振乾坤，洞开连岫，楼矗五龙，驮经白马来天竺
雳声回海岳，法说十洲，江渡一苇，面壁丹丘礼达摩

——李冰人

风景冠东南，看不尽梵宫菩苑，烟树云风，仿佛人间仙境
洞天开霹雳，有无数塑像浮雕，楹联壁画，俨然海外敦煌

——郭汤盛

风吹幡扬，佛法降魔皆俯顺

雨滋尘净，经声度世最谐调
（四大天王左右龛）

——张英杰

国运天开，金瓯永固心常泰
民情佛化，贝叶长耽意自安

——星云

（以下弥勒堂）
不是婆心为赤子
岂能笑脸便迎人

——竺摩

大腹能容天下事
慈颜常笑世间人

——陈光师

世人患得患失，一生可笑
我佛大慈大悲，万物能容

——张仙如

（以下仙如纪念馆）
仙风道骨生罗汉
如佛化身证菩提

——孙少卿

仙人驭鹤归，洞壑楼台空吊影
如佛携履去，梵天偈别倍伤神

——李冰人

仙境寄高踪，绿水青山皆胜迹
如来缘大觉，苍松翠柏共长春

——文叠山

仙境辟名山，经五十春秋，功垂南国
如来传妙法，离三千世界，果证西方
　　　　　　　　　　——张英杰

仙境托名山，紫气灵芬，十丈菩提佳
　荫好
如来征慧性，清莲黄菊，三千佛海梵
　音回
　　　　　　　　　　——任宇农

（以下步云亭）
白日放歌，更上试穷千里目
青云可步，相期无负百年身
　　　　　　　　　　——潘受

霹雳一声，尘梦醒时人即佛
沧桑万劫，洪荒留此洞居仙
　　　　　　　　　　——胡浪曼

（以下翠环亭）
拔地千山环远翠
倚天一石俯危苍
　　　　　　　　　　——潘受

数声钟鼓醒尘梦
四面云山拱佛堂
　　　　　　　　　　——马寿华

摄所归能，胜地即为乐地
从心生境，南方不异西方
　　　　　　　　　　——梁寒操

◎ 凤山寺 ［新加坡］

凤翥龙蟠，艳传王者甄灵地
山环水绕，新拓华侨祝圣祠
　　　　　　　　　　——戴凤仪
【注】寺祀孝子郭忠福，闽人所筑。戴凤仪，清末举人。

◎ 丹明寺 ［新加坡］

丹照清净觉相，悉以普贤行愿力，供
　寿诸佛
明宣无上菩提，尽于未来一切劫，利
　乐众生
　　　　　　　　　　——丰子恺
【注】丰子恺，近代著名画家、散文家。

◎ 圆明寺 ［新加坡］

圆照清净觉相，悉以普贤行愿力，供
　养诸佛
明宣无上菩提，尽于未来一切劫，利
　乐众生
　　　　　　　　　　——丰子恺

◎ 龙山寺 ［新加坡］

遍界重传嗣，天在山中，大法应推龙
　象众
普门钦示现，风行水上，十方同听海
　潮音（祖堂）
　　　　　　　　　　——马一浮
【注】寺在新加坡市内，形制仿中国净土宗寺院。

◎ 双林寺十五副 [新加坡]

风月双清,古刹重光,开国家治平昌运
晶莹林秀,寺客再耀,为民众植福中心(山门)

【注】寺在新加坡金吉路,1908年星洲福建籍早期侨领刘金榜创建,是驰名东南亚的中国式大丛林。

福地振禅宗,万卷金经初譒竺国
莲山开法界,千年觉树共荫新洲
(大雄宝殿)

善为传家宝
忍是积德门(长老室)

光夺恒星,先孔耶回以千秋东亚为四洲圣
宗传象□,合佛法僧之三室西竺成一家言(三保殿)

功在山林,名垂宇宙
德兴一念,祀享千秋(功德堂)

月照双林静
花开一院香
——赵少昂

【注】赵少昂,画家,1952年游双林寺作画配联。

(以下五观堂)
功德林中,一一蒲团依槲荫
莲花座下,声声贝叶颂檀勋

五观若明金易化
三心未了水难消

(以下法堂)
双林晓露,一清热恼情尘梦
法海弘深,荡尽烦埃生死轮

鹿苑谈经、祇园说法,何曾道得只字
惠能无树、神秀有身,本来不在多言
——竺摩

微尘剖出经千卷
片念圆融劫万年
——太虚

觉一切有情人,现来铁汉
揽五洲最胜地,镇此金山(天王殿)

(以下方丈室)
袈裟勿使天花着
卓锡曾惊白鹤飞

丈室春深,花影泉声俱寂
禅关昼永,杏风鹤梦同清

抚掌笑春风,丈室闲中空世情
抬头看庭月,九霄高处照禅心

◎ 广化寺 [新加坡]

洒甘露于人间,广施法雨
仰灵山之佛日,遍照南天
——赵朴初

◎ **护国金塔寺**［新加坡］

　　法门隐迹修经典
　　照影空潭见慧根

◎ **葡院三副**［新加坡］

　　诣菩提场，趣寂灭殿
　　登圆通路，入解脱门（院门）

　　乡国人材看起凤
　　林泉栋宇忆开山
　　　　　　　　　　——潘受

　　览德而翔，凤既来巢应有说
　　楼真所在，山能名世岂无因
　　　　　　　　　　——潘受

◎ **修德堂**［新加坡］

　　归依善果，一佛净土馥舍利
　　德证菩提，九品莲邦昭灵光（归德楼）

◎ **普觉寺二副**［新加坡］

　　世界三千，一花一叶
　　因缘十二，无我无人

　　欲度众生登觉岸
　　还从诸法证灵山

◎ **香莲寺**［新加坡］

　　香火结因缘，天为梵王开宝殿
　　莲华生智能，佛从海甸佑芳邻

◎ **龙泉寺**［新加坡］

　　佛法广无边，龙降虎伏
　　禅心平似水，泉美溪清
　　　　　　　　　　——隆莲

◎ **普光寺二副**［新加坡］

　　洗净尘心堪普渡
　　睁开慧眼看光明
　　　　　　　　　　——张济川

　　普觉群生，法云远荫
　　光照百代，慧日长悬
　　　　　　　　　　——张济川

◎ **福海禅院**［新加坡］

　　福城再现，圣凡一如同登净域
　　海会重开，缁素二众共入玄门（山门）
　　　　　　　　　　——了中

◎ **般若讲堂二副**［新加坡］

　　佛法僧宝，为人天树福胜地
　　戒定慧学，是缁素修心良方
　　　　　　　　　　——隆根

　　般若为无生智果

菩提以有漏圆成

——广元

◎ **福慧讲堂** [新加坡]

福泽三田，敬思悲源由祖论
慧开七众，解行证信在基先

——本慧

◎ **佛缘林** [新加坡]

佛在灵山，似常呼唤
缘来圣地，正好修行

——竺摩

◎ **法施林** [新加坡]

法华会上，广显一乘义
施鹿林中，打开方便门

——竺摩

◎ **妙香林二副** [新加坡]

清净观广大智慧观
海潮音胜彼世间音

——丰子恺集《华严经》句

【注】寺在槟城升旗山麓，1942 年会泉法师创建。1973 年重建时，丰子恺应广洽法师之请而作。

妙莲花开，弥勒坛高，瑶草千春光佛刹
香云缭绕，瑞烟笼罩，庄严七宝壮槟城

——丰子恺

◎ **观音堂** [新加坡]

观照遍十方，东土众生沾法雨
音开通万类，南阎善信仰慈云

【注】在马里士他路，建于 1945 年。

◎ **菩提兰若** [新加坡]

法灯至妙，一心相照传无量
我佛独尊，四众皈依得所安

——竺摩

◎ **居士林** [新加坡]

诗意庭前月
禅心雨后山

——圆瑛

◎ **金德院三副** [印度尼西亚]

金鼎结祥云，遍开法界
德门呈瑞气，广播人间（山门）

【注】印尼首都雅加达有四大华人神庙，金德院最具规模，除主庙外，还有两座附属庙：地藏王庙和玄坛宫。主庙建于 1650 年前后，供观音菩萨。

南海非遥，转念慈航即渡
西方自在，返观法界皆春（菩萨像）

庙貌巍峨，轮奂常新垂万世

神灵赫濯，蒸尝不替永千秋

◎ 中华大觉寺 [印度]

大德垂遗踪，依旧风过菩提，月临宝座，岭忆猿啼，河溯女供
觉寺欣再造，何期鹤集埠垮，虎卫山门，磬能自响，杵喜王颁
——陈健民

【注】寺在菩提伽耶。

◎ 中华佛寺四副 [印度]

集诸佛悲心精华，辅弼极乐，感应婆婆，何处未蒙恩泽
睹众生欲海漂溺，横摧魔军，广建法鼓，谁人是真化身（观音殿）
——陈健民

【注】寺在贝那斯特鹿野苑。

解颐一笑魔皆去
把手相牵谁肯来（绿度母）
——陈健民

到此谁无般若种
别来常发菩提心（照客堂）
——陈健民

大势掷虚空粉碎
至尊超日月光华（大势至）
——陈健民

◎ 双林寺二副 [印度]

山门震清
佛法常兴

【注】在拘尸舍那涅场。

双木重荫，承恩悉证菩提果
林园憩影，见性宏开净土莲
——陈健民

◎ 华光寺六副 [印度]

黄金为地，想当年法会庄严，金刚经、弥陀经，信士勤看犹未断
白塔参天，欣此际福缘结集，舍卫国、极乐国，心田相距本无多（山门）
——陈健民

从能仁求圆证，岂是易事，努力化缘建塔庙，便属难得
依本体发道意，尤殚精诚，含悲剜肉救他人，也非寻常
——陈健民

（以下念佛堂）

从饶有道宣戒律、智顗止观，最后还归于净土
喜当兹祇树参天、黄金铺地，终朝忆念在弥陀
——陈健民

纵教汝茹毛饮血，来此一声弥陀，所为暴行皆可忏

且劝君戒杀放生，挽回五浊厄运，摧破邪说永不兴

——陈健民

此地无密宗冒滥、禅家狂妄、法相支离，唯有老实念佛
纵君得时节预知、脑顶温和、异香弥漫，还须圣贤来仪

——陈健民

卅二应灵感昭彰，看寺中法务兴隆，塔边含识超生，全仗婆心一片
亿万众精神饥渴，望海外杀机潜伏，国内头陀稀少，共餐甘露几人
（观音殿）

——陈健民

◎ 给孤独园 [印度]

华藏世界十玄门，重重庄严，统摄此孤独禅寺
光明莲台亿佛土，处处照耀，尝闻诸阿弥陀经

——陈健民

【注】园在赛特马赫特舍卫国。

◎ 中华寺 [尼泊尔]

景仰世尊，法雨慈云，四海归心瞻圣地
振兴华夏，尧天舜日，万方翘首赞名蓝

【注】寺在蓝毗尼迦毗罗卫城东，此地传为释迦牟尼诞生地。

◎ 虚云禅院三副 [匈牙利]

法雨西垂，人天弥仰
道场成就，中外归心

【注】在首都布达佩斯，华侨修建。

虚空含笑，香花满座
云海生辉，法雨弥天

禅风远播，多瑙河吞曹溪水
佛法初传，布达山连鹫岭云

◎ 法雨寺二副 [英国]

法开宝刹宏妙谛
雨润英伦化禅机

——陈继豪

【注】寺在伯明翰。

梵境播云，人间飞法雨
英伦卓锡，福地谒莲台

——陈继豪

◎ 荷华寺 [荷兰]

荷生莲枝，万众多喜事
华开结实，百福纳千祥（山门）

【注】寺在阿姆斯特丹。

◎ **观音寺二副** [法国]

解脱门中谁肯入
莲池会上自知归

【注】在巴黎市区，越南本如法师于1975年创建。

鹿野苑中，演教权乘开觉路
灵山会上，宣扬实相悟迷津

◎ **广肇佛院** [法国]

广肇功德普天下
佛院慈光照大千

【注】佛院在巴黎市区，为中国广州、肇庆籍侨民所建。

◎ **华藏寺二副** [澳大利亚]

华阁禅心，香绕七宝佛殿
藏楼净地，云撩三根众生
——惟诚

【注】寺在悉尼。

华智妙觉，三途六趣皆成般若
藏慧观照，晨钟暮鼓尽是佛音

◎ **观音寺** [加拿大]

随类现形，智炬高擎游法界
寻声救苦，悲心广远入娑婆

【注】寺在温哥华。

◎ **佛圣堂** [加拿大]

法海无涯，信为能人
佛门广大，不渡无缘

【注】堂在多伦多。

◎ **大乘寺三副** [美国]

发无上菩提
度一切苦厄
——包铮

【注】寺在纽约南开罗镇，始建于1970年。

播佛种在震旦
续慧命于美洲
——白圣

广结善缘，弘扬佛法于异邦
艰辛缔造，但凭此心济众生
——沈家桢

◎ **宝华寺四副** [美国]

（以下牌楼）
登宝殿，四生九有共入毗卢性殿
入山门，八难三途同登华藏玄门

【注】寺在纽约。

见闻为种，八难超十地之阶
解行在躬，一生圆旷劫之果

(以下大殿)

娑婆释迦应慈悲心百千,往返八难出苦海
极乐弥陀秉弘誓愿上品,接引九有登莲邦

宝掌千岁,其僧具智悲功德,法轮常转
华严十玄,此间有藻棁瑞光,帝网重开

◎ 东禅寺 [美国]

兜率参慈尊,非无非有,中道妙义甚深,契入真如性海
娑婆侍补处,即色即空,缘生正宗最可,觉知幻假人天

——浩霖

【注】寺在纽约。

◎ 松山寺 [美国]

松山吐日开觉道
林海含灵作慈阴

——妙峰

【注】寺在纽约。

◎ 金山寺 [美国]

一切众生入不二法门,同登三宝地
百界诸佛上千座华台,庄严万德天

——竺摩

【注】寺在旧金山(原称三藩市)唐人街外。

◎ 旧金山万佛城十副 [美国]

慈悲普渡,信者得救,发菩提心,勇猛精进成正觉
喜舍同修,礼之获福,立坚固愿,忍辱禅定悟真诠(讲堂)

——宣化

华严境界,楞严坛场,四十二手眼安天立地
妙觉世尊,等觉菩萨,千百亿化身变海为山(讲堂)

——宣化

诸佛菩萨,神通妙用,移山倒海难思议
凡夫众生,智昧无明,返迷归觉证菩提

——宣化

莫直为曲,莫曲为直,五蕴危城无挂碍
自有化空,自空化有,六道险宅得出离

——宣化

万法归一,深谷闻梵音,有情离苦成正觉
千门不二,高峰警迷梦,无缘获渡证菩提

——宣化

真修道者，少说话，多用功，休把时间空放过
伪作善人，沽虚名，钓假誉，岂能空处重捉回

——宣化

万佛城乃三界导师演摩诃般若洞天福地处
如来寺是四方众生修无上菩提坛场法苑林

——宣化

文殊大智，诸佛本怀，微尘数三昧，善财成正觉
普贤宏愿，菩萨行为，刹海劫种因，龙女证无生

——宣化

万佛慈悲，法轮恒转，庄严道场宣正教，瑞光耀天地
三宝普度，有情永化，圆满德行证菩提，祥云荫环宇

——宣化

万人入信海，普贤行愿，华严众妙门，育良五常，国际和平真基础
一心出迷流，观音慈悲，楞严光明藏，培善八德，法界皈依安乐宫

——宣化

◎ 光明寺三副 [美国]

佛光普照无边刹海
人天往来十方圣贤
【注】寺在新泽西州。

夫妻为缘，有善缘，有恶缘，怨缘相报
儿女是债，有还债，有要债，无债不来

——浩霖

檀那为四摄六度所先，大行当从难舍舍
香光被三界十方而外，妙观即以不闻闻

◎ 华严莲社三副 [美国]

华藏世界，广演法音，天龙八部常拥护
严净道场，普济含识，昼夜六时恒吉祥（讲堂）

——成一

【注】在加利福尼亚州。

宝杵镇魔军，佛海三洲同感应
金刚护正法，僧园四众共沾恩
（护法堂）

——成一

演扬八大人觉，感佛深恩开智慧
启建慈悲道场，忏我宿业出轮回
（讲经礼忏法会）

——成一

◎ 万佛圣城 [美国]

华严法会，楞严坛场，四十二手眼安天立地
妙觉世尊，等觉菩萨，千百亿化身变海为山

【注】在加利福尼亚州达摩镇，内有如来寺、法界大学、万佛金殿等，宣化上人创立于1974年。

◎ 玉佛寺二副 [美国]

玉振金声，高山流水说妙法
佛宣圣谛，钝根利器获真诠

——瑞今

【注】寺在夏威夷。

发四八大愿，断无尽烦恼阿弥陀
达五蕴皆空，度一切苦厄观世音

——瑞今

◎ 檀华寺二副 [美国]

檀山风物春常在
华国文明远亦扬

——竺摩

【注】寺在夏威夷。

檀岛钟灵开佛会
华侨毓秀住仙山

——竺摩

◎ 法印寺 [美国]

印心自有真如在
海月谁量佛法深

——广元

【注】寺在洛杉矶。

◎ 西来寺十一副 [美国]

（以下山门）
问一声汝今何处去
请三思何日再回来

——星云

【注】寺在洛杉矶市东南哈希斯道，星云法师创办，1988年建成。

东方佛光普照三千界
西来法水常流五大洲

——星云

（以下五圣殿）
五圣同心开净土
七众协力护道场

——星云

悲智愿行，慈心护法界
信进念定，慧根满虚空

——星云

将军三洲施感应
宝杵六道降魔军（韦陀殿）

——星云

东西伽蓝同时护
古今威德到处灵（伽蓝殿）
——星云

佛日增辉，天华放异彩
法轮常转，贝叶说经文（藏经楼）
——星云

（以下大雄宝殿）
播微妙音，随缘共效迦陵鸟
发大悲愿，离苦同登般若舟

星拱北辰，遥知弹指心开，群贤咸悟西来意
云兴南海，喜见垂体翼展，化身东渡太平洋
——赵朴初

星辰影里那伽定
云水光中自在身（禅堂）

我佛如来度一切苦厄
善男信女登九品莲台（怀恩堂）
——星云

团体

上编　远传篇

◎ 东京中华会馆二副 [日本]

中外共车书，犹闻周代礼存，孔庭乐在
春秋良宴会，正值尧时日出，洛邑风回

——李鸿章

【注】日本文化多由中国传去，素称"人同种，车同轨，书同文"。

诸君志愿如斯，乘长风破万里浪
此地景象绝异，观初日登三神山

——黎庶昌

◎ 神户中华会馆五副 [日本]

神山修典祀
海客拜扬灵

——郑孝胥

【注】会馆在神户市生田区中山手通六丁目302号，设于1892年。

满室古香人有会
当阶晴阴月初中

——李鸿章

广厦维新，试看神水当门、坂山作壁
登堂话旧，且说蓬莱故事、桑梓乡情

——黎庶昌

忆赤县，统皇图，天下为家，到此更证中国
亲东邻，占乐土，太平无事，从今长保亚洲

——李经芳

【注】李经芳（1855—1934），安徽人，出使日本大臣，官至邮传左侍郎。

圣朝声教，虽远弗遗，欣逢立约通商，唐宋文明殊下策
神户经营，于斯为盛，深赖急公好义，粤闽江浙尽同心

——郑孝胥

◎ 横滨中华会馆二副 [日本]

福地枕蓬壶，采药灵踪，仙去尚留秦代迹
好风停桂棹，扶桑乐土，客来重访赖公碑

——陈文瑞

【注】陈文瑞，清广东南海人。

上国此停踪，记从画鹢飞来，帆叶饱张青翡翠
仙瀛今在望，祇向金鳌踏去，钓竿艳拂紫珊瑚

——何文雄

◎ 神户广东会馆 [日本]

别开图画五千年，奉将汉寿亭侯，浮居海国
载得明珠十万斛，采编秦时书籍，归献天家

——李篁仙

◎ 东文学堂 [日本]

尔等受朝廷教养，先比人优，望他年此念尚存，莫诿微官忘报国
斯堂培翻译根基，复自我始，慨当代需材孔极，聊以小处试酬知

——李凤年

【注】此堂为清朝在日本设立，生员学习政治、外交、国际公法及日语。郑孝胥为监考。光绪二十年（甲午）停办。

◎ 张颜同宗会馆 [菲律宾]

淹四海而为家，文稽平子京都赋
经千年以传世，书法鲁公祖庙碑

——张维翰

【注】在马尼拉。张维翰，1969 年访问菲律宾时所作。上联写汉张衡，下联写唐颜真卿。

◎ 两广会馆 [菲律宾]

此间孕大地灵奇，曲水萦回资映带
闲坐忆故乡风景，杯酒谈笑语从容

——陈敬孙

【注】在巴兰加。

◎ 华侨钱江联合会 [菲律宾]

钱富财余，愿笙歌迭奏，相见只谈风雅颂
江宽海阔，喜云水双航，每行都载友谊情

——林颂

◎ 华光汉国术总馆 [菲律宾]

光裕神州，文武超凡惊玉宇
汉仪志士，张弛起舞啸雄风

——方克逸

◎ 福建商会 [菲律宾]

雄镇荆襄，威震华夏
气吞吴魏，志在春秋（关公龛）

——施乾

◎ 洪氏英林总会五副 [菲律宾]

燉煌派衍，跨晋南国
英林世嫡，缔居菲邦

静以修身，俭以养德
勤则不匮，敏则有功

英誉族声，繁衍世代孙子
林园华厦，联络宗谊乡情

英华毓秀，蕴藻流芳昭百世
林木滋荣，宗支繁衍庆千秋

英才奋发，喜见燉煌满门冠盖云集
林木繁茂，欣闻菲岛遍地花果芬芳

◎ 让德吴氏宗亲总会会所五副

[菲律宾]

鲁论称三让德
史记第一世家

昔先人迹窜蛮方，遂启荆南土宇
我后嗣身居海外，毋忘故国河山
——裔孙吴增

让国启荆山，量超乎巢父许由，延殷土六百祀帝王之祚
德音契周乐，识高于郑侨晋肸，开江南二千年文学之宗
——裔孙吴增

让迪后昆，文王犹三分服事
德传奕世，孔子有十字题碑
——裔孙吴增

让商让周，数千里南至于荆，有天下而不与
德衰德盛，十五国乐观诸鲁，等百世莫能违
——裔孙吴增

◎ 洪门进步党总部五副 [菲律宾]

洪气一枝，通达五湖四海
宗分万派，产生万子千孙（大门）

进德崇功，结义联盟行契事
步云得意，乘风破浪挽狂澜（礼堂）

进取文明，见义勇为光汉祖
步行大道，当仁不让耀中华（礼堂）

义壮山河，九州文物终不坠
气冲牛斗，五祖誓盟永毋忘（礼堂）

花有半朝含宿雨
亭无终夜隔重云（洪家祠）

◎ 太原王氏宗亲总会三副

[菲律宾]

三支分十郡
八闽第一家（大厅）

凤管瑶笙，千古神仙苗裔
虎符金节，一家兄弟屏藩（壁柱）
——王丹凤

蓬岛振宗风，缘分槐树
榕城怀祖德，香荐荔枝（壁柱）
——罗继永

◎ 让德吴氏宗亲总会新厦六副

[菲律宾]

让洽华夷，采药何殊高咏蕨
德征衰盛，过都犹及遍观风

至德永垂芬，瀛海琼楼天作幕
宏规长荫后，延陵逸轨日增辉

三让节弥高,先德精诚光九有
一廛基已奠,画堂轮奂永千秋

俎豆永尊崇,斯为至德
荆蛮咸沐化,岂独吾宗

——吴春晴

融蛮貊于亲仁,蹑屦担簦,海市烝民归至德
承延陵之矩矱,息争继让,家声奕叶播淳风

——吴春晴

三让传芳,百世犹崇吴氏德
四维治国,万邦共仰汉家声

◎ 锡里公益所 [菲律宾]

让以天下者,三泽贻子孙,流长派衍
德有圣人曰,至光耀邦族,海阔天高

◎ 宿务分堂 [菲律宾]

让迪前人,习礼观乐根至性
德垂后裔,勒碑标史发幽光

◎ 明乡会馆二副 [越南]

明圣先王,越国亦闻声教
乡堂宗族,亚洲同此冠裳

【注】在原西贡(今胡志明市)同庆大道,建于1778年。明乡人,是对明末清初迁往越南的南明将士的称呼,亦称明香人。

明同日月耀南天,凤翥麟翔嘉锦绣
香满乾坤馨越地,龙蟠虎踞盛文章

◎ 穗城会馆 [越南]

暮鼓晨钟同觉悟
欧风亚雨两调和

【注】在河内。

◎ 大埔同乡会二副 [越南]

茶岭故乡情,水秀山明,孕育贤才联友谊
越邦宏气象,蕉风椰雨,新修政策护民生

——陈清能

【注】在西贡(今胡志明市)。

大地春回,万里河山欣复合
埔人北望,千家海峤庆重生

——陈清能

◎ 广肇会馆 [越南]

广资集公益,群贤盛会
肇启济众生,合境同心

【注】在岘港。

◎ 云南会馆三副 [缅甸]

彩云南现
紫气东来

——张砺

【注】在曼德勒汉人街，清光绪二年（1876）建，1942年被侵缅日军炸毁，1950年在原址重建。

黑水南来，同心共济
苍山东峙，回首多情

——秦树声

循故址，易新形，净洗劫灰光往绪
集众思，会群力，永留胜迹老乡情。

——张砺

◎ 安溪会馆二副 [缅甸]

安不忘危，寸心常系桑梓
溪今汇海，滴水犹念渊源

安土重迁，万里仍怀桑梓地
溪源有自，一心共念水云乡

◎ 晋江公会三副 [缅甸]

（以下观音殿）
观明察暗，佛法神光环宇宙
音正声和，晨钟暮鼓护乾坤

【注】在仰光。

观音慈悲，最爱人间德凤
佛祖婆心，引来天上祥麟

九品莲花，狮吼象鸣登法座
三尊金像，龙吟虎啸出天台

（大雄宝殿）

◎ 客属会馆二副 [泰国]

集客属于一堂，七洲洋外谈风月
聚四方而同乐，九老炉边论古今

【注】在合艾。

何处是吾家，溯源流尽道黄河南北
有缘来佛国，谋福利应怜劳燕东西

——曾介眉

◎ 刘关张赵四姓"龙岗亲义会" [泰国]

念先人义结古城，全心全意匡汉室
欣我辈会聚北榄，群策群力展鸿猷

【注】在北榄。此联四姓先人指三国时刘备、关羽、张飞、赵云。

◎ 丰顺会馆六副 [泰国]

丰兴新雅馆，杰阁紫榕楼，倚湄水而昭文，恒和履泰，百年树德，广厦流丹，伟业千秋钟福地
顺吉壮麟台，文章辉大谷，崇汉基再穆武，攸叙彝伦，万众同心，中华焕彩，鸿猷亿载耀侨邦

——黄清源

丰邑、丰人、丰伟绩，欣看侨领豪商，兴创千秋伟业
顺天、顺理、顺潮流，喜见乡贤俊彦，讴歌万载殊功（以下新厦）
——冯歌

会聚风云龙虎，创丰邑光辉业绩
馆招志士商贤，振客家团结精神
——冯歌

丰情联梓谊，群贤伟略雄才，并肩重建千秋业
顺时振纲常，俊彦深谋远虑，团结宏开百世基
——徐位营

丰划绘宏图，看广厦云联，最宜宴会延宾，盘谷名都添气派
顺时成杰构，挹侨贤风范，尽可停骖驻节，南邦胜境足流连
——徐义六

丰馆矗京都，群贤远瞩高瞻，共襄侨社千秋业
华堂集雅士，少长谈今论古，联络乡情百世基（丰华堂）
——徐义六

◎ **八桂堂** [泰国]

施甘露，济苍生，慈悲菩萨
作春秋，立经典，道德先师（孔子像）
【注】在泰的广西华人成立八桂互助社，建八桂堂。

◎ **泰南海南会馆二副** [泰国]

海峤仰文庄，满腹经纶堪作范
南天师忠介，一身廉洁可为风
——泰国卢焕杰

海南毓英才，继往开来，华夏衣冠传异国
会馆多俊秀，承先启后，珠崖文物播邻邦
——泰国卢焕杰

◎ **广西同乡会** [泰国]

广聚雄才，会联乡谊
西来紫气，馆悦同仁
——广西蒙智扉

◎ **潮州会馆** [泰国]

潮水同源，异国他邦铭祖训
州人幸会，天涯海角有乡音
——广西蒙智扉

◎ **义民文史馆** [泰国]

养天地正气
法古今完人
【注】在泰国北部与缅甸接壤处。

◎ 槟城潮州会馆二副 [马来西亚]

有疆不息
家山回首（大门）

作客濒南邦，存仁存义，咸守文公遗泽
溯源到海国，相亲相睦，无非九属联情（敬睦堂）

◎ 兴安会馆二副 [马来西亚]

兴功建馆，源流久远
安定居仁，福利邦家
【注】在吡叻州首府怡宝市，福建莆田华侨建于1975年，内有天后宫、戏台、纪念馆等。莆田在宋代曾名兴安州，故名。

兴吾业，乐吾群，敬吾桑梓
安此居，习此俗，爱此河山

◎ 梅县张氏会馆 [马来西亚]

竹箭声华当代造
梅花消息故人来
【注】在柔佛。

◎ 客属公会 [马来西亚]

客政联巫同建国
属侨盟印共安邦（大门）
【注】在雪兰莪瓜拉冷岳。此联刊载于该公会成立25周年特刊（1991年）。客属，是指客家华侨会馆。

◎ 槟榔屿琼州会馆八副 [马来西亚]

琼海遍慈云，共仰天恩广播
州甸张慧日，咸瞻后德长濡（大门）

海阔天空窥八表
南金东箭集群材（圣贤像）

（以下大厅）
琼岛颂升平，海宇澄清沾圣泽
州都同覆载，槟城安泰沐神恩

德泽荫莆田，南朔东西，万众咸歌乐利
恩波流海国，江淮河汉，九州共庆安澜

琼岛二千里而遥，西来槟榔名屿，地环四洲，庙貌巍峨，奇甸依然天作合
州县十三属之众，东望桑梓故乡，山通一脉，婆心恺恻，慈航宛在水中央

雅言诗书，执礼方为大道
益友直谅，多闻藉作良箴（左月门）

业成士农工商，贵在务本
利乐渔樵耕牧，善是留名（右月门）

会敦梓谊，永膺宿硕留彝训
馆毓英才，济美前贤拓楷模
（新宇正门）

◎ **马六甲琼州会馆二副**
〔马来西亚〕

琼琚比德
州里亲仁

琼岛航路通，骏业共振，喜辟山林普
美利
州居乡情洽，鸿图丕展，欣看天地出
精华

◎ **永春会馆二副**〔马来西亚〕

永藉兰城兴大义
春回桃谷萃群英
【注】在柔佛麻坡镇中心。

慈航即是运用慈心，桃谷安恬威母绩
法水无非施为法力，兰城镇抚实君灵
（天后殿）

◎ **丹州琼州会馆**〔马来西亚〕

天恩施既普，千秋感戴
后土化永靖，万世升平
【注】在丹州道北，海南籍侨民所建。

◎ **琼联会馆**〔马来西亚〕

琼楼会议集群英，奖学培才十二届

联袂磋商筹大计，救乡护国万千年
——文昌林蕴光

◎ **明星慈善社二副**〔马来西亚〕

为善朝朝乐
助人日日安
【注】在马六甲。

铁画银钩中国字
锦心绣口汉文联
——沈芳
【注】2001年在此举办"沈芳楹联书画展"。

◎ **龙山堂**〔马来西亚〕

龙虎榜中，人光分葛藟
山川图里，客胜访槟榔
【注】在槟城。

◎ **林氏九龙堂**〔马来西亚〕

奕代流芳，忠孝有声天地老
千秋树德，古今无数子孙贤
【注】在槟城。

◎ **雪隆海南会馆**〔马来西亚〕

紫气元神济沧海
椰风圣火开府城（天后宫）
——海南李敬忠

◎ 海南会馆 [马来西亚]

人为善，福虽未至，祸已远离
人为恶，祸虽未至，福已远离（天后宫）
【注】在吉隆坡。

◎ 陈氏书院 [马来西亚]

德星光耀远
颖水派流长（德星堂）
【注】在吉隆坡旧城，建于清光绪年间。

◎ 蛇庙二副 [马来西亚]

习水游山养灵性
望风听月添禅趣
【注】在槟城。

从今悟得唯心理
一寸灵丹好护持

◎ 南洋嘉属会馆二副 [马来西亚]

人从岭峤来游，异地联欢，把臂同寻万藜坞
我向巴罗小驻，闲情话旧，此身如在百花洲
——陈展骐

【注】在马来西亚巴罗。嘉属会馆，为清代广东嘉应州（今梅州）梅县、兴宁、五华、蕉岭、平远五县客家华侨之会馆。百花洲，古梅州名胜，在原梅江、程江二河汇合处。陈展骐，蕉岭清末举人，擅撰对联，有《寿竹庐楹联》传世。

此间孕大地灵奇，曲水潆洄资映带
闲坐忆故乡风景，酒杯谈笑语从容
——陈展骐

◎ 南洋嘉应会馆 [马来西亚]

海客寄鸥程，当无忘樽酒灞桥，烟波梦泽
里人同燕笑，好共话绿蓬梅水，文笔薯田
【注】在今马来西亚，巴罗，又呼坝罗。梅水指梅江，文笔、薯田，均蕉岭地名。

◎ 南洋文莱岛嘉属会馆 [文莱]

芭蕉思旧雨
梅花话故乡
——陈展骐

【注】文莱华侨多为梅州客家人士。芭蕉，切音蕉岭（旧称镇平），梅花，切音梅州。

◎ 中华会馆 [新加坡]

六年时事不堪论，嗟我侨商，救国无方，枉向天涯过岁月
七载春光今又到，对兹社会，新民乏策，空从海外盼升平
【注】此联系抗日战争时期侨商所撰。

◎ **湖南会馆** ［新加坡］

　　惟楚有材，大厦于今要梁栋
　　因树为屋，故乡无此好湖山

◎ **福建会馆** ［新加坡］

　　福地洞天，问寰中几多净土
　　建谋参议，看座上无数春风

◎ **南安会馆** ［新加坡］

　　南来旧雨迎新雨
　　安得他乡胜故乡

◎ **安溪会馆二副** ［新加坡］

　　皓月当空，一缕情丝桑梓里
　　清风在野，万分感慨椰蕉间
　　　　　　　　　——福建金易切

　　星屿聚多年，用夏变夷欣有志
　　清溪标八景，过都越国倍兴思
　　　　　　　　　　　　——王祝三
　　【注】王祝三，福建安溪崇德中学创办人。

◎ **题安溪会馆** ［新加坡］

　　安乐胜于仙，与尔同居新乐国
　　溪山美如画，何人不念故山城
　　　　　　　　　　　　——王春华

◎ **永春会馆四副** ［新加坡］

　　永峙星洲，面临碧海
　　春回南国，人羡桃源
　　　　　　　　　　——于右任

　　永日光辉昭宇内
　　春风和煦到天南
　　　　　　　　　　——溥儒

　　永日声名腾海峤
　　春光灿烂忆桃源
　　　　　　　　　　——贾景德

　　以友辅仁，其宁惟永
　　开物成务，叶气流春
　　　　　　　　　　——潘受

◎ **福清会馆** ［新加坡］

　　福荫同侨怀往哲
　　清澄寰宇望今贤

◎ **琼州会馆七副** ［新加坡］

　　地灵显百粤
　　血食壮千秋（大门）
　　【注】会馆由琼籍人士于1857年创立，原在马拉岭路，1880年迁至美芝路。

　　琼岛壮观瞻，百尺楼台起狮岛
　　州人笃恭敬，千年桑梓话珠崖
　　　　　　　　　　——清·黄少怀

海波不扬,长荷慈航宏利济
坤德能载,永教琼岛仰骈幪（天后宫）

入耳尽方言,听海客瀛谈、越人乡语
缠腰数豪富,有大秦金缕、拂算珠尘
——黄遵宪

【注】黄遵宪,清末外交家,爱国诗人,时任我国驻新加坡总领事。

母娘称圣,兄弟为神,共一龛明德馨香,同作慈航宝筏
奇甸钟英,琼枝竞秀,喜大众精诚团结,长怀梓里枌乡

据西来数十国之咽喉,一带枕琼台,卧榻竟教留鼾睡
作南行千百人之保障,三柱撑□□,盆香岂徒为恩私

琼地钟灵,自创造而绵长而扩建此馆,经过几许艰辛,几许功勋
州人蔚起,由星洲连联邦连婆罗总会,遐迩无限故旧,无限新交
——韩炳尧

◎ 广肇会馆 [新加坡]

栋宇凝佳气
梯航壮远图

◎ 周家祠 [新加坡]

濂深涵雅量
溪广裕宏谋

【注】又称濂溪别墅,周活公创立,今址在乞力律23号。

◎ 南洋周氏总会 [新加坡]

兴周八百年,历代国祚最长,允称西伯
赐姓亿万载,千秋理学□作,首重敦颐

【注】在道拉实街87号,1954年始创。

◎ 林氏大宗祠 [新加坡]

忠孝有声天地老
古今无数子孙贤

【注】名九龙堂,在广东路239、241号,创建于1985年。

◎ 云氏公会 [新加坡]

燕翼诒谋,光分星岛
虎符秉节,瑞集云山

【注】在小坡五马路明瑞巷,1936年冬建成。

◎ 唐氏宗会 [新加坡]

晋水发祥源流远
阳春得气棣萼辉

【注】名晋阳堂,在士里街4号,1955年创建。

◎ **赵氏总会** ［新加坡］

定天下致太平，除非汉祖唐宗，谁堪伯仲

说本来论当世，好似巨川大日，各自东西

——赵琪

【注】在惹兰勿刹 257—1 号，1956 年创建。

◎ **琼崖黄氏公会** ［新加坡］

江夏黄童，天下无双，公树勋庸垂汉史

琼南孙枝，海外生聚，世传孝友振家声

——黄少怀

【注】在下巴米士街 26 号和佘街 25 号，创建于 1910 年。黄少怀，星岛教育家、书法家。

◎ **琼崖许氏公会** ［新加坡］

萃子姓于一堂，缅先人祖有德宗有功，为烈为光，春露秋霜明祀典

衍云礽播诸代，愿吾辈孙也贤儿也肖，能文能武，鸳班鹭序集南洋

【注】在哇打鲁街 179 号，1936 年创建。

◎ **琼崖吴氏公会** ［新加坡］

渤海延陵分两郡，系本同源，上溯三让传家，实二千余年来共称鼻祖

闽派琼支聚一堂，欢联异域，最喜四方观礼，在数万几里外大振宗风

【注】在佘街 19 号，1936 年创建。

◎ **琼崖何氏公会** ［新加坡］

肇迹自庐江以来，派远流长，都是渊源一脉

宗祠在狮岛之上，敦亲睦族，还看继述千秋

——何达勋

【注】在奎因街 215 号和小坡荷罗卫巷 38 号，始建于 1948 年。

◎ **曹家馆二副** ［新加坡］

大地钟灵，肇启文明联栋彩

华堂霭瑞，宏开富有接云光

——朱昌满

【注】在火城劳明拉街 1 号，1819 年台山人曹晋志创建。

啰嘴建鸿图，肇启御题四字美

嘉坡振大业，宏开帝书两句扬

——朱昌满

◎ **醉邮学会** ［新加坡］

醉亦无虞，潜心探索以成学问

邮当有乐，恒志搜求而欣会盟

——福建陈诗忠

【注】陈诗忠，诗人，集邮家。

◎ 净名佛学社 [新加坡]

维摩开演不二法
净名弘化唯一乘

——传发

◎ 净宗学会 [新加坡]

新厦集贤传妙法
华藏遍地种菩提

——明道

◎ 永平广东会馆 [新加坡]

广集乡贤谋福利
东方道德固亲情

——陈清能

◎ 广东梅县李氏家族会馆 [新加坡]

椰林香近
梅岭争先

◎ 南洋客属总会七副 [新加坡]

聚炎黄客家子弟
会五洲四海乡亲（大门）

常感散沙，策群力联成一气
毋忘落日，登斯楼高唱大风

客为谁，主为谁，主客一堂，总是轩辕真系统
属有绪，宗有绪，宗属同心，会聚星岛叙亲情

【注】1996年承办"世界客属第十三次恳亲大会"用联。

由中州来，由宁化来，历千有余年，文献足征，乡音无改
旅暹属者，旅荷领者，计万数千众，大团结合，总会告成

汉季溯源流，宋代播迁，文物声名昭岭表
星洲建基础，大群联合，冠裳剑佩耀炎黄

江左发嘉祥，岭表敷荣，俱是黄炎苗裔
星洲联总会，天涯话旧，莫忘锦绣河山

此地当欧亚要冲，通商惠工，恒操山海富源，中西利薮
满座尽羲轩华胄，支分衍派，咸仰衡嵩望族，闽粤名宗

◎ 丰顺会馆 [新加坡]

丰功伟绩溯先贤，肇造粗成，幕启今朝，稍完天职
顺序循规崇旧德，继成罔替，礼隆此

日，永洽乡情

◎ **茶阳会馆** ［新加坡］

茶阳贤达，百年创业，正气磅礴书史汉
埔裔精英，万载传薪，雄心激励照金秋

【注】茶阳会馆，为广东大埔新加坡华侨会馆。

◎ **胡文虎俱乐部** ［新加坡］

乐未央，暂且苦中求乐
闲不得，姑从忙里偷闲

——姚天佑

◎ **华人大会堂** ［新加坡］

平其不平，安其所安，喜今日一杯称庆，旧基新宇，遥挹注五千年源源历史文化，落成此中华会堂，登临拍手高歌，爱槟榔屿壮丽风光，山环水绕
章以当章，美以加美，念先人万里投荒，斩棘披荆，渐结合三大洲世世同胞感情，建立我南洋邦会，俯仰伸眉展望，看轩辕氏神明苗裔，霞蔚云蒸

——潘受

【注】在槟榔屿州。

◎ **胡氏总会所落成春祭四副** ［新加坡］

安祥海峤，蕃衍无穷成圣裔
定本侨邦，源流不息蔚侨宗
（二楼宴会厅）

【注】胡姓郡号为"安定堂"。

大孝大贤，位居五帝
至仁至圣，德配三皇（后堂正厅）

【注】厅供胡姓太始祖仲华公像。

（以下左右神龛）
永承先贤开基地
安奉亲灵继祖宗

永为地主，福高德厚
安保人间，正道神通

【注】该地胡氏多系闽西、闽南、粤东籍人；联嵌"永安"二字，是为纪念爱国华侨领袖胡文虎先生，其"永安堂"产的虎标万金油驰名世界。

◎ **赤阳会馆** ［新加坡］

沐神泉，豪贤俊彦光南国
怀赤子，珍鸟名花寄乡情

◎ **湘灵音乐社** ［新加坡］

湘瑟以高山流水为曲
灵均极香草美人之思

——潘受

◎ 孔教会礼堂 ［印度尼西亚］

大道合人天，道若江河，随地可成洙泗
斯文传中外，文如日月，普天皆有春秋

【注】在雅加达西区。

◎ 南洋琼州会馆 ［印度尼西亚］

琼崖秀气，邱海遗风，楚楚尽衣冠，七十周年联梓谊
州序和声，邢张大节，彬彬有文质，三千硕彦共金尊

——文昌林蕴光

【注】在印度尼西亚巴生。

◎ 南洋嘉应会馆 ［印度尼西亚］

嘉会合礼
应运生财

【注】在印度尼西亚。

◎ 华人商会 ［印度］

先辈声名满四海
后来兴起望吾曹

【注】在加尔各答。

◎ 全苏对外文化协会 ［前苏联］

沟通文化
促进邦交

——梅兰芳

【注】梅兰芳，京剧"四大名旦"之首。1935年在前苏联访问演出时所题。

◎ 布达佩斯亚洲中心 ［匈牙利］

日丽风和，似叶华堂千叠浪
山明水秀，如虹多瑙半江红

◎ 四邑华侨会馆 ［英国］

四海汇英伦，会上欣联三岛谊
邑侨怀故国，馆中畅叙九州春

——陈逸元

【注】为广东的台山、开平、恩平、新会四县华侨在伦敦所建新馆。陈逸元，广东台山人，宁城诗社社长。

◎ 公使馆 ［英国］

濡耳染目，靡丽纷华，慎勿忘先子俭以养廉之训
参前倚衡，忠信笃敬，庶可行圣人存而不论之邦

——曾纪泽

【注】曾纪泽，清曾国藩之子，近代外交家。

◎ 华侨会馆 ［法国］

四方咸来不速客

一堂相聚知音人（舞台）
【注】在巴黎。

◎ 广肇同乡会二副 [法国]

广集乡贤营福祉
肇兴基业展豪程

广肇奋起，同谋骏业
同乡振作，共绘新图

——陈邦仕

◎ 华人国韵社 [南非]

聚首吹拉弹唱
相见谈古论今
【注】为华人弘扬中国戏曲艺术的团体，1999年5月23日在约翰内斯堡成立。

◎ 中华总公会二副 [南非]

寄迹南洲，猛虎政残，且思禁逐情形悲弱国
怅惘东土，睡狮心醒，还念拓充势力压全球
【注】1904年南非当局颁布《排除华人法令》，不久，在开普勒殖民地的1380位华人成立了以蔡光楼为首的中华总公会，与之抗争。

天下无事不可为，只凭一腔热血
匹夫有责皆当尽，何爱七尺顽躯

◎ 华侨会馆 [马达加斯加]

胡越为一家，欢联海外存知己
关山迢万里，笑说天涯若比邻
【注】在苏瓦雷斯，建于清末。

◎ 华人会馆 [毛里求斯]

安得广厦千万间，庇天下寒士
愿与吾侪二三子，称乡里善人

◎ 仁和会馆六副 [毛里求斯]

仁风驰外域
和气话中原
【注】在毛里求斯首都路易港西区，原为广东梅县人1874年创建的关帝庙神场，1877年建仁和会馆。

仁道必获福
和气乃致祥

仁厚本梅风，中外同声赞凤地
和风敷异域，奂轮继美庆新居

——南顺会馆等

仁义达乎华夷，以和为贵
嘉谋扬于中外，相应同声

万里而来，促进中毛妇女多宏志
一朝幸会，敢教满堂巾帼效英雄
【注】1985年中国妇女代表团访问毛里求斯，旅毛华人在仁和会馆举行盛大欢

迎宴会时，主席台两侧悬挂此联。

仁义达乎华夷，以和为贵
嘉谋扬于中外，相应同声

◎ 南顺国术醒狮训练中心
[毛里求斯]

习武练功，增强身体素质
挥拳舞剑，焕发尚武精神

【注】毛里求斯华人团体南顺会馆，于1984年成立武术协会，设立这个武术训练中心。

◎ 浙江会馆 [澳大利亚]

会馆喜相逢，同上顶楼观落日
乡关杳何处，却寻峰岳望归云

【注】在悉尼市。

◎ 福建会馆 [澳大利亚]

春来绿叶成村，对景忽生归棹想
雨后青山满郭，登楼常作故园看

【注】在悉尼中国城。

◎ 广东会馆 [澳大利亚]

桃林香近
梅岭春先

【注】在悉尼。

◎ 广西会馆 [澳大利亚]

风景不殊江左右
湖山还忆桂东西

【注】在悉尼。

◎ 更生会 [澳大利亚]

更新自信凭神力
生趣共寻会友情

——陈耀南

【注】更生会为华人癌症病友互助组织。

◎ 中华文化中心三副
[澳大利亚]

中土传薪，文辉德溥
华堂展艺，化俗扬光

——梁羽生

【注】在悉尼北岸的车士活。

中华万载庆兴隆，传薪北岸
文化千秋成盛业，播馥南州

——澳大利亚陈耀南

中华史迈五千载
文化根敷七大洲

——澳大利亚赵大钝

◎ 香港中文大学校友会
[澳大利亚]

中文前景胜昔时，北海南州，校誉宏

扬凭我辈
大学生涯如昨日，谈天说地，友情延续共君欢

——陈耀南

【注】在悉尼。

◎ 番花会馆二副 [新西兰]

番山日暖
禺馆风和（大门）

【注】会馆是广东番禺、花县、从化三县华侨组织的社团，成立于清同治年间，曾在南岛鄂塔哥金矿区劳伦斯建立会所。

往来皆梓里
谈笑尽乡音（礼堂）

◎ 华人圣公会二副 [新西兰]

清琴知雨
古砚兴云（讲坛）

【注】在惠灵顿市，为华人基督教会。

真真实实基督徒
堂堂正正中国人（侧门）

◎ 华侨会所二副 [新西兰]

王屋山重，华侨勠力千衢畅
昆仑脉远，会所集思百业兴

——祖振扣

【注】在屋仑，奥克兰市主要华侨组织之一，成立于1960年。1998年迁至新址。

霞蔚云蒸，处处华侨播锦绣
凤鸣龙跃，时时会所聚英贤

——祖振扣

◎ 龙冈会所二副 [加拿大]

笃君臣三国荡千古
联兄弟四姓若一家

【注】在多伦多唐人街，是以刘关张赵四姓为主体的华人社团，在海外有一二百个分支机构。

四海可为家，祖国山河常在念
五洲虽寄迹，龙冈风物总关情

◎ 温莎中华会所二副 [加拿大]

中兴气象，显著事功，喜观新址有成，互助扶持，交谊联欢，弘扬民族精神，众亿得所
华丽河山，辉煌文化，遥祷故乡无恙，安和乐利，富强康泰，实现大同世界，天下为公

——刘能松

中原父老吾公叔
华裔童耆众所亲

——刘能松

◎ 洪顺堂 ［加拿大］

门外九连山秀茂
寺中三圣佛庄严

【注】洪顺堂为洪门组织，创立于1864年。反帝反清的"太平天国"在美洲称为"洪门"。上联"九连"即福建莆田县的九连山，"洪门天地会"创立于该地；下联"三圣"，指"儒、释、道"三教。

◎ 冈州会馆 ［美国］

遐方紫气从东接
一片彤云自北来

【注】在旧金山。

◎ 冈州新会馆 ［美国］

三百余年，白沙教泽，远被鲸洋，我
　　公使节东来，如历劫以还，犹是
　　海滨邹鲁
二十世纪，黄帝子孙，同作燕厦，此
　　际列强环伺，舍合群而外，讵争
　　种族文明（新馆）

——伍廷芳

【注】冈州会馆在旧金山，是美国历史最悠久的华侨社团。其前身为1849年建立的冈州古庙，供奉关帝，作为侨胞的保护神；1906年改名冈州会馆，沿用至今。冈州，即今广东新会市辖地。伍廷芳，广东新会人，1907年第二次出任驻美国、墨西哥、秘鲁和古巴公使。到任不久即支持华侨重建被地震破坏的冈州会馆，撰下此联。上联"白沙"，指新会著名文人、哲学家陈白沙。

◎ 龙冈会所 ［美国］

庙貌峙花旗，閟宫同享，异姓联欢，
　　神弦犹按巴渝舞
宗盟扶葛本，珠水晨征，墨洲云集，
　　华胄遥稽季汉书

——张荫桓

【注】在旧金山。

◎ 中华会馆二副 ［美国］

客地谈心，风月多情堪赏览
异乡聚首，琴樽可乐且追寻

【注】在旧金山。

持节记前游，喜当年水远山长，南海
　　同瞻东海日
谭经怀往训，愿此地夏弦春诵，他乡
　　常话故乡风

——戴鸿慈

【注】戴鸿慈（1853—1910），广东南海人，官至军机大臣，有《出使九国日记》。

◎ 阳和会馆 ［美国］

阳光涵万里
和气普同仁

【注】此馆乃旧金山唐人街最大的会馆。

◎ 纽约联成公所 [美国]

联络侨胞成大业
公私情理所当然

——潘力生

◎ 美洲至孝笃亲公所三副 [美国]

至性感人惟达孝
笃行风世在尊亲

——张维翰

圣天子修礼和邻，化外蛮夷浑若赤
贤使臣宣仁布德，天涯桑梓视同家

沐清化以食德天朝，作客多年，漫云戴月披星，无关圣泽
捧丹书而停骖旅馆，相逢异国，怎不荐芹献酒，共叙乡情

◎ 全美黄氏宗亲总会 [美国]

江夏贤豪，德泽绵延传世祚
云山耸翠，螽斯衍庆振家声

◎ 李氏敦宗公所 [美国]

李氏溯源流，一卷经传绵世祚
敦宗怀祖德，千秋祠祀荐馨香

◎ 美洲孔子书院 [美国]

至圣孰能名，由义居仁，一脉儒风扬彼美
华侨尤爱国，熟诗乐礼，千秋书院起人文

——伏嘉谟

◎ 华林寺武术馆 [美国]

华胄扬威传国粹
林侪武技震异邦

【注】在波士顿柯兰多市。

◎ 中国文化中心 [美国]

大汉天声九万里
中华道统五千年

——许祖惇

【注】在纽约。

◎ 国际佛光会世界总会 [美国]

佛光普照三千界
法水长流五大洲

【注】成立大会于1992年5月在美国洛杉矶西来寺举行。

◎ 佛教会 [美国]

众生须大觉
佛法重庄严

——潘力生

【注】在纽约。

◎ 纽约藏传佛教宁玛派大圆满心髓研究中心 [美国]

根源深远，心髓同参大圆满
造化神通，光风遥接莲花生

——真禅

◎ 礼乐会 [美国]

礼居四维先，复兴中华文化
乐仅六艺次，重振大汉天声

——张白翎

◎ 崇正义济社 [美国]

崇志立千秋气节
正义扬大汉天声

——张白翎

◎ 洛杉矶全福会（2006）[美国]

全新聚会话成功，神力千秋，雄风四海
福祉降临得快乐，分享恩典，事奉殷勤

——常江

【注】洛杉矶全福会全称洛杉矶华人国际全备福音商人团契，成立于1994年，是国际全福会的分会；而国际全福会则成立于1952年，在120个国家和地区设立了6000多个分会。全福会成员为信仰基督教的商界成功男士，委身基督，忠于教会，称自己是"一群世界上最快乐的人"。

◎ 华侨协会 [墨西哥]

心怀桑梓
造福侨胞

——中华人民共和国国务院侨办

【注】1996年，在墨西哥蒂华纳华侨庆祝侨协成立60年新春联欢会上，我国驻蒂华纳领事代表赠送。

◎ 中华侨商会馆 [秘鲁]

商业日隆，看异地广开海市
故乡在望，愿侨民时念家园

——杨儒

【注】在首都利马。

◎ 华人会馆通惠总局二副 [秘鲁]

尝六万里艰难，权作寓公，相助当如左右手
历五十年生聚，每逢佳节，何人不起本源情

——傅云龙

【注】傅云龙，清光绪北洋委用道总办。

圣泽如天，许汝曹广开海市
帝乡在望，愿侨民时念家园

——杨儒

◎ **两广会馆** [巴西]

宝气到□无，一路风光须细认
莲花开也未，个中消息只君知
【注】在巴兰加。

◎ **华埠二副** [巴西]

依然故国风光，海外尚存安乐土
同是中华儿女，侨邦永作太平民

中国城永壮巴西，适彼乐邦，榛莽化楼台，此间真别一天地
南美洲远离东亚，爱兹安宅，桑麻话间里，是处即第二家乡

行业

上编　远传篇

◎ 工艺店 [韩国]

云连海气琴书润
风带潮声枕簟凉

◎ 海临餐馆四副 [韩国]

天上几回身是月
风前一笑世昏尘

【注】在首尔。

风清月朗□□禅
芳草如烟燕影疏

醉眼看花红样绣
白云长在谁堪赠

清明在躬，气志如神
水流花开，得大自在

◎ 东京线装书店 [日本]

冠盖门前络绎
诗书架上纵横

——荷兰高罗佩

【注】高罗佩（1910—1967），荷兰汉学家，三次驻日，由参赞升为大使。

◎ 东京天广中国料理五副 [日本]

厨下烹鲜，门庭成市开华宴
天宫摆酒，仙女饮樽醉广寒

（大门上方）
——高寿荃

把酒临风，动观竹月三五夜
品茶邀月，静听松风几多涛（松竹居）
——高寿荃

滁岭能解醉翁意
酿泉亦如学士心（醉翁轩）
——高寿荃

酒后最癫欢，骤雨狂风吹苦笋
书时常绝叫，惊蛇走虺出芭蕉
（狂草堂）
——高寿荃

座上美酒佳肴贵客
厅中晋书宋画唐诗（门厅）
——高寿荃

◎ 福冈天真馆柔道场 [日本]

白虹贯日
紫气滔天
——孙中山

【注】此联系1910年孙中山为日本友人内田良平开办此馆所题。

◎ 长崎戏台五副 [日本]

要乐通天界
风流第一家
——王华清

昔日忠谀从此演
当年孝悌在斯编
　　　　　——林国省

仙袖舞来花欲笑
玉箫吹彻月当筵
　　　　　——吴永珆

道可警民知信义
功能醒世愧思谀
　　　　　——陈忠道

恭廉让逊，文芳唐室，举步序庠周礼
喜怒哀乐，质整地邦，檀指雅操琴音
　　　　　——方学余

◎ 金龙酒家 [菲律宾]

金茗玉液迎贵客
龙髓凤肝惠嘉宾
　　　　　——施议场

【注】在马尼拉。施议场，福建晋江龙湖乡人。

◎ 菲华光汉国术总馆 [菲律宾]

光裕神州，文武超凡惊玉宇
汉仪志士，张弛起舞啸雄风
　　　　　——安徽方克逸

◎ 博物馆 [菲律宾]

菲情深笃人间暖

华艺远播文苑香
　　　　　——安徽方克逸

◎ 河内亚洲宾馆 [越南]

既干乃支乃发，春华秋实
永世克孝克敦，天典民彝

◎ 胡志明市张永记学校 [越南]

孔孟纲常须刻骨
欧西科学要铭心

【注】今易名"黎鸿锋学校"。

◎ 京都建筑与食品有限公司
　　　　　　　　　　　[越南]

京城食品迎来大地皆春
都市建筑绣出山河似锦

◎ 林氏维多利亚屿园店 [缅甸]

芳草密黏天，缥缈楼台开画本
轻鸥闲傲我，苍茫烟水足菰蒲
　　　　　——丘菽园

【注】在仰光。

◎ 仰光一大学 [缅甸]

万里旅居巡市井
百年长计课儿孙
　　　　　——徐特立

【注】题于 1919 年赴法勤工俭学途中。

◎ 华园酒楼 [泰国]

华筵佳丽,群贤毕至
园景芳菲,百卉争荣

◎ 三财糖果两合公司 [泰国]

泰国三财成发迹
糖果两合最行时

——定持(1993 年)

◎ 天华医院 [泰国]

天朝原畛域不分,恩同鳌戴
华夏幸疮痍胥泯,泽被鸿施

【注】在曼谷唐人街,1905 年创办,设中医、西医两部,有病床百张,全部费用来源于华侨、华人的捐赠。

◎ 光汉学院二副 [泰国]

光射斗牛墟,文章直壮风云色
汉称宜象国,修武曾昭天地心

【注】在曼谷。

入校如探山,欲往最上层一游,须得登峰造极
求学似观海,能从至深处多想,不难竟委穷源

◎ 大同华校 [泰国]

大同学子来自东西南北
同窗好友遍布四面八方

◎ 华侨医院祖师坛四副 [泰国]

大道证人天,浑结善果
峰峦拥海甸,护迪苍生

【注】泰国最大的民间慈善机构报德善堂,办有华侨医院,其祖师坛供奉来自广东潮阳的宋大峰公忠国祖师。

报善佛谛如宝珠连贯
德仁真性若潭水澄明

祖从宋代,明因得正道
师自中州,渡海化群生

善心纯净,济人导凡世
堂宇寂寞,定慧法胜缘

◎ 仁康药行创立中医暨针灸诊所 [马来西亚]

仁心仁术存医德
康福康宁乃寿徵

——陈清能

【注】在吉隆坡。

◎ 鱼商行 [马来西亚]

鱼跃龙门,玉橹慢摇千里月

商歌燕市，金尊满酌万家春
　　　　　　　——文昌林蕴光

【注】在雪兰莪。

◎ **同善医院**［马来西亚］

同人有庆得重生，良医良相
善量无疆蒙再造，济世济民
　　　　　　　——文昌林蕴光

【注】在雪兰莪。

◎ **九龙酒家**［马来西亚］

九天日月正光明，万里高朋留玉步
龙荡风云欣会合，联邦鉅子醉金尊
　　　　　　　——文昌林蕴光

【注】在雪兰莪。

◎ **云顶豪华赌场**［马来西亚］

命运何妨赌一把
人生难得搏几回
　　　　　　　——沈芳

◎ **《星洲日报》**［马来西亚］

星驰马岛，笔秉春秋，日日纵谈天
　　下事
州起龙人，报扬道义，篇篇宏论古
　　今情
　　　　　　　——沈芳

◎ **宏愿网络公司**［马来西亚］

宏愿人间多好友
网络天下众英豪
　　　　　　　——沈芳

◎ **天天醉酒家**［马来西亚］

天天饮酒天天醉
醉醉登楼醉醉天
　　　　　　　——陈敷仁

【注】在槟城。

◎ **天吉锡矿公司**［新加坡］

天宇宏开，山川济美
吉星拱照，人地交辉

◎ **今发锡矿公司二副**［新加坡］

今日竿头期进步
发纵鹏翼卜高飞

今采山藏千载宝
发纵鹏驾九天风

◎ **宝光金铺四副**［新加坡］

宝石奇珍高品质
光明信誉广称扬
　　　　　　　——陈清能

四时聚满金银气
一室常凝珠宝光

     ——陈清能

宝光信誉,名扬四海
金碹经营,利达三江

     ——陈清能

宝石千宗,巧艺精工称四海
光芒万丈,声名益利达三江

     ——陈清能

◎ 佛教施诊所五副 [新加坡]

慈心常救众生苦
妙手能回大地春

     ——龙根

弘法是家务
利生为事业

     ——广元

誓愿深宏,出家实志
慈悲广大,入世心

     ——镜庵

廿五年来施甘露
万千疾苦尽沾恩

     ——绍根

仗义疏财,仰赖十方善士
赠医施药,救济无数病人

     ——傅晴曦

◎ 云宫酒楼 [新加坡]

云横海气秋,万顷烟波浓似酒
宫沸笙歌夜,一天星斗悄依楼

     ——李冰人

【注】李冰人,著名华侨,《星洲日报》副社长,南洲诗社社长。

◎ 同乐鱼翅酒家 [新加坡]

鱼美酒香,奚翅食重
宾宴家庆,乐饮情同

     ——俞平伯

【注】1983年底俞平伯先生赴香港讲学时,题赠给经营同乐鱼翅酒家的老板周颖南,周为新加坡著名企业家,被誉为一代儒商,其名衔很多,其中一个是中国烹饪联合会副会长。奚翅食重,见《孟子·告子》。

◎ 潮州酒楼 [新加坡]

汕汛远潮通四海
头轮佳馔冠南州

     ——黄子厚

【注】酒楼在乌节路先得购物中心。黄子厚,广东书法家。

◎ 凤雅阁茶坊 [新加坡]

凤香客袖常登阁
雅润诗章漫咏茶

     ——云南黄桂枢

◎ **爱同学校** ［新加坡］

爱国爱民，化顽化昧千秋盛
同心同德，培桂培兰万世馨

【注】爱同为福建会馆属下的六个学校之一，2001年落成。

◎ **艺秀艺廊** ［新加坡］

艺品精华迎雅客
秀廊整洁候嘉宾
———陈清能

◎ **华人振文学校三副**

［印度尼西亚］

振彝伦乃敦孝悌
文过失即入冥顽
———魏蔚印

【注】在万隆。魏蔚印，振文学校校长。

碧海闪明珠，物阜民康，异国风光情亦惬
蓝天舒望眼，云飞霞灿，故园山水意尤亲
———魏蔚印

翘首望神州，九万里地广民勤，淳朴仁风传异域
追源溯华夏，数千年礼隆义著，辉煌文化及邻邦
———魏蔚印

◎ **华侨学校** ［印度尼西亚］

此岛本明代属藩，适东辽衅起，南服贡荒，遂致辗转于葡荷，叹上国威灵，三百年来全扫地
吾人原神州贵胄，经隆永满锄，康乾海禁，试为追维乃祖考，痛山河膻秽，十千里外合图仇
———黄乃裳

【注】在三宝垄。黄乃裳，爱国华侨领袖，参加戊戌变法，后追随孙中山参加民主革命，是老同盟会员、辛亥革命功臣。

◎ **新福州总公司三副**

［印度尼西亚］

新民事业图无逸
福地人家产有恒
———黄乃裳

【注】黄乃裳选定沙捞越拉让江畔的诗巫为垦殖地，1900年率福州属裔千余开发"新福州"。

州里桑麻开禹甸
总纲财货学周官
———黄乃裳

公刘曾画生民策
司稷常担粒食忧
———黄乃裳

【注】这三副对联组成"套联"，分别嵌

入"新福""州总""公司"六字。

◎ 华人花园酒家二副 [印度尼西亚]

花开香似樽前酒
园叙乐同海外家
【注】在雅加达。

莫愁市远无兼味
且喜山深有旧知

◎ 北京同仁堂分店 [印度尼西亚]

品味虽贵必不敢减物力
炮制虽繁必不敢少人工
【注】在雅加达。

◎ 兰芳公司 [印度尼西亚]

芳似钢铁意志，为万民创业辉煌伟绩
伯用鲜红热血，替西加建立荣耀功勋
【注】在坤甸淡水港。兰芳公司，即原著名侨领罗芳伯的"兰芳大总制"，联首嵌"芳伯"；"西加"即今"西加里曼丹"。

◎ 华人肉店 [印度尼西亚]

宰国推良相
雄屠在武威
【注】在三宝垄。

◎ 华人客店 [印度尼西亚]

日之夕矣君何往
鸡既鸣兮我不留
【注】在三宝垄。

◎ 华人酒店 [印度尼西亚]

劝君更尽一杯酒
与尔同销万古愁
【注】在三宝垄。

◎ 务本公司 [印度尼西亚]

务时敏厥修，南岛经纶新府第
本立而业茂，梅州族望故家风
——谢康

◎ 培梅中学 [印度]

培德兆鸿基，祝培滋桃李，培育青莪，培植伫看花叶茂
梅侨齐燕翼，值梅岭春深，梅江风暖，梅花轻透酒杯香
——廖汉梁

【注】在加尔各答。此中学为梅县旅印度华侨创办。联撰于1939年，作者系梅县人。联中每分句皆嵌"培梅"二字，殊为难得。

◎ **华南餐馆** [印度]

诚招天下客
美味待嘉宾

【注】在南部泰米尔纳德邦首府马德拉斯市。

◎ **北京饭店** [俄罗斯]

盘中粒粒皆辛苦
座上人人尽异珍

【注】在莫斯科，为中国餐馆。

◎ **孔子饭庄** [克罗地亚]

亲朋好友喜相会
美味佳肴香满堂

【注】在奥西耶克，1990年开业。

◎ **北京烤鸭店** [德国]

京鸭盛世
喜梅迎宾

【注】在汉堡，由华侨经营。对联木刻在巨大的梅花挂件上。

◎ **北京饭店** [德国]

北地笙歌春载酒
京华冠盖此登楼

【注】在法兰克福市。

◎ **金瓯酒家** [德国]

金樽盛美酒
瓯水泽千家

——叶伯民

【注】叶伯民，浙江人，诗人，二十世纪八十年代在德国葩骈堡开设金瓯酒家。

◎ **汉堡大学孔子学院** [德国]

花径不曾缘客扫
蓬门今始为君开

【注】摘杜甫诗。2007年9月，德国汉堡大学和复旦大学共同创建孔子学院。

◎ **四合院餐馆二副** [德国]

岁岁平安迎淑气
家家孝友沐春风

【注】在慕尼黑。

佛力永扶，家安宅吉
祖宗常佑，子孝孙贤（佛龛）

◎ "咱台湾"中餐馆 ［奥地利］

一楼风月当酣饮
万里溪山带醉看
【注】在克拉福根市。

◎ 新雅饭店 ［奥地利］

一览五洲风云静
双成千禧气象新
【注】在维也纳。

◎ 昆仑饭店 ［奥地利］

华夏真情无相忘
奥国异邦有昆仑
——中国教育技术协会
【注】在维也纳。

◎ 中国餐馆二副 ［瑞士］

中华佳肴
神州美食
【注】在琉森市。餐馆是葡萄牙人斯喀诺所经营的。

开琼筵以坐花
飞羽觞而醉月

◎ 镛记酒家 ［英国］

镛鼓和鸣,醉翁撰记
酒肴任飧,餐馆如家

◎ 金殿酒家 ［荷兰］

金殿佳肴闻四海
酒家玉液冠五洲
——金东远
【注】酒家在布雷达市。

◎ 南天酒楼 ［荷兰］

生意兴隆通四海
财源茂盛达三江
【注】在阿姆斯特丹。

◎ 福华酒楼 ［比利时］

福禄旨酒迎宾客
华筵雅会乐醉翁
【注】在布鲁塞尔。

◎ 汉家饭馆 ［法国］

一心在汉
四海为家
【注】饭馆在巴黎拉丁区的一条窄巷中,为一华侨所开,已有六十多年历史。老板的两个儿子亦在巴黎开饭馆,一家取名"秦家",一家取名"楚家",皆意在不忘中华。

◎ 华人饭馆 ［法国］

自古庖厨君子远

从来中馈淑人宜

【注】在巴黎。

◎ 金塔饭店 [法国]

金波玉液同君醉
塔畔河边望古题

——吴章桥

【注】在巴黎。

◎ 上海酒楼 [法国]

上国文物，既从商鼎周盘，传到巴里
海外闻人，未试尧肴禹膳，曷请登楼

——程淡生

【注】在巴黎。

◎ 中华饭店 [法国]

中国来西土不易，且烹壶茶，话旧雨上海
华筵尽东方之美，好饮杯酒，看新月巴黎

——程淡生

【注】在巴黎。

◎ 金城酒楼 [法国]

金玉壶觞元良酒
城池襟带仲宣楼

——吴章桥

【注】在巴黎塞纳河和法国王宫附近。

◎ 万里长城饭店 [法国]

万里相逢千杯少
长城共睹一番新

——吴章桥

【注】在巴黎。

◎ 四海酒家 [法国]

四海览风光，逐胜寻幽，喜值良辰同酩酊
酒家开筵席，坐花醉月，欣逢旧雨共盘桓

——吴章桥

【注】在巴黎。

◎ 大同饭店二副 [法国]

大家到来，无分老幼
同样招待，不论中西（大门）

——吴章桥

【注】在巴黎。

大醉千杯酒
同消万古愁（厅堂）

——吴章桥

◎ 民众饭店 [法国]

民食为天，天天要食
众人之处，处处宜人

——吴章桥

【注】在巴黎。

◎ 中国饭店二副 [法国]

中厨欧美著
国产酒肴佳

——吴章桥

【注】在巴黎。

看万国衣冠称觞华座
任花丛蜂蝶歌咏霓裳（万花楼舞厅）

◎ 岭南酒家 [法国]

岭表珍馐，翅肚鲍参堪佐酒
南华仙境，亭台楼阁可为家

——吴章桥

【注】在巴黎。

◎ 豪华饭店 [法国]

豪饮高歌思李白
华筵美酒忆袁枚

——吴章桥

【注】在巴黎。

◎ 扬子饭店二副 [法国]

扬州素著烹调术
子贡兼长货殖才

——吴章桥

【注】在巴黎。

扬雄学博多拟古
子健才华擅赋诗

——吴章桥

◎ 太白酒家二副 [法国]

太牢为玉食
白酒盛金杯

——吴章桥

【注】在巴黎。

太贵人少到
白食客多来

——吴章桥

◎ 天香饭店二副 [法国]

天朗气清，塔畔河边多美景
香浓味厚，尧羹禹膳满华筵

——吴章桥

【注】在巴黎。

天厨为盛馔
香座集嘉宾

——吴章桥

◎ 文苑酒家 [法国]

文苑集文人，文人来文苑
酒家迎酒客，酒客醉酒家

——吴章桥

【注】在巴黎学校林立的第五区，中世纪的文人荟萃之地。

◎ **东亚酒家** ［法国］

东坡盛才题赤壁
亚父多智宴鸿门

——吴章桥

【注】在巴黎。

◎ **健乐园酒家** ［法国］

健谈风月频斟酒
乐叙园林别有家

——吴章桥

【注】在巴黎。

◎ **天津饭店** ［法国］

天然美景撩人醉
津润紫梨奉客尝

——吴章桥

【注】在巴黎。

◎ **金谷酒家** ［法国］

金谷园中金杯玉箸
酒家席上酒绿灯红

——吴章桥

【注】在巴黎。

◎ **梅园酒家** ［法国］

梅萼芬芳宜载酒

园林茂盛且为家

——吴章桥

【注】在巴黎。

◎ **万宝饭店** ［法国］

万紫千红，春色撩人宜酩酊
宝珠龙井，茶香满座盍盘桓

——吴章桥

【注】在巴黎东郊云仙树林，附近有花卉展览会。

◎ **金泉饭店** ［法国］

金樽玉盏陈筵席
泉石园林入画图

——吴章桥

【注】在巴黎。

◎ **安乐酒家** ［法国］

安得流连同醉酒
乐而忘返别为家

——吴章桥

【注】在巴黎。

◎ **荣华酒店** ［法国］

荣誉全球中国酒
华筵满座汉人家

——吴章桥

【注】在巴黎。

◎ 文雅酒家 [法国]

文明上国称庖馔
雅丽名都酢酒卮

【注】在巴黎。

——吴章桥

◎ 明苑酒家 [法国]

明炉作馔多斟酒
苑座陈筵别有家

【注】在巴黎。

——吴章桥

◎ 美都酒家 [法国]

美酒佳肴陈席上
都城闾里满门前

【注】在巴黎。

——吴章桥

◎ 百合饭店 [法国]

百样佳肴邀客选
合时美点请君尝

【注】在巴黎。

——吴章桥

◎ 顶好饭店 [法国]

顶讲究地方雅致
好味道肴馔精良

——吴章桥

【注】在巴黎。

◎ 珠江大酒家 [法国]

珠江畔景象繁华热闹
大酒家气派优雅大方

——陈邦仕

【注】在巴黎华人区（十三区）。

◎ 海天酒楼 [法国]

合寿堪四间水府
好神亦五北极生

【注】在巴黎。

◎ 某华人饭馆二副 [法国]

精酿无涯游人醉
佳肴有心知音缠

——王书声

饱德饫和真福食
肴仁馔义即美生

◎ 中国餐馆 [法国]

红日初升阳光照
太山矗立积玉高

【注】在芒通镇。

◎ 中国茶馆 [法国]

四海咸来不速客
一堂相聚知音人

【注】在巴黎铁塔前夏乐宫，厅中有三百把竹椅、三十张长桌，常有中国艺术家表演。

◎ 新中国饭店二副 [法国]

中者美酒留嘉客
国产珍馐款贵宾

【注】在里尔，饭店于1963年开业，华侨周亭经营。

中外同风，嘉宾美酿
国人共具，善调能烹

◎ 越南天堂饭店 [法国]

天上彩云疑袖舞
堂前明月照飞觞

——吴章桥

【注】在巴黎，世界驰名的歌舞剧院斜对面，经营越南饮食。

◎ 越南香越饭店 [法国]

香槟美酒千杯少
越国佳肴百味多

——吴章桥

【注】在巴黎。

◎ 文楼酒店餐厅 [意大利]

调鼎和羹琼林宴
飞觞醉月聚文楼

【注】酒店在罗马新城，由广东汕头华侨卢江经营。

◎ 酒楼 [意大利]

赏评华夏佳肴
会聚中外宾朋

【注】在罗马东城。

◎ 中华大酒店 [意大利]

闻香进店
知味停车

【注】在威尼斯。

◎ 东方酒楼五副 [意大利]

梅花香锦砌
旭日映金樽

【注】在比萨镇。

嘉宾同宴乐
胜友共加餐

座上客常满
杯中酒不空

绮阁云霞满
清樽日月新

佳肴迎挚友
雅座待高朋

◎ **欧洲学院图书馆"中国馆"** ［意大利］

立身以志诚为本
读书以明理为先
【注】此馆为中国国务院新闻办公室与欧洲学院共建于 2014 年 3 月。

◎ **玉林居二副** ［圣马力诺］

玉树喜鹊咏昆仲
林中并龟齐心芒

玉林春满明月照
林里酒秀圣人居

——沈芳

◎ **约堡华侨国立中小学** ［南非］

万众同侨思故国
百年异域树新人
【注】1940 年初建于约翰内斯堡（简称约堡），20 世纪 70 年代在近郊珊顿区扩建。

◎ **东方大酒家** ［毛里求斯］

美酒佳肴品品味
山珍海馐样样新
【注】在毛里求斯首都路易港唐人街，1987 年开张。

◎ **太源酒楼** ［澳大利亚］

太上华筵，段馔郁厨，借箸待筹家国计
源头活水，烹茶煮酒，举杯亲善友邦情
【注】在悉尼。

◎ **餐馆** ［澳大利亚］

供饷十洲三岛客
欢迎四海五湖人
【注】在悉尼中国城。

◎ **醉香酒楼** ［澳大利亚］

沽酒客来风亦醉
卖花人去路还香
【注】在悉尼中国城。

◎ **花竹茶室** ［澳大利亚］

花间渴想相如露
竹下闲参陆羽经
【注】在悉尼中国城。

和春旅馆 [澳大利亚]

交以道，接以礼，一团和气
近者悦，远者来，四海春风

【注】在悉尼中国城。

药材店 [澳大利亚]

是乃仁术也
岂曰小補者

【注】在悉尼中国城。

海市图书馆 [澳大利亚]

道心静似山藏玉
书味清于水养鱼

【注】在悉尼中国城。

北京饭店二副 [澳大利亚]

北地笙歌春载酒
京华冠盖此登楼（大门）

【注】在堪培拉。

誉满华埠
声震澳京（门厅）

华人糕点铺联 [澳大利亚]

五岭南来，珠海最宜明月夜
层楼北望，白云犹是汉时秋

【注】在悉尼。此联原为胡汉民题广州五层楼，该联于中秋节悬挂，用作月饼广告。

金龙餐厅 [新西兰]

金装银点迎宾客
龙舞凤飞布吉祥

——祖振扣（1996）

【注】在惠灵顿。

福禄寿中餐馆 [新西兰]

福禄寿，祥瑞三星欣永驻
白黑黄，宾朋各色喜常临

——祖振扣（1996）

【注】在惠灵顿。

北京酒楼 [加拿大]

北美驻游踪，在我侪把酒论文，明知饭碗问题，食饭撞钟，忙里须求新教育
京华多怪状，叹若辈偎红倚翠，只抱金钱主义，黄金买笑，醒来忘记旧山河

——李淡愚

【注】在域多利埠。

苏州酒楼 [加拿大]

苏州妹，称一个绝代佳人，有时眼去眉来，侑酒鸣琴，南京南词成

绝调

酒楼客，有多数著名豪侠，记得茶余饭后，联盟立会，中国中兴算首功

——李淡愚

【注】在温哥华。苏州妹，指剧坛名伶李雪芳。

◎ 汉宫酒家 ［加拿大］

汉唐风味犹存，任点佳肴美酒
宫阙规模尚在，恍临帝苑皇家

——曾锡熊

【注】曾锡熊，广东中山人，诗人。

◎ 珠城酒楼三副 ［加拿大］

珠箔开时，十里鞭丝接城曲
城陬静后，三更灯火闹珠楼

——盘文蔚

【注】在爱明顿。

珠海网游鳞，齐端来旨酒盈樽，试拈手，别有家乡风味
城衢喧转辙，更陪得高朋满座，快朵颐，频交主客欢声

——盘文蔚

珠海月明时，翠舫来风，俯镜涨波风度曲
城隅人去后，红楼隔雨，卷帘飞絮雨催诗

——盘文蔚

◎ 广东酒楼 ［加拿大］

举楼皆欢，何须广厦
独行众乐，乃命东厨

——盘文蔚

【注】在爱明顿。

◎ 琼华酒楼 ［加拿大］

琼筵坐海外风光，偶为时日消闲，近局与招邀，只应追太白豪吟，刘伶醉酒
华构会中原人物，犹助江山信美，长天同俯仰，休再拟兰成作赋，王粲登楼

——盘文蔚

【注】在爱明顿。

◎ 银龙酒家 ［加拿大］

银蟾照座，银酒行觞，投辖思陈遵，于斯主客周旋，尽兴还须茶作酒
龙斗依然，龙蟠何似，登楼感王粲，如此风烟扰攘，息机端合醉为家

——盘文蔚

【注】在卡加利。

◎ 八仙酒家 ［加拿大］

八骏展宏图，不尽云程齐浩荡
仙筹添寿算，无穷岁月与峥嵘

——盘文蔚

【注】在温哥华。

◎ 素食馆 [加拿大]

加人事扩张，大烹养性
拿佛心营业，素食娱宾

【注】在温哥华。

◎ 欣欣川湘小馆 [加拿大]

欣逢胜友高朋，川流不息临小馆
欣赏嘉肴美酒，湘味长熏醉琼楼

——加拿大余柏深

【注】在温莎。

◎ 戏院 [加拿大]

庆历快登楼，恰当民历四年，问何人
　去国离乡，先天下忧，后天下乐
丰年兆瑞雪，听到阳春一曲，趁此际
　茶温酒热，抑之沉实，扬之高华

——李淡愚

【注】在温哥华。戏院建成后，请庆丰班演出。庆历，见范仲淹《岳阳楼记》起句："庆历四年春……"

◎ 《明报》 [加拿大]

说外语，讲中文，祝你西就东成何分南北
喝港茶，食粤菜，任他南腔北调不论西东

——陈耀南

【注】作者应邀在温哥华《明报》加西版副刊开辟"南腔北调"专栏。

◎ 哈佛大学燕京学社 [美国]

文明新旧能相益
心理东西本自同

——陈宝琛

◎ 百老汇剧场 [美国]

四方王会凤具威仪，五千年文物雍容，
　茂启元音辉此日
三世伶官早扬俊采，九万里舟轺历聘，
　全凭雅乐畅宗风

——黄秋岳

【注】1930年梅兰芳赴美在纽约演出，悬挂在舞台两侧。

◎ 太白酒楼二副 [美国]

太上忘情，愿长醉不醒，同销万古牢
　愁、一楼风月
白也无敌，看高吟自适，吐出千秋绝
　唱、万斛珠玑

——吴万谷

【注】在纽约。

太华中条，碧落停云，遥想诸峰无恙
白鸡斗酒，黄昏欲雪，共寻一醉如何

——李程

◎ 川菜馆荣乐园 [美国]

荣耀荣光，四季色香调鼎鼐
乐山乐水，八珍美味协阴阳

——伍承祖

【注】在纽约。伍承祖，荣乐园董事长。

◎ 粤味餐馆 [美国]

开平广合腐乳
新会荷塘冲菜

【注】在纽约。开平、广合、新会、荷塘，广州附近的县、镇名。

◎ 岭南楼大酒家 [美国]

岭表嘉宾常满座
南州冠冕又登楼

——广东刘振威

【注】在纽约，为中山大学历史系教授张维持先生之子开办。

◎ 醉仙居酒楼二副 [美国]

醉态朦胧，天中明月杯中酒
仙居何处，海外神山云外楼

——李程

【注】在纽约。

醉态朦胧，大笔淋漓诗百首
仙居何处，云山缥缈水千重

——李程

◎ 四海酒家 [美国]

四面八方，如弟如兄，远道相逢频添酒
海角天涯，异乡异客，此心安处便是家

——李程

【注】在纽约。

◎ 龙凤楼 [美国]

龙飞大泽春雨丽
凤舞高冈晓日华

——李程

【注】在纽约。

◎ 锦江酒楼 [美国]

锦瑟秋风美酒
江南春雨名楼

——李程

【注】在纽约。

◎ 休斯敦中国餐馆 [美国]

老美不给我们饭吃
我们却给老美饭吃

【注】美国休斯敦一家石油公司大量裁员，几个被裁的华裔工程师为谋生计，开了一家中国餐馆，开张时挂此对联。

◎ 皇后酒家二副 [美国]

绿云香浮，始信神山留玉佩

紫霞杯泛，应有宰相解金瓯

【注】在旧金山唐人街。

沐清化以食德天朝，作客多年，漫云戴月披星，无关圣泽
捧丹书而停骖旅馆，相逢异国，怎不荐芹献酒，共叙乡情

◎ 天和酒楼 [美国]

天运应好春，樽倾美酒
和风吹绮席，月上高楼

——叶玉超

【注】在纽约。叶玉超，香港诗人。

◎ 丽宝海鲜大酒家 [美国]

丽食长留座上客
宝思常系酒中情

——美国张家修

【注】在沙加缅度市。

◎ 某华人餐馆 [美国]

蕤浔泸漓，推潭仆远
费厄泼赖，沙扬娜拉

——周策纵

【注】蕤浔泸漓，汉明帝时外族人所献诗歌中的汉文音译，其意译为"寒温时适"。推潭仆远，同上，其意译为"甘美酒食"。费厄泼赖，英文"公平"的音译。沙扬娜拉，日语"再会"的音译。

◎ 金龙大酒家 [美国]

金谷豪华，名驰大埠
龙门声价，誉满三藩

【注】在旧金山。

◎ 枫林小馆 [美国]

枫色极天人共醉
林深香径月来寻

【注】在旧金山。

◎ 西园酒家 [美国]

西出阳关，故人何处，海外相逢应畅饮
园开金谷，骚客定多，席间高咏且联吟

【注】在旧金山。

◎ 得心茶室 [美国]

得其所哉，一盅两件
心诚乐也，每日三餐

【注】在旧金山。

◎ 密歇根州中餐馆 [美国]

坐也布袋，行也布袋，放下布袋，何等自在
定中含笑，动中含笑，开颜含笑，相见有缘

◎ 德明中文学校招生广告 [美国]

德优智博学不厌
明辨笃行教有方

◎ 宝国银行房屋贷款广告 [美国]

纵贯五洲，阅世界波澜
横跨四海，观环宇风云

◎ 商店广告 [美国]

一本万利君临店
财源茂盛客满堂

◎ 唐人街百货商店 [美国]

东来紫气迎顾客
海蓄祥云利陶朱
【注】在旧金山。

◎ 纽约中华公所中文学校 [美国]

祖述尧舜，宪章文武
德参天地，道冠古今（孔子像）

◎ 孔子书院 [美国]

至圣孰得名，由义居仁，一脉新风扬彼美
华侨尤爱国，读诗说礼，千秋书院起人文
　　　　　　　　——伏嘉谟

◎ 富兴中心 [美国]

楼高万仞千侨富
业旺千行万事兴
　　　　　　　　——韩宏民
【注】在旧金山。韩宏民，潮州籍旅美书法家，此联题于1993年富兴中心落成时。

◎ 唐人街美国银行 [美国]

美食锦衣，天府资源超万国
银花火树，元宵景色耀千行
【注】在旧金山。

◎ 通商银行 [美国]

通晓侨情，联合唐人谋福利
商量业务，繁荣华埠设银行
【注】在旧金山。

◎ 中药行 [美国]

万药尽灵丹，救人千百万
华侨扬国粹，兴我大中华
【注】在旧金山。

◎ **明伦学校** ［美国］

　　明德馨香兰味永
　　伦常敦笃竹筠坚
　　【注】在夏威夷。

◎ **梅园酒楼** ［委内瑞拉］

　　梅酒论英雄，借箸纵谈天下事
　　园亭生景色，登楼顿生国中情
　　【注】酒楼 1942 年开业，为广东台山梅金贤经营。

◎ **华人餐馆** ［阿根廷］

　　海内存知己
　　天涯比若邻
　　【注】在布宜诺斯艾利斯。联为略改唐王勃诗句。

节庆

上编　远传篇

◎ 平壤大同江外交使团会馆春节联欢会（1995）［朝鲜］

大同江畔学子共庆佳节
锦绣国度英才齐展宏图

◎ 平壤留学生春节联欢会（1996）［朝鲜］

拳拳我心，企祖国国运隆盛，盼巨龙龙腾九天
莘莘学子，望家乡乡山毓秀，念亲情情挚意浓

◎ 春联十副［韩国］

立春大吉
建阳多庆（大门）

门神户灵
呵禁不详（中门）

天上三阳近
人间五福来（民俗村）

父母千年寿
子孙万寿荣（民俗村）

爱君希道泰
忧国愿年丰（民俗村）

天增岁月人增寿
福满乾坤福满家

冬如良将成功去
春似佳人有约来
　　　　　　——崔正秀

林外雹消山色静
窗前春浅竹声寒
　　　　　　——崔正秀

和气自生君子宅
春光先到吉人家

义以藏之
节以用之（仓库）

◎ 驻韩国大使馆春节联欢会（1998）［韩国］

身在半岛，求知学识，佳节倍思亲
心系祖国，以苦为乐，新春乐团圆

◎ 春联［日本］

志士迎新，情系华夏
学子颂春，乐在扶桑
　　　　　　——张吉也

【注】1992年春节题于日中友好会馆。

◎ 西贡春联［越南］

西有就，东有成，民乐春回安乐国
贡群才，献群力，政平人享太平年
　　　　　　——苏文擢

【注】苏文擢教授，国学名宿、诗人、书法家，为西贡民政署所作。

◎ 春联 ［泰国］

万盏绢灯华夏丽
一轮皓月故乡明

——马维克

◎ 春联（2007） ［新加坡］

溯百年前事，本世外桃源，蕉韵敲窗，渔歌唱晚，炎炎夏日，顿雨成秋，又造化偏离火带震央，一粟远东曾逐鹿
窥独立至今，列寰球枢纽，机场冠冕，海港三强，畅畅交通，求居有瓦，更机灵掌控连横合纵，史廊功绩待精雕

——曾广纬

◎ 春联三副 ［马来西亚］

虎年发宏愿
马国显新风

梅花沾化雨
园圃沐春风

——陈清能

瑞喜临门壮志励
财星降室宏图新

——陈清能

◎ 吉隆坡拿督阿玛杨国斯先生新春纳福 ［马来西亚］

国事家乡事，事无分巨细皆亲办
斯人大马人，人有所需求必助成

——陈清能

◎ 湖南会馆春联（1944） ［新加坡］

六年时事不堪论，嗟我侨商，救国无方，枉向天涯过日月
七载春光今又别，对兹社会，新民乏策，空从海外盼升平

◎ 中国驻伊拉克大使馆新春联欢会二副（1989） ［伊拉克］

人在异乡，献身外交事业
胸怀祖国，展望四化前程

外汇冰箱彩电
祖国家乡亲人

◎ 莫斯科大学中国留学生春节联欢会（1992） ［俄罗斯］

异国迎春，春风未度春亦闹
同乡聚情，情思远寄情更浓

◎ 莫斯科中国留学生春节联欢会二副（1997）［俄罗斯］

肩负千钧，一心求知来异域
胸怀万卷，五岳催我踏归程
——吕绍宗

三更梦断，慈母娇妻小儿郎，梦断，情似一江春水
四季心牵，松辽云贵京津沪，心牵，志如万丈长虹
——吕绍宗

◎ 莫斯科俄中友好各界联欢会二副（1997）［俄罗斯］

一隙台峡，相问谁家银练
万里锦绣，共夸中华河山
——吕绍宗

叙旧话新，广交五洲朋友
操琴舒袖，同庆四海升平
——吕绍宗

◎ 莫斯科华人春节联欢会（2000）［俄罗斯］

异乡异域，锦宴共觞华夏情
同土同根，除夕共系中国心

◎ 春联二副［俄罗斯］

异国迎春，春风未度春亦闹

同乡聚情，情思远寄情更浓
——中国留学生

万马奔腾辞旧岁
三羊开泰迎新春
——驻俄大使张德广

◎ 春联（1986）［英国］

西方享盛世文明，安土敦仁，犹慕三千年教化
南侨迎新春光彩，听歌把酒，毋忘愈十载经营
——香港杨瑞生

【注】为英国西南区华人协会成立十周年春节联欢大会而作。

◎ 留学生联欢会二副［英国］

学海无涯，打工无尽，学子无泪
文章无底，碗碟无边，老板无情

龙腾九天，神州父老奋起跨世纪
蛇舞三岛，康桥游子团聚闹元春

【注】分别为剑桥、牛津中国学联举办的1994年、2001年迎春晚会。

◎ 新春华侨聚会（1995）［荷兰］

家事国事华族事，事事如意
居运财运侨联运，运运亨通

◎ 春联三副 [法国]

　　福满农门第
　　春到劳动家（薛理茂）

　　深情盼港澳回归
　　锐意谋和平统一（薛理茂）

　　猴啸随愁去
　　鸡鸣唤福来

　　　　　　　　——游顺利

◎ 春联（2014）[西班牙]

　　百业振兴春光好
　　万马奔腾气象新

　　　　　（马德里拉蒙·卡哈尔小学）

◎ 春联 [埃及]

　　富贵吉祥家兴旺
　　平安和顺福绵长
　　【注】录自2010年2月5日在开罗卫星城瑞哈卜市举办的"中国文化周"。

◎ 春联 [喀麦隆]

　　汉语传华夏文化
　　中喀架友谊桥梁
　　【注】对联在喀麦隆首都雅温得第二大学国际关系学院的汉语教学培训中心。

◎ 春联五副（2002）[南非]

　　兴邦有策人民福
　　报国无私赤子心

　　　　　　　　——李成年

　　迎新春抬头见喜
　　奔小康举步生风

　　　　　　　　——李成年

　　携手奔小康宏图
　　同心促民族复兴

　　　　　　　　——李成年

　　壮志凌云，赤心向党
　　春风送暖，报国情深

　　　　　　　　——李成年

　　春到人间，四海同庆贺
　　情系祖国，儿女献赤心

　　　　　　　　——李成年

◎ **华侨凯森学校春节联欢晚会**

　　　　　　　　　　[南非]

　　华夏艺文恒千古，远播四海
　　中南建交第一春，万象更新

◎ 春联四副 [澳大利亚]

　　交以道，接以礼，一团和气
　　近者悦，远者来，四海春风

春来绿叶成树，对景忽生归棹想
雨后青山满郭，登楼常作故园看

新省乃桃源，几许旧民，仍按秦风迎丙子
报坛亦史馆，一心正气，敢挥狐笔录春秋

——香港李国樑

汇业宏开，兴港耀澳
丰财肇始，送鼠迎牛

——陈耀南题汇丰银行

◎ 新春联欢会（1997）［新西兰］

眼笑眉开，笑迎香港归宗日
歌欢舞畅，欢庆金牛布瑞年

——祖振扣

【注】这是1997年中国驻新西兰大使馆与新西兰华人在植物园露天剧场举行的新春联欢会。

◎ 新春联欢会（1998）［新西兰］

遥望神州，神州万里千层意
喜迎虎岁，虎岁千祥万种情

——祖振扣

【注】这是中国驻新西兰大使馆与新西兰华人举行的新春联欢会。

◎ 新春联欢会（1996）［加拿大］

青青子衿，寒窗立雪映笑脸
呦呦鹿鸣，赤县逢春绽新蕾

【注】这是1996年春节，加拿大多伦多市中国总领事馆举办的新春联欢会。

◎ 春联三副 ［加拿大］

朱门锦户春风暖
翠园红楼夏日长

——谈石磺

大地生辉，四海皆春春不老
中华崛起，九州同乐乐无穷

——中国留学生

春自寒梅报到
年从瑞雪迎来

——驻加大使梅平

◎ 春联十一副 ［美国］

万国金鸡争报晓
八方丹凤共朝阳（1909）

佐餐可做中国菜
报晓啼开万户门（1909）

雄鸡唱晓，蛩声海外
大地回春，播福人间（1909）

风景不殊，百本梅花为老伴
日月其稔，三杯竹叶祝新年

——张大千

祖国关怀，四海同春，贺侨胞新岁，
　　吉祥如意
普天齐庆，九州兴旺，祝华夏虎年，
　　灿烂辉煌
　　　　　　　　——美国黎全芳

楼高万仞千侨富
业旺千行万事兴
　　　　　　　　——韩宏民

炎黄子孙五洲同庆
锦绣中华四海扬名
　　　　　　——林华添、童隆真

铺山瑞雪藏银鼠
绕户祥云化金牛
　　　　　　　　——常江

【注】为洛杉矶成羽家春联（2008）。

丰雨和风天地润
收心放眼水云闲（2008）
　　　　　　　　——常江

丰云好聚心头玉
瑞雪尽收眼目银（2008）
　　　　　　　　——常江

洛邑春来多喜雨
华屋福至满祥云（2008）
　　　　　　　　——常江

◎ 达福地区华人春节联欢晚会（1999）［美国］

步重洋行千里万里，千万里魂系家乡，
　　中国心不变
居他乡住百年十年，百十年根连故土，
　　炎黄血永存

恭贺

上编　远传篇

◎ 华侨庆祝香港回归联欢晚会
（1997） [韩国]

庆回归勿忘民族耻辱
促统一重振华夏雄风

◎ 横滨中华会馆庆祝孔子诞辰
（1898） [日本]

同种同文，复能同教相关，未许西欧逞虎视
大清大日，从此大成并合，遥看东亚庆麟游

◎ 贺日中友好汉诗学会成立三副
[日本]

览万象以兴观，自是文章千古事
倡一时之风雅，待听歌唱五洲同

——赵朴初

【注】协会成立于1986年，有会刊《一衣带水》。

关山有界，海道云程联旧雨
风月无边，诗魂词魄结新交

——高野夫

九州四国，鼓瑟惟和，源自诗骚华夏
墨水篁峰，蚕鱼是乐，流开风月扶桑

——焦同仁

【注】焦同仁，时为中国社会科学院研究生院副教授。

◎ 贺中日同盟会谈法会开幕
[日本]

乃设敦槃，用宣话言，即当异日风云，毋忘高会
既同种族，宁分畛域，相率中原豪杰，来修斯盟

——罗长肃

◎ 贺井上銈吉六十寿 [日本]

有令子万里从游，言家庭期望深心，外则贤父、内则贤母
祝而翁百年偕老，看郎君讲求实学，处为名士、出为名臣

——清·俞樾

【注】井上銈吉，日本东京人，其子陈子德来中国，受业于俞樾。

◎ 贺宫崎一郎八十五寿辰 [日本]

松龄遥祝八千岁
花甲荣添廿五年

——湖北康在彬

【注】宫崎一郎，日本著名肺吸虫专家，名誉教授。

◎ 贺世界客属第五次恳亲大会四副 [日本]

世肇三皇，经济安邦仁治国
界联五族，文章兴汉德齐家

【注】大会于1980年10月3日至7日在日本东京召开。

客会萃东瀛，孔孟衣冠赓盛典
属亲联世界，梨园子弟庆升平

欢聚一堂，敦睦同叙旧
迎来五族，恳亲共倾觞

客旅扶桑，欢结三纲，发扬国体光
　　华夏
属亲世界，迎来五族，振起民心进
　　大同

◎ 贺日本东京成田山新胜寺开山 1050 周年二副 [日本]

法带山林气
香来翰墨缘
　　　　　　　　——北京唐棣华

左经右鱼，唤起大千世界
南顿北渐，流传不二法门
　　　　　　　　——北京唐棣华

【注】佛教分为两派，南派主张顿悟，北派主张渐修。

◎ 全菲华侨抗日救国大会（1934）
　　　　　　　　[菲律宾]

廿年霸越，三户亡秦，抗战奋前途，
　　莫辜负菲岛潮声、岷江蟾影
汉患匈奴，唐遭突厥，古今同劫局，
　　应急效班超投笔、卜式输财
　　　　　　　　——谢侠逊

【注】谢侠逊，著名棋王。

◎ 菲华诗书画国际展委会成立十周年四副 [菲律宾]

逸兴遄飞，吟坛共唱清平调
神光焕发，墨展重开友谊花
　　　　　　——韩国文化艺术研究会

融情歌盛世
连理结同心
　　　　　　　　——松本白舟

【注】松本白舟，日本白舟书道会会长。

欢笑恭迎天下士
挚诚分享杯中羹
　　　　　　　　——郭农

【注】郭农，加拿大世界书画家协会会长。

歌闽粤侨乡，逸吟三径春光丽
赞中菲友谊，神墨千姿笔意新
　　　　　　　　——费之雄

◎ 庆祝菲律宾共和国建国一百周年 [菲律宾]

八表光辉，珍珠映日
百年山海，茉莉铺香
　　　　　　　　——常江

◎ 纪念中菲建交二十五周年
[菲律宾]

碧海千重浪
蓝天万里情

——马萧萧

◎ 纪念中菲建交三十周年二副
[菲律宾]

昆仑带水接苏禄
绿椰连天映红梅

——马萧萧

卅年友谊，海岳千重联纽带
万里云天，中菲南国系真情

——王庆新

◎ 贺菲华退伍军人联合总会成立暨林玉堂先生出任会长四副
[菲律宾]

玉泉生光，干戈所化
堂阶焕彩，邦国生辉

——林颂

历八年奋战，化干戈为玉帛
保千载和平，呈锦绣于堂阶

——林颂

昔日赖诸路英雄奋起抗敌，洒热血，抛头颅，将寇虏驱除，光复故土
如今喜各方俊彦集中都城，谱同心，主盛会，把和平捍卫，走向明天

——林颂

三岛倭奴，于三十年代，竟三举侵略，血雨腥风漫长夜，当日三军民众深陷水火，痛遭屠戮，休忘却，回头记昔日
八千子弟，经八载抗战，奋八面雄威，刀光剑影启晴天，今朝八方将士齐集甌甀，欢聚笑谈，且开怀，放眼看明朝

——林颂

◎ 贺菲华侨林玉堂新建大厦落成
[菲律宾]

玉嵌菲岛，玉宇琼楼皆至宝
堂依岷江，堂阶庭院映明珠

◎ 中华逸吟神墨诗书画国际展览会开幕十副（1997）
[菲律宾]

春风吹万里
新岁乐千家

火树银花明盛世
金歌玉笛庆新春

永乐谱中添锦绣
长安村里写新词

华苑丛中椰树绿
菲芳岛上牡丹红

春临大地百花艳
节到人间万象新

椰风每随名士结
菲华常伴妙文章

蓓蕾当年含厚谊
芬芳终古吐深情

铸出奇文鸣天下
集成佳墨蕴古今

义重如山，一言九鼎
情深似海，两国千秋

歌闽粤侨乡，逸吟三径春光丽
赞中菲友谊，神墨千姿笔意新

◎ 庆贺寮都学校建校 56 周年 ［老挝］

毓物培材思曩昔
腾蛟起凤祝来年

【注】当时为 1993 年。

◎ 贺中华民国开国 ［缅甸］

地无分冀兖青徐扬荆豫梁雍，九州四海同建共和新民国
人无分汉蒙回满藏苗瑶壮黎，五方三氏一统平等大中华

——仰光《光华日报》

【注】五方，指远古中国的东夷、西戎、南蛮、北狄和华夏。三氏，指远古中国的炎帝族、黄帝族和苗黎族。

◎ 庆祝香港回归大会（1997） ［泰国］

香港回归，普天同庆
一国两制，举世创新

【注】6月30日，大会在曼谷唐人街天华广场举行，对联在大会主席台两侧。

◎ 兴宁会馆 20 周年庆典三副 ［泰国］

湄水称觞欣会庆
他乡聚首更相亲

今日联欢，乡谊情浓深似海
念年会庆，弦歌声曼喜盈堂

二十年团结乡亲，馆建南湄兴福利
万千里睽违桑梓，身居异域忆邦家

——萧紫英

◎ 贺谢慧如八秩寿辰 ［泰国］

盛世纳千祥，仁德仁心，恩施社会，
　　南辰星辉，天赐期颐，长生无极，
　　群贤歌上寿
神州臻万福，善功善果，泽润侨乡，
　　北斗光耀，人逾八秩，积庆有余，
　　举世颂馨名

——广东张贵生

【注】谢慧如，泰国中华总商会永远名誉主席。

◎ 北榄养鳄鱼湖动物园有限公司创业 43 周年三副 ［泰国］

海迎朝阳三光满
泉润大地四时春

【注】公司创办人华侨杨海泉是世界人工养鳄大王，是时值 48 岁生日。以下联语选自当地报纸上的恭贺广告。

海纳万川，通行世界
泉迅千里，汇成江流

海屋添筹，儿孙满堂庆大寿
泉源流远，基业永固祝千秋

◎ 贺张其璠先生荣获模范父亲称号 ［菲律宾］

宠锡荣光，亲知贺喜
天生佳偶，戚友称宜

——海南十三姓宗亲联谊会

【注】泰国海南同乡会馆副理事长张其璠先生，荣获泰王御赐 1993 年度模范父亲称号，其时为其长子完婚之喜庆佳日，海南十三姓宗亲联谊会为其登报庆贺撰联。

◎ 癸亥中秋泰华诗学社庆祝成立六周年纪念 ［菲律宾］

泰华集骚人，摘斗摩星，共上琼楼邀月醉
诗社皆墨客，吟风咏雪，同宣国粹播天声

——卢焕杰

◎ 贺陈紫英老人百龄晋一寿辰三副 ［菲律宾］

云拥彩鸾庆大寿
花开金凤祝高龄

【注】陈紫英，旅泰丰顺会馆副主席黄承金先生之萱堂。1999 年 8 月 19 日，陈夫人 101 岁，黄承金为之举行寿诞庆典。黄先生事业有成，热心公益，多次捐资，支援祖国建设。

萱花挺秀，华堂辉照
婺星朗耀，璇阁长春

鹤算寿添过百岁
萱花绚彩祝千秋

◎ 贺沈慧霞律师荣膺上议院议员 ［菲律宾］

慧业文心参上院
霞光云彩耀中华

——彭中流

◎ 吉隆坡世界首届何氏恳亲大会（1994） [马来西亚]

何韩本同源，咸公避乱隐庐江，想当年，因何韩音似，乃指河喻寒，遂成我姓垂千代

昭穆原共祖，族众播迁奔四海，欣此日，以昭穆重逢，而暮朝雍睦，爱庆联宗耀万邦

◎ 大埔同乡会银禧 [马来西亚]

霹雳一声激励同乡，百尺竿头期后进
银禧大典辉煌馆厦，千秋伟业纪前勋

——陈清能

【注】在霹雳州。

◎ 无极圣母马来西亚总会大厦落成三副 [马来西亚]

慈悲为本
道德居先

——陈清能

佛祖威灵披赤子
慈航普渡济群生

——陈清能

一心向善弘天道
德性扬慈发地灵

——陈清能

◎ 贺马来西亚居銮大埔会馆 [马来西亚]

埔裔展雄才，千秋承美德
銮城建会宇，万代庆勋光

——李德威

【注】李德威，祖籍广东大埔，在马来西亚、新加坡从事教育40多年，业余写作，出版作品多部。

◎ 贺马来西亚惠州会馆 [马来西亚]

惠州源华胄，德敷狮隆，根基永固
会馆展宏猷，威扬四海，敦谊千秋

——李德威

◎ 贺广州嘉应宾馆启幕 [马来西亚]

嘉贤荟萃，宾主交融，同歌四海皆兄弟
应景缤纷，馆苑香满，共话天涯若比邻

——李德威

◎ 贺廖振宏获封 PBN 荣衔 [马来西亚]

振家声，立德培材，春风常化雨
宏国运，凌云壮志，奉献为社群

——李德威

◎ 贺古维新学长八句晋一大庆联

[马来西亚]

少怀大志，壮渡南洋，设帐传经，弟子三千歌业绩
天锡遐龄，樽开北海，献桃祝寿，春风二月醉仙翁

——钟木元

【注】古维新（1909—1991），广东梅县人。在马来西亚华文界服务60余年，曾任九洞国民型华文小学校长、万里望嘉应五属公会名誉会长、霹雳嘉应会馆正副福利主任。

◎ 永春联合会银禧纪念

[马来西亚]

日月千矜里
河山万族春

——梁披云

【注】梁披云，《书谱》杂志社社长。

◎ 全球汉诗第六届研讨大会三副

[马来西亚]

今日马来庆五龄，由少而壮，交游天下名士
他年大师祝万寿，再接再厉，团结中西诗人

——中国余清逸

（以下选自《马来西亚怡保专辑》
全球汉诗，庆待张公，管领风骚驰至誉
总会群彦，弘光国粹，功名耀史永流芳

——美国林兰甫

华胄峥嵘，绵延万代
天声镗鞳，广播五洲

——湖南益阳会龙诗社

◎ 世界红十字会吉隆坡分会创立四十一周年 [马来西亚]

宏基四一周年，具赖同修理事合作精诚，才能按时发展
道院三宗庆典，全凭善信仁翁捐资乐助，且记来日方长

——陈清能

◎ 世界红十字会吉隆坡分会创立四十二周年 [马来西亚]

四二周年恪守道规，救灾恤难施残老
中元偶庆凛遵主旨，化育幼儿治疾黎

——陈清能

◎ 世界红十字会吉隆坡分会创立四十三周年 [马来西亚]

四十三年如一日，愿修功行得真谛

千秋万代似今朝，诚造上垂渡众生

——陈清能

◎ 饶福昌、廖月华贤伉俪吉隆坡新厦落成 [马来西亚]

福星拱照团圆月
昌厦光辉富贵华

——陈清能

◎ 吉隆坡松龄医药中心新张 [马来西亚]

松龄诊所新疗法
医药中心古验方

——陈清能

◎ 怡保何华绪大厦落成 [马来西亚]

华厦辉煌，祖传父继今添发
绪言启智，儿接孙承后益昌

——陈清能

◎ 怡保朱晋韶先生七秩荣寿暨同益公司创业五十周年双庆誌喜 [马来西亚]

晋祝喜如仪，美好家庭同受益
韶光开令序，古稀妙笔愈生花

——陈清能

◎ 居銮大埔同乡会成立五副 [马来西亚]

乔木千枝一本
长江万派同源

——美国纽约崇正会永远总顾问赖国富

茶话叙乡情，公选长才匡国事
阳春呈瑞气，会商良策护侨团

——印尼楠榜黄进昭

茶熟岭头香，恭敬梓桑垂百世
阳回天下暖，光辉南峤祝千秋

——印尼楠榜童斯琴

团结族群振邦国
承先启后溯根源

——马来西亚国会议员江沼湖

嵯峨笔架山，彩云笼笔岫
蜿蜒韩江水，诗词赋韩湘

——茶阳黄堂乡张兰荪

◎ 雪兰莪湖滨诗社壬戌中秋雅集 [马来西亚]

海表振天声，溯当年艺苑论诗，汉粹宏扬大马
湖滨传喜讯，看此夕梅林醉月，骚人共赏中秋

——赖甲贵

【注】赖甲贵，祖籍广东蕉岭。年少时

赴马来西亚谋生，事业有成后，曾任霹雳嘉应会馆会长，卓有贤声。著有《一得居士诗词全集》。

◎ 丰顺会馆成立100周年 [新加坡]

丰祝百周年，缅前贤斩棘披荆，团结会盟留德泽
顺申双庆典，喜贵客光临赐教，激扬馆务利邦家

——黎省三

【注】黎省三，丰顺会馆会务顾问。

◎ 丰顺会馆成立110周年二副 [新加坡]

丰业盛其前，众志成城，百载根基今益固
顺流明所向，同舟共济，万程风浪往犹平

丰功幸仗同侨建
顺景欣逢大治平

——陈任元

◎ 贺茶阳会馆成立131周年暨新会馆开馆及回春医院重建 [新加坡]

茶阳轮奂，正气煦星洲，普施德化，济助乡亲，百卅事功携后进
会馆崔巍，英才荟海隅，协力回春，

甘霖社稷，万人业绩继前贤

——李德威

◎ 琼州会馆大厦落成二副 [新加坡]

琼楼百尺壮奇观，雄视首都，山川秀丽
州士一心联庆典，缅怀先哲，桑梓敬恭

——文昌林蕴光

琼筵此日开，年年此日联乡谊
州士常时聚，月月常时殷雅怀

——星洲严子美

◎ 客属总会20周年庆典大会 [新加坡]

吾族自渡江以后，在苏赣闽粤各依世系，蕃衍云礽，若水有源，若木有根，源远流长，根深叶茂
星洲创总会而还，统暹越英荷等属乡侨，欢联情谊，如宾之敬，如乐之和，敬恭桑梓，和协万邦

◎ 南洋客属总会38周年庆典 [新加坡]

华巫印狮城蕃衍，国建二周年，民主共和称乐土
星马汶客系同源，会成卅八载，欢欣鼓舞庆升平

◎ 应和会馆 165 周年纪念三副 ［新加坡］

会集群贤，同声相应
馆开狮岛，万邦协和

应与乡人谋福利
和为各族享升平

应顺时宜，保卫社稷
和平相处，维护家邦

◎ 贺中国武汉汉剧院赴新加坡演出三副 ［新加坡］

余音绕梁，梨园皆俊秀
和风拂柳，桃李尽芬芳
——新加坡杨德炼

翩翩曼舞，霓裳叠奏
朗朗书声，响遏行云
——新加坡杨澄隆等

粉墨耀舞台
登场为教育
——新加坡蓝智锡等

【注】1995 年 10 月中国武汉汉剧院艺术团赴新加坡演出，庆祝茶阳（大埔）会馆成立 136 周年，并为中正中学筹募扩建基金。各界题赠贺联，上述三副联为其中一部分。

◎ 贺新加坡中华商业总会成立八十年 ［新加坡］

中总万商会八秩
华团百业祝千秋
——吉兰丹蔡志成

◎ 贺新加坡八邑会馆金禧 ［新加坡］

八县欢聚会，满座乡音，共话桑麻怀梓里
邑人仰高风，悉心义举，同谋福利振邦家
——郭明翰

◎ 贺新加坡清河公会 ［新加坡］

清水化墨池，艺林妙笔两草圣
河山溅碧血，唐室精忠一睢阳
——郭明翰

◎ 莒村北乡道通行二副 ［新加坡］

道通南北千家乐
途经东西万众欢
——陈清能

芸厦落成，嫡孙享誉亲开幕
史书垂载，养校知名愈显扬
——陈清能

◎ 贺新加坡建国 27 周年 [新加坡]

水秀山明，欣斯邦官廉政简
风和日丽，喜此日国泰民安

——杨文彦

【注】杨文彦，新加坡华侨，广东中山人。

◎ 贺新加坡顺发当新张 [新加坡]

顺成创业鸿图志
发展营谋益利丰

——陈清能

◎ 永昌当宝号周年 [新加坡]

永福康宁仁义重
昌隆裕发利源长

——陈清能

◎ 世界陈氏总会第九届会议八副 [新加坡]

衍祖宗世代相传，克勤克俭
教侨辈潮流所向，惟学惟商

——陈清能

敬祖尊亲，颍川留典范
敦宗睦谊，舜裔保遗风

——陈清能

舜裔同源，宗亲互爱护
颍川一脉，祖德永流芳

——陈清能

舜裔联宗，促进世界繁荣光祖德
颍川睦谊，复兴中华文化耀家邦

——陈清能

舜裔联宗环世界
颍川睦谊重家邦

——陈清能

舜裔联宗谊
颍川振族纲

——陈清能

颍川联族谊
舜裔结亲情

——陈清能

舜裔渊源远
颍川世泽长

——陈清能

◎ 贺瑞瑶弟写作《寻根记》 [新加坡]

立业成家，禀尊养父训
衔环结草，图报亲娘恩

——陈清能

◎ 贺新加坡启金弟柔佛笨珍新厦落成 [新加坡]

启发亲情，舍己从兄敦孝悌

金科玉律，立身处世树良规
　　　　　　　　——陈清能

◎ 贺新加坡莒村陈星庆篮球场开幕 [新加坡]

星光电炬辉桑梓
庆建球场惠学童
　　　　　　　　——陈清能

◎ 贺新加坡莒村谨景楼落成二副 [新加坡]

谨慎三思多积德
景观八面益玲珑
　　　　　　　　——陈清能

信可乐也，昆仲情深兴大厦
仰其安者，祖宗荫佑奠宏基
　　　　　　　　——陈清能

◎ 贺新加坡安溪同乡会成立七十周年十一副 [新加坡]

龙津风麓，流长源远怀清水
柳岸蔻坪，叶繁枝茂艳星州
　　　　　　　　——中国楹联学会

七旬祝寿辰，举头凤髻簪花，蓝溪溢彩，多仗乡侨添锦绣
万国迎旗帜，放眼狮城起舞，南海扬波，曾为异域创峥嵘
　　　　　　　　——安溪县楹联学会

异域繁荣蒙拓展，七旬堪颂
清溪昌盛赖深筹，万从是瞻
　　　　　　　　——王翘松

地溯蓝溪，欢联岛国，看搏风万里，当日起家凭白手
天涯赤子，情系乡园，庆立馆七旬，望云回首注丹心
　　　　　　　　——王伯兰

乡谊联三胞，祖国群英怀乡爱国
会辰庆七秧，安城赤子盛会狮城
　　　　　　　　——易林勋

七十年风雨同舟，赢得中新友谊美邦范
数千位名流集会，掀开海外侨史两地光
　　　　　　　　——黄韵松

星垂平野光无限
岛聚群贤庆有缘
　　　　　　　　——许礼中

一堂笑语乡音味
万国春风故土情
　　　　　　　　——李吉

群星聚会，乡音满耳心愉悦
宝岛安居，事业跨洋龙奋飞
　　　　　　　　——沈扶元

清溪志士欣同聚，怀传统、念宗亲，

世界乡情重合作
旅外华侨喜共商，话振兴、言发展，梓桑股肱大联欢

——谢世霖

◎ 安溪同乡联谊大会志庆 ［新加坡］

一堂笑语乡音味
万国春风故土情

——福建李吉

◎ 李光耀、柯玉珠结婚喜联 ［新加坡］

光耀客家，缕结同心，日丽屏前孔雀
玉珠绿彩，莲开并蒂，影瑶池上鸳鸯

【注】李光耀，祖籍广东大埔县古野乡唐溪村。1923年9月16日出生于新加坡，英国剑桥大学毕业，与柯玉珠是同学，双双获得法学学士学位。回新加坡后，于1950年9月30日结婚。此结婚对联录自《李光耀传》。

◎ 清能乡先生八秩嵩寿二副 ［新加坡］

八秩庆弧辰，伫看儿孙绕膝，舞彩喧阗，早有贤声传印水
三春开寿宴，欣瞻宾客盈庭，弦歌纪盛，长留德望在骥山

百岁预为期，时当廿载后，海屋添筹，福体将如今日健
八旬齐上寿，尚忆十年前，峨嵋祝嘏，龄高早已古来稀

◎ 李俊辉先生夫妻双寿（1983）［新加坡］

寿翁百龄，夫妻齐眉世上少
德配九六，儿孙绕膝人间多

——陈清能

◎ 陈清能金婚自撰 ［新加坡］

五十年夫妻情深，此日金婚留纪念
半世纪儿女重负，今朝春节释肩担

◎ 黄乃裳七十自寿 ［新加坡］

问以往于世何裨，历数三万五千日以来，成甚事业
愿今后对天无愧，不虚六十有九年之外，再度余生

◎ 贺堂弟捷琼娶媳 ［新加坡］

兴家有奇男，祥龙献瑞欣今夕
翠黛凝喜气，蓉帐梦熊卜他年

——新加坡郭明翰

◎ 贺杨步贤、吕秀满女士新婚
　　　　　　　　　　[新加坡]

步伐向光明，秀景欣迎龙凤配
贤声传遐迩，满门吉庆桂兰芳
　　　　　　　　——陈清能

◎ 南洋赵氏总会成立35周年会场 [新加坡]

汾水启华宗，联韩魏以分封，远自东周传气脉
陈桥成帝业，合汴梁而一统，遥从北宋认源流
　　　　　　　　——赵玉山

【注】赵玉山，南洋赵氏总会创始人之一。此联原载新加坡《联合早报》。

◎ 贺母亲八十大寿 [新加坡]

舐犊情深，春晖无边，渡海兴家劳远念
依闾望切，寸草有愧，还乡戏彩祝遐龄
　　　　　——印尼万隆侨团领袖李冠汉

◎ 贺原葡属帝汶华侨中学四十年校庆（1951） [新加坡]

八千为春，八千为秋，松柏台莱齐献寿
四十庆国，四十庆校，梗楠杞梓各成材

◎ 福清会馆成立七十八周年暨福清大厦落成 [印度尼西亚]

英才荟萃狮城，应思天宝物华、福清胜景
侨聚定居岛国，当念海滨邹鲁、文献名邦
　　　　　　——印尼万隆福清同乡会

◎ 蕉岭同乡会30周年二副
　　　　　　　　　　[印度尼西亚]

建会卅周年，艰苦图强乃客家本色
离乡八千里，忠贞团结是蕉岭精神

蕉雨初晴，大地乘时随运转
岭云遥望，长潭无日不神驰

◎ 俄罗斯欢迎李鸿章别墅牌楼（1896） [俄罗斯]

内剿外征，功贯古今国第一
出将入相，才兼文武世无双

【注】李鸿章率中国使团抵达圣彼得堡，下榻在巴劳夫的豪华私邸，巴劳夫在别墅门前搭起中国式牌楼。

◎ 维多利亚女王七十华诞 [英国]

西望瑶池降王母
东来紫气满函关
　　　　　　——李鸿章摘杜甫诗

◎ 贺哈同、迦陵双寿 ［英国］

书亥人应来绛县
复丁篇拟续黄门

————王国维

【注】哈同，英国人。迦陵，哈同妻，法国人，其母籍福建。

◎ 贺黄国龙新婚 ［英国］

立业兴家，白手几人能跨国
忠亲爱弟，黄翁有子庆乘龙

————香港杨瑞生

【注】黄翁，黄国龙之父黄立忠，在英国经营酒楼。

◎ 贺第一届欧洲华裔青少年夏令营开营 ［德国］

客居异域
心怀祖国

————卢秋田

【注】夏令营，1993年7月由德国波恩华侨中文学校主办，中国驻德临时代办卢秋田出席开营仪式。

◎ 贺法国薛理茂八十寿二十九副 ［法国］

华封三祝
天保玉如

————（美）薛芳源（瑞士）薛理弦等13人

【注】薛理茂，广东潮州庵埠镇薛陇村人。先后任教于越南、老挝等，1980年在巴黎开办中文班，1988年组织巴黎龙吟诗社，并发起全球汉诗诗友联盟会。

奉身如圭璧
垂世有文章

————香港郭燕芝

松龄长岁月
鹤算纪春秋

————法国潮州商会名誉会长黄敬天

理化泽华裔
茂行润侨心

————杜元建

理学扬国粹
茂才耀邻邦

————巴黎汪高龄、方义

海筹添八十
桃实献三千

————曾家杰、郭来等51人

紫气通南极
青云动北莱

————香港李兆贞、陈栻

八十春光延暑景
三千仙果祝寿龄

————老挝永珍寮都中学同学87人

八旬福来长岁月
十载诗书寄春秋
　　　——老挝永珍寮都中学同事19人

八秩日月长生国
万卷诗书不老松
　　　——黄光仁等27人

人生五福常推寿
天保九如合献诗
　　　——（日）翁道祥、江秀音等

老当益壮毅力强
师为道重志气坚
　　　——法华裔互助会会长郑辉

芝兰气味松筠操
龙马精神海鹤姿
　　　——纽约刘先觉、王犇

苍松妙笔颂春曲
古柏妍诗吟晚霞
　　　——在港金边同学陈尧海、林素贞等41人

钓渭矍铄春秋艳
杖朝逍遥日月长
　　　——陈礼

理壮文渊育学子
茂家益世乐颐年
　　　——普宁师范汕头校友会詹东

理直辞严评世态
茂林修竹乐天然
　　　——张联芳

理学培才桃李秀
茂林修竹毳毲徵
　　　——法华罗郁生

理学经书传百世
茂才益寿贯千祺
　　　——郭启彪

理真气壮八秩寿
茂林旺叶万年青
　　　——师生友邱垂亥、陈永等28人

理得心安庆八十
茂门桃李贺常青
　　　——（美）张灵犀

理彻悟真，真善明性
茂林修竹，竹高节全
　　　——马家文

福禄欢喜长生无极
仁爱笃厚积善有徵
　　　——世任陈咸于广州冼星海音乐学院

身隐名高，共祝南山元老
德隆望重，应符洛社耆英
　　　——旅法高棉瑞华中学146人

献身教育，传播祖国文化
老当益壮，服务海外侨团
　　　——（柬）寮都中学老同事罗宗坚

理茂福寿康宁，松龄起九九
世祺多才博学，任教逾三三
——巴黎方义

理茂海人，如利器琢玉玉成器
世祺延寿，乃青松傲霜霜服松
——赖良

世换星移，金盆洗手，欢娱晚景
祺花放彩，妙笔题诗，乐享天年
——巴黎汪高龄、方义

理茂才高，栽培桃李满园中外师
世祺学富，造福侨胞群众古今稀
——巴黎汪高龄、方义

◎ 贺巴黎华侨婚 [法国]

百年好合
万里良缘
——吴章桥

【注】新郎富商60余岁，登报求婚，新娘30余岁，来法应征。

◎ 中国文化艺术展览会

[毛里求斯]

古城威外国
会馆振家邦

【注】1987年为庆祝中毛建交15周年，在毛里求斯首都路易港举行。

◎ 仁和会馆建馆125周年四副

[毛里求斯]

缅怀先贤，创业维艰，仁德英名垂不朽
欣看后辈，开来继往，和气致祥永流芳
——一岚

仁心为本，神州有古训
和睦比邻，毛岛享安宁
——印尼巨港华校广东校友会

仁和会馆，金樽添寿酒
毛里求斯，玉树长新枝

博爱通华胄
天涯若比邻

◎ 纽省客属联谊会成立二副

[澳大利亚]

客中聚首，谈笑风生，万里联欢同一醉
属在知音，旅情共系，千秋谊族永长存
——张志良

【注】该会是旅澳洲纽省客属社团。

客旅澳洲，聚首一堂齐欢庆
同属华夏，谊亲四海共高歌
——曾运恩、饶书田

◎ 纽省客属联谊会"会讯"创刊
　　　　　　　［澳大利亚］

化友谊为亲谊
把他乡作故乡
　　　　　　——陈盛福、邹桓章

【注】陈盛福是纽省客联谊会监事长，邹桓章是该会会长。

◎ 卡市畔溪酒楼十周年纪念
　　　　　　　［澳大利亚］

畔座满高朋，鼎鼐调和，风月四时同把酒
溪山怀故国，云霓望治，烟波万顷此登楼
　　　　　　——澳大利亚彭中流

◎ 楹联学会成立十副［新西兰］

联鸿驾凯风，腾越大洋鸣万里
国粹传佳话，方兴异域起一军
　　　　　　——中国楹联学会

【注】新西兰楹联学会于1999年4月在惠灵顿成立，其时，北京楹联学会副会长祖振扣在驻新西兰大使馆工作。

国粹越重洋，联坛花绽惠灵顿
丹心昭赤子，学会名扬新西兰
　　　　　　——北京市楹联学会

瑰宝惠东西，顿开茅塞启灵气
新联昭海宇，秀蕴兰台溢雅香
　　　　　　——王庆新

楹光映碧天，东方文化西方纳
联苑开新域，学子雄风赤子扬
　　　　　　——宋韶仁

芳讯四时，独灿联花众香国
信风万里，遥传对炬大洋洲
　　　　　　——刘太品

烟雨半塘古银杏
春风遍染新西兰
　　　　　　——成立

谊结楹联扬国粹
花开异域得新知
　　　　　　——张拔群

祖国奇葩芳异域
新知雅调唱高怀
　　　　　　——王永川

祖溯华源，情系联坛，万里春熙同沐浴
花开新境，根连禹甸，千秋国粹共弘扬
　　　　　　——黄腾政

志壮联坛，弘扬国粹添新喜
胸怀艺苑，滋润兰葩展艳春
　　　　　　——刘俭

◎ 中国传统文化展览会 ［加拿大］

龙凤长风万里
大业千秋呈祥

【注】1989年在加拿大温哥华"文明博物馆"开幕。

◎ 爱群总社76周年庆典 ［加拿大］

爱接新年齐喜悦，财源广进
群迎元旦共欢欣，鸿运当头

——曹泽滔

◎ 隆都从善堂成立75周年三副 ［美国］

从此西同心，神龙出水舒金甲
善哉酬壮志，威凤翔空耀彩轮

——郑桂添

【注】郑桂添（1896—1984），字宗灿，号冲虚子，美籍檀香山华人，原籍广东中山。

隆情迎侨彦，从事见贤思齐，七五周年，昼锦堂开欣纪念
都庆会乡亲，善谋光前裕后，万千令诞，仙筹屋积祝无疆

——郑桂添

从采芹玉于昆山，承政界名流，颁赉诗词，收考献征文磅礴
善罗缥缃惟都籍，蒙肸香堂众，委修史乘，踵编年纪月规模

——郑桂添

◎ 贺《世界日报》创办三十年（2006）［美国］

人随文以观世界
日报晓而立峰岩

——常江

【注】《世界日报》，在美国洛杉矶创办的华文报纸。

◎ 寿胡适二副（1945）［美国］

及门何止三千，更教碧眼儿来，红毛女悦
庆寿欣逢五四，况值黄花酒热，黑水妖平

——杨联陞

【注】杨联陞（1914—1990），浙江人，文史学家，哈佛大学名誉教授。

可与斯人沥肝胆
欲同大化斗文章

——杨联陞

◎ 寿蒋彝（1973年1月4日）［美国］

四洲揽胜，万里探幽，山水有灵，亦惊知己
八秩初开，五车早著，性情所得，未

能忘言

——杨联陞

放蕊岩梅向故园

——常江

◎ 贺美国乔志高夫妇生子（1948）
［美国］

丰年大有
和平在望

——老舍

【注】老舍先生1946年赴美讲学，在纽约题联祝贺友人乔志高夫妇"弄璋之喜"，嵌入新生儿名字"有望"。

◎ 贺美国赵晓康、赵艳超乔迁（2015）［美国］

晓风初日康居乐
争艳超群栋宇新

——常江

◎ 贺美国旧金山孙东冬、刘嫣婚（2006）［美国］

东床才俊冬云暖
西府海棠喜雨嫣

——常江

◎ 贺潘力生夫妇八十双寿 ［美国］

耄寿双登，人称景福
瑶琴众理，曲奏长生

——湖南曾伯藩

◎ 贺美国洛杉矶王文柏、静萱婚（2007）［美国］

喜开柏子随萱意
静赏文竹仰松心

——常江

◎ 贺美国马尔智、饶天予婚 ［美国］

白下风和，莲开并蒂
湖边日丽，绾结同心

——芸子

【注】录自《益世报》。马饶在南京结婚，赴杭州西湖度蜜月。

◎ 贺美国三藩市蓝溪《金山之路》出版 ［美国］

蓝图映日吟高韵
溪客临风话世情

——美国张家修

◎ 贺洛杉矶丁岩、雪梅及添禧一家乔迁新居（2009）［美国］

安居瑞雪添新禧

◎ 贺全球书画风采展 [美国]

四时日月昭寰宇
万里风云入壮怀

——陈香梅

【注】陈香梅，美籍华人作家，所录对联，上为安徽方克逸句，下为明代倪谦诗。

◎ 贺纽约谷向阳楹联书法展七副 [美国]

字靓联好
人谦品高

——纽约新上海传媒设计公司

【注】谷向阳，中国楹联学会副会长，北京大学教授，书法家。应美国纽约诗词学会邀请，于2003年7月5日，在纽约举办楹联书法展。

香融金谷酒
日转向阳花

——蔡可风

楹联弘国粹
书法耀苹城

——梁炯勋

背向未移家国志
阴阳共育天地心

——周荣

北骥南来，尽展中华风采
东文西进，共冀世界大同

——美国纽约诗词学会

墨辉联，联辉墨，品联赏墨方知味
诗入画，画入诗，缀画裁诗始见奇

——陈奕然

展艺越重洋，挥毫即席，更兼吐属非凡，赫赫联坛一杰，北大精神萦北美
结缘欣七月，撰句当场，共赞构思奇特，恢恢对苑千联，中华文采薄中天

——周荣

◎ 纪念旅秘鲁中山隆镇隆善社第三次筹捐抗日军饷活动50周年墨宝展览 [美国]

隆重墨展提旧事，五十年前，前辈抗日，尽力勇往直前
善循侨社唱新歌，半百载后，后进爱国，争先不甘落后

【注】1989年，展览在秘鲁首都利马举行。

悼念

上编　远传篇

◎ 江源道中国人民志愿军烈士陵园 [朝鲜]

鱼隐山，文登里，朝中英雄百战百胜
为和平，保祖国，死难烈士正气浩然

◎ 挽徐友兰二副 [朝鲜]

世上繁华君一梦
天涯憔悴我孤吟

——李士莱

【注】徐友兰，咸丰年间朝鲜尚书，曾出使中国，结识李士莱。

麟符使者空相忆
鹤氅仙人杳莫寻

——李士莱

◎ 挽朝鲜义勇军四烈士 [朝鲜]

碧血染幽蓟，革命史中垂壮烈
英魂归乐浪，太平洋上作风云

——郭沫若

【注】四烈士，1941年朝鲜青年联合会在山西辽县（左权县）成立后，组建义勇军华北支队，在一次与侵华日军作战中，孙一峰、王现淳、胡清道、朴哲东不幸壮烈牺牲。

◎ 挽韩国安重根 [韩国]

挥泪辞母也，断指誓众也，痛恨未酬素志，不辞杀敌捐躯，寰宇一时尽震惊，真先生不愧烈士
维持平和乎，恢复独立乎，未免辜负遗言，竟容大道移国，江山无地埋忠骨，问后死何慰英灵

——申圭植

【注】安重根，韩国爱国青年，于1909年10月26日，在哈尔滨火车站刺死日本枢密院议长伊藤博文。

◎ 追悼黄花岗烈士大会 [日本]

同盟如未寒，不枉洒先民碧血
大事何堪问，竟都成明日黄花

——罗长肃

【注】罗长肃，湖南慈利人，时在留日。

◎ 挽日本熊泽纯 [日本]

硕德旧道山，名士无惭真汉学
国殇忆辽海，秋风同哭太和魂

——黄遵宪

【注】熊泽纯，日本人，在广东潮州中学堂任东语总教习。

◎ 挽一山一宁 [日本]

宋地万人杰
本朝一国师

——宇多天皇

【注】一山一宁，浙江普陀寺高僧，旅日18年，获"一山国师"称号，于1317年逝世。

◎ 挽日本宫岛诚一郎之父（1880） [日本]

七十古来稀，况板舆迎养，牙笏胪欢，
　有子并推天下士
大仙往何处，想挂杖莲峰，悬瓢松岛，
　此身仍作地行仙

　　　　　　　　　——黄遵宪

◎ 赠日本源桂阁 [日本]

好春时看诸天花雨
半夜里闻大海潮声

　　　　　　　　　——黄遵宪

◎ 挽日本竹内好（1977）[日本]

东国流芳，定入独行文苑传
西园陨涕，长怀冷眼热肠人

　　　　　　　　　——杨联陞

【注】竹内好，日本学者，鲁迅研究专家。

◎ 挽日本山田良政二副 [日本]

弹指二十年，凄怆薖蒿，一息犹存惭
　后死
同心四亿众，飘摇风雨，九原何以慰
　先生

　　　　　　　　　——胡汉民等

【注】山田良政，日本义士，1900年闰八月佐孙中山在惠州起义，力战而亡。1918年由其弟归葬日本，孙中山为其开追悼会。胡汉民（1879—1936）广东番禺人，光绪举人，早年加入同盟会，辛亥后曾任广东省长，国民政府主席。

侠气著东瀛，同志至今相继起
殉身在南越，异乡归骨有余荣

　　　　　　　　　——谭人凤

◎ 挽旅日华侨惠葆祯（1987）[日本]

身居海外，永别侨友，谁不落泪
心怀祖国，今归故里，可慰离情

【注】惠葆祯，日本新潟县华侨总会会长，原籍山东邹平。

◎ 朱舜水墓 [日本]

抔土他邦瘞忠骨
有人异代吊先民

【注】朱舜水，明末学者，在日讲学廿余年。

◎ 吴锦堂自挽 [日本]

为爱湖山堪埋骨
不论风水只凭心

【注】吴锦堂（1855—1926），神户华侨巨商，联写于1923年，其墓在浙江慈溪白洋湖畔。

域外对联大观·上编

◎ 华侨义山荣福堂 ［菲律宾］

　　崇祀式千秋，庙貌巍峨，胜迹名山同不朽
　　遗徽怡百代，仁风广被，椰林珠岛共流芳

◎ 挽旅菲律宾侨领许新甫 ［菲律宾］

　　四十年南荒羁客，直与碧眼黄须争权海外
　　三千里异域归仙，顿听岷江浩浪凄咽魂中
　　　　　　　　　　　　　——许冬桥

◎ 挽旅菲律宾某华商 ［菲律宾］

　　大梦不复醒，那管他月明分外
　　长辞何处去，只在此雪满山中
　　　　　　　　　　　　　——许经明

　　【注】许经明，清末秀才，福建人。

◎ 挽菲律宾性愿老法师六十一副 ［菲律宾］

　　菲岛失宗师，殿坯灵光同怅望
　　星洲传噩耗，会开梵宇共追思
　　　　　　——新加坡佛教各寺院团体同人

　　六二载宣劳，现比丘身而为说法
　　三千里闻耗，证菩提道如是涅槃
　　　　　　　　　　——新加坡佛教总会

　　海外兴梵宫，名震闽菲人共仰
　　天边黯慧日，讣传星马众同悲
　　　　　　　　　　——马来亚佛教会

　　持律且布施，苦海群黎思宝筏
　　弘宗兼演教，昏衢游子失明灯
　　　　　　——马来亚佛教会无尽灯杂志社

　　上座谈玄，传佛法于四部大象
　　南方拓迹，现人间者七十余年
　　　　　　　　　　　　——中华佛教会

　　神州缘隔，鹭江旧业嗟回首
　　沧海影沉，菲岛留痕痛落晖
　　　　　　——马来亚佛教会雪兰莪州分会

　　浮尘缘尽，月台苔古悲绛帐
　　兜率情深，华藏灯昏哭导师
　　　　　　　　——吉隆坡伯圆、振敏、明智

　　性本慈悲，应身无量，为一方化主
　　愿随戒律，尘海同沾，是四众宗师
　　　　　　　　——槟城菩提中学、菩提学校

　　教化被遐方，岂独菲岛尊泰斗
　　慈音流宇内，那堪镜谷失尊师
　　　　　　　　　　——新加坡佛教居士林

　　薄地凡夫，难销亿劫颠倒想
　　耆年长老，不历僧祇获法身
　　　　　　　　　　——新加坡弥陀学校

　　敬如来为真语者

请菩萨再作来人
————新加坡菩提学校、菩提精舍弟子毕俊辉

法弱魔强，风雨飘摇悲末劫
山颓木坏，海潮呜咽泣良师
————菩提兰若星洲女子佛学院、灵峰菩提学院

目极诸天，一花一世界
心皈净土，三藐三菩提
————李俊承

金刚座冷，天星俱黯
莲舌声悲，慧日被遮
————槟城极乐寺志昆

性月长明，戒珠朗润，曾忆昔年同受具
愿云无尽，道树垂阴，倏惊此日赋离歌
————同坛弟达明

性喜菲邦开佛国
愿西归没入婆娑
————新加坡光明山普觉寺

说无生法，出广长舌，名震菲岛
示幻化身，作狮子吼，德昭邻邦
————星洲圆明寺、圆通寺、玉皇殿忠心

以大乘宗旨示津梁，精神不死
为信愿宏深作使者，菩萨再来
————槟城妙香林广余

慧业常新，菲滨传大法
经功不朽，星岛慕高行
————星洲檐葡院广洽

浊世缘悭，惜履竟归实报土
众生病重，痛师若失阿迦陀
————新加坡伽陀精舍尸罗弟子常凯

信愿多悲，同钦乘愿行者
华藏有愿，长忆法藏比丘
————新加坡龙山寺

宏扬大乘宁无尽
端赖信愿度有缘
————星洲法华寺青凯

遗范如神，信愿寺中留遗教
前尘似梦，承天堂上忆前身
————新加坡妙音、觉苑、妙理

悟自性本空，今日入涅槃，是权且示寂
悲叹愿堪仰，毕生弘正法，从不曾辞劳
————星洲清念纪念堂弟子印实

离苦常得乐
逐妄永归真
————心昊

人归净界
月冷菲滨
————悟峰

一镜圆明窥性海
大千沙界转愿轮
      ——隆根

自幼持长斋，石井出家，天童受法，
 普陀领众，德范遗留传后起
耆年怀净土，桑梓弘化，信愿兴佛，
 华藏度生，狮音忽断泣师资
    ——槟城香山寺瑞良、广进

办教育兴丛林，长留厥功垂不灭
恤孤雏济老弱，完成大愿证无生
    ——槟城香严寺龙辉等

数十年驻锡菲滨，启悟众生度饶益
一刹那栖神安养，传留舍利证莲胎
   ——双林寺、龙华寺、大觉寺诸同人

了生死原无别路
登涅槃只有一门
     ——槟城观音寺真果

具此普贤最信愿
速见如来无量光
     ——尸罗弟子广净、晴晖

卅载皈依，朗月清风涵教泽
一朝永别，残山胜水尽哀思
      ——弟子黄慧灯

教观为宗，双修禅净，一心应变无
 边法
弘宣是务，普利群机，三界同登极

乐邦
    ——普同寺住持达广

真性无生，为何求生
乘愿再来，务乞早来
    ——宝松、胜进、槃谭

迹应娑婆，信是千江观月
德昭菲岛，堪为一代高贤
    ——新加坡清德寺同人

五老峰曾留道影
庄严海久证法身
    ——星洲法华庵法雄

海外同声哭宝座
贫儿长憾失家乡
    ——新加坡观音寺徒侄孙妙寿

导俗多方，久仰耆年尊眼目
归真何速，长留宏范利人天
   ——星洲法施林竺摩、松年、性仁

痛慈灯息灭，此后向谁度我
悲法道垂秋，从今何处呼师
    ——星洲清莲寺弟子李莲

化身游净土，归真证果
说法具雷音，发聩振聋
    ——星洲西竹林弘宗

十载参方廿年，宏法梓乡称大德
菲滨传道群岛，利生佛教庆新声
    ——星洲正觉寺释有达贤悟

德范久钦崇，犹忆鹭江淹留，讲座曾经聆法语
噩音深悲感，惟愿阎浮再返，度生重得睹慈容
——三保弟子优婆夷吴志成、许悦治、蔡雪姑、柯盏姑

性具三千，广开人天觉路
愿行八万，统摄真俗法门
——弟子陈礼真

法雨遍南方，座上莲华先渡采
佛声落何处，庭前柏子去来心
——圆觉卢梁达慧

现影人间，宏法利生宣般若
归真佛国，回因同果证菩提
——聚莲院罗达宜、慈净庵达特

性理妙明，大梦随身已觉觉
愿心清净，有为执相总非非
——万寿山李春亭

示寂灭于菲滨，德重道高，名驰中外
观弥陀于乐国，自知时至，果证菩提
——自度庵崇浇等

空有双忘，步步无非般若
根尘俱泯，头头总是菩提
——八打灵观音亭镜鑫、双明丹福灵宫普照

飞锡拓南荒，菲岛云从依大教
涅槃住西土，莲池海会证真宗
——凤山寺达观、洪锦棠

性本真如，原无生灭法相
愿弘菩萨，再来化导凡情
——麻坡净业寺定光

正喜缁林得领袖
那堪菲岛弃尘缘
——观音山胜因

十几年前瞻寿影
数千里外渺潮音
——长庆寺谈禅

教义播菲滨，万流共仰
和平传世界，众志成城
——太平寺弟子蔡修莲

梵音千古，虽然长在
茅塞从今，孰能为开
——观音阁性海、仙祖宫性觉

不辞劳瘁，晓世广长舌
无量慈祥，渡人般若舟
——菩提佛院佛慈

性修圆或，且喜往生极乐去
愿行俱备，但期复返婆婆来
——毗卢寺本道、大雄、净持

夙具善因，开教菲土
行深净果，栖莲乐邦
——槟城妙香林宏船

乘愿而来，乘愿而去
古志于己，古志于人
　　　　　　——三保弟子思义、思仁

性本离言，七十四载了无可说
愿修梵行，一刹那间即上莲池
　　　　　　——尸罗弟子广义

佛无去来，念师表天隔
法有兴衰，看慈云浮土长登
　　　　　——槟城菩提学院弟子吴宽定

◎ 挽王人杰 [菲律宾]

人中杰者无多，君真一杰
杰出人才难得，天丧斯人
　　　　　　——太原王氏宗亲会

【注】王人杰，生于福建晋江，菲律宾杰出华侨，曾支持"菲律宾华侨抗日支队"，1979年在马尼拉逝世。

◎ 李峻峰挽子二副 [菲律宾]

遭受巨冤，任暴匪横行，岂能瞑目
纵流老泪，听孤寡哀哭，怎不伤心

【注】李峻峰，菲律宾善举总会前董事长。1979年12月7日，其子李金荣被绑架，交钱那天，李金荣识出绑匪，被残忍杀害，年仅37岁。

舐犊总情深，泪洒西河含悲永诀
貌躬何命薄，冤沉南国抱恨无穷

◎ 悼念杨仲清夫妇 [菲律宾]

谱牒溯弘农，齿德俱尊，夙向宗盟执牛耳
水山环吉壤，形神亦锐，合将货殖志龙门

【注】杨仲清，曾任菲律宾驻日大使馆代办，其夫妇蜡像在华侨义山。

◎ 挽菲律宾蔡母施太夫人 [菲律宾]

灵萱堂逾百寿，乐善好施昭懿范
贤德梓报三春，孝思不匮念慈恩

【注】蔡母施太夫人，济阳人，活到103岁，子孙绕膝，无疾而终。

◎ 挽郭志雄三副 [菲律宾]

与暴敌九次争锋，是为闽人生色
率健儿三千效命，谁知沙地亡身
　　　　　——菲律宾怡朗华侨救亡会

【注】郭志雄（1906—1941），福建惠安人，原国民党第25集团军第一装备团副团长，抗日战争中为国捐躯，国共两党同时授予他"革命烈士"称号。

浴血白沙，未歼胡虏身先死
归魂邵武，遥献蒭香泪不甘
　　　　　　　　——黄泰南

【注】黄泰南，菲律宾怡朗华裔中学校长。

回忆去年，良辰美景，结帨香江，一月姻缘成幻梦

反看今日，苦雨凄风，抚孤菲岛，三餐涕泪自伤情

——陈漱凤

【注】陈漱凤，郭志雄遗孀，菲律宾怡朗华裔中学教务主任。

◎ 追悼菲华侨领袖于以同烈士 [菲律宾]

以身报国，九州哀赤子
同志垂先，四海仰英灵

——方克逸

◎ 挽金山太沧和尚 [菲律宾]

回忆皖江，同研经论，聚首三年，欣慰析义问难称学长

重逢宝岛，各叹衰老，相隔数载，惊闻幢翻柱倾遽归真

——菲律宾瑞今

◎ 挽南亭老法师二副 [菲律宾]

护国卫教，遽尔星沉谁镇魔军
宝岛兴学，誉满中外培育干才

——菲律宾瑞今

皖江聚首，绩冠侪辈，宣扬大化
振衰起弱，正值天清，师为法将

——菲律宾瑞今

◎ 挽曾焕闯居士 [菲律宾]

知书识礼，业绍陶朱，不忘公益，造福社会人共仰

学佛通理，法承维摩，善体天心，舍报尘寰物感悲

——菲律宾瑞今

◎ 挽吴府陈太夫人慧华居士 [菲律宾]

世出名门，相夫教子，业踵陶朱，子孙繁衍，常侍承欢，游戏兰阶绕膝下

信深法海，礼佛诵经，志师武训，声誉遐迩，临终正念，往生乐土胜人间

——菲律宾瑞今

◎ 挽星洲光明山宏船和尚 [菲律宾]

鲤城入道，鹭江宏法，万石育才，承天重修，国内结善缘，缁素弟子同沐春风，西面日落感暗淡

槟屿驻锡，狮岛兴教，普觉扩建，信愿主席，海外树丰功，政商士女共蒙化雨，北极星辉悲无光

——菲律宾瑞今

◎ 挽常凯法师二副 [菲律宾]

秉性坚强，富活力具干才，振兴佛门，

正赖光大同钦仰

创设义诊，办教育助肃毒，福利社会，忽闻噩耗共悲伤

——菲律宾瑞今

自侧僧伦，未亲教诲，执经问难人已杳

忽闻讣信，缘悭奔丧，卸悲哀悼影尚存

——菲律宾瑞今

◎ 挽妙抉法师 [菲律宾]

庄严道场，兴学育才，正为佛门作抵柱

宏扬圣教，扶老度众，那堪末世失栋梁

——菲律宾瑞今

◎ 代挽刘文格居士 [菲律宾]

随俗传家，金枝玉蕊，懿行典范称南国

离尘皈佛，修心养性，安详舍报归西天

——菲律宾瑞今

◎ 施性水母墓 [菲律宾]

子能继志，孙绍美裘，如三迁孟母

寿享遐龄，名垂竹帛，是五福完人

◎ 施性水墓 [菲律宾]

性行凛贞刚，懋绩匡时，千载忠魂依祖国

水天望寥廓，佳城埋骨，一生遗爱满侨乡

【注】施性水，侨界闻人，于菲华社会的慈善事业贡献卓著。

◎ 华侨陈村生墓 [菲律宾]

平寇除奸酬壮志

波光月影悼英魂

【注】陈村生，菲律宾华侨抗日支队总部参谋长，1945年4月25日不幸中弹身亡，年仅28岁。墓在马尼拉华侨义山。

◎ 蔡维育法名智胜佳城 [菲律宾]

智炬光明，消却尘劳醒凤梦

胜缘深厚，修成净业悟无生

——菲律宾瑞今

◎ 为许姓代撰墓联 [菲律宾]

南浦开宗，故国衍派，德泽长存，声华远播海外

锦坂结社，炎荒谋生，深恩未报，慈驾遽返莲邦

——菲律宾瑞今

◎ 为施姓代撰墓联 [菲律宾]

北郭筑云庵，永怀德范
西土托莲座，常礼此尊

——菲律宾瑞今

◎ 姚乃昆先生令慈墓二副 [菲律宾]

式惠慈积，俭勤则荫儿孙，名标丹史
本信心证，善果功垂人世，驾返莲邦

——菲律宾瑞今

崇佛讽经，贤母允矣，归真净土
修身种福，哲嗣快然，立表陇冈

——菲律宾瑞今

◎ 李回福先生佳城 [菲律宾]

回顾木途艰苦，振作事业成，信誉立侨社
福利乡国平实，不夸功行满，兰桂吐芬香

——菲律宾瑞今

◎ 吴孔荣先生佳城 [菲律宾]

孔道远谋鸿图骏发，正愿祖业绍继更大展
荣华枯萎音容顿渺，长使家属哀恸常泪流

——菲律宾瑞今

◎ 陈温良居士生西卅周年百龄冥寿 [菲律宾]

温馨留侨社，盛德堪仰
良裔裕家业，芳范可风

——菲律宾瑞今

◎ 林丰年墓园 [菲律宾]

丰满高山，龙脉盘桓护双侧
年深碧海，波涛汹涌拜下风

——菲律宾瑞今

◎ 庄吴淑珍女士墓二副 [菲律宾]

淑德可风，亲疏同景仰
珍行斯贵，遐迩咸称颂

——菲律宾瑞今

勤俭以持家，尚存典范
慈训犹在耳，不忘亲恩

——菲律宾瑞今

◎ 福建龙溪华侨义山墓地 [菲律宾]

身在茉莉国
魂归水仙乡

【注】在马尼拉。茉莉、水仙，分别为菲律宾和福建的名花。

◎ 华侨义山八副 [菲律宾]

蓝缕辟华山，忆先侨泽及泉台，远过
　　阳明传瘗旅
殡宫营菲岛，遗后人思深霜露，群从
　　伏腊酹羁魂（山门）

【注】华侨义山，坐落于马尼拉北郊，华人又称之为牛眠山。

闽海负多才，毕世忠贞光典册
墓园传胜地，一亭景物缅遗型
　　　　　　　　　　　（性水亭）
　　　　　　　　　　——孙科

地藏锡杖，振破迷途开觉路
菩萨慈手，导引幽灵上莲台（地藏殿）

白手拓宏基，仁风远播，乡邦货殖，
　　龙门堪列传
黄粱圆幻梦，后昆克继，志事恤崇，
　　马鬣好长眠（庄氏墓）

【注】马鬣，义山中的一条路名。

孝思不匮家声远
顺道而求世泽长（李氏墓）

文教忠孝传家，榘范永垂梓里
越尚礼仁克己，高风长存人寰
　　　　　　　　　　（王文越墓）

【注】王文越，太原衍派。

峻德长垂留业绩
峰峦环峙护佳城（李峻峰墓）

永隔人天，郊洞落花多带恨

成名圜阓，天涯宿草有余哀
　　　　　　　　　　——许冬桥

◎ 墓园十三副 [菲律宾]

无我人众生寿想
如梦幻泡影露观
　　　　　　　　——菲律宾瑞今

积德修阴居福地
净心行善出幽冥
　　　　　　　　——菲律宾瑞今

报德崇功，以尽孝职
闻经听法，早生莲池
　　　　　　　　——菲律宾瑞今

世事本沧桑，撒手尘界
人生如泡影，托身莲邦
　　　　　　　　——菲律宾瑞今

青磬木鱼，静修清净行
厌苦欣乐，求生极乐邦
　　　　　　　　——菲律宾瑞今

荒冢垒垒，尽是异乡客
佛号声声，无非极乐邦
　　　　　　　　——菲律宾瑞今

亲恩重如山，九鼎难报
子情深似海，永世不忘
　　　　　　　　——菲律宾瑞今

教子亲民，典型垂不朽

修心礼佛，果德证无生
——菲律宾瑞今

仰止高风，无复庞公陈迹
不忘敬业，专凭范蠡遗书
——菲律宾瑞今

福地清高，流水青山护夕照
云亭空寂，松风竹月伴精魂
——菲律宾瑞今

建基立业，兰桂齐馨，功勋永不朽
积福修因，间阎称颂，德泽常留存
——菲律宾瑞今

北山建墓庵，永纪先德
南峤承家业，不忘深恩
（优婆夷修因塔墓）
——菲律宾瑞今

看破尘缘修梵行
脱离烦恼证真常（优婆夷蔡德莲骸塔）
——菲律宾瑞今

◎ 挽越南胡志明二副 ［越南］

君殁尚鏖兵，越过旌旗增怒色
友来空挂剑，巴亭风雨助哀声
——刘凤梧

【注】刘凤梧（1894—1974），安徽岳西人，工诗词，省文史馆员。巴亭，河内广场，举行追悼会处。

以少康复仇为志，以勾践雪耻为怀，

一息尚存，英气不磨新剑锷
抱琉球沦敌之悲，抱波兰亡国之痛，
八旬遽殒，离魂犹绕旧山河
——刘凤梧

◎ 阮尚贤悼亡妻 ［越南］

仰视天，天已云霾四塞，俯视地，地已荆棘横生，几千里卧雪餐风，沧海未能填。誓我壮心，无复香闺萦旅梦
幼从父，父以王事出亡，嫁从夫，夫以国事远适，数十载含辛茹苦，白发应更甚。多卿早觉，先离俗世断愁根
——阮尚贤（越南志士）

【注】阮尚贤，诗人，越南近代革命者，其岳父早年参加民族运动。

◎ 华英弟逝世十周年 ［越南］

华教作先锋，卅年奋斗成遗迹
英名垂后代，七载含悲永不平
——陈清能

◎ 挽泰国谢枢泗 ［泰国］

合艾看繁荣，十里名城双手创
市民讴德惠，一株宝树万家春
——泰国合艾华侨团联合会

【注】谢枢泗，广东梅县人，泰国爱国

华侨领袖，合艾开埠鼻祖，今合艾府有谢枢泗街，谢枢泗纪念馆，政府为其塑铜像纪念。

◎ 挽泰国曾福顺七副 [泰国]

泪雨洒湄南，大雅云亡无限感
斗星沉极北，老成凋谢有余哀
　　　　　　　——泰国福建会馆

【注】曾福顺，祖籍福建海澄县，1897年出生于泰国，为南洋著名富商，平生热心公益。1954年去世，出殡仪式备极隆重，仅联轴近千幅。

货殖懋迁，诚信相乎，公私不作侉佽语
恤民爱国，崦达共济，戚友群推笃实人
　　　　　　　——星洲庆和公司叶怡煎

福苦难群，不剥削住户，不贪冒产权，羡公富而仁，泰国侨贤有几个
顺天人理，爱祖籍繁荣，爱母国强盛，愧我穷无滥，抒诚虔奠酒一觞
　　　　　　　——耶拉群芳旅馆

多谊寡言，情重貌硕，誉驰暹南马北
厚人薄己，恤民爱国，从不指东话西
　　　　　　　——星洲王邦光

忆当年，先生出钱，我侪出言，董教共维华夏化
看今后，企业永发，象贤永诀，公私

同保善良风
　　　　　　　——吴季英

惇恢有义方，当日雄心款款，教子留洋，为国储才堪足式
毅达称仁者，临终遗嘱殷殷，输财助学，润身以德永流芳
　　　　　　　——林如渊等

惇勤始谛业，宗为闽，籍为闽，数十年商场巨擘，学陶朱之学，富甲暹南，宜乎寿越杖乡，润屋润身光鲁国
毅奋竟成功，生于泰，侨于泰，三四代华裔名流，操松柏其操，贵封銮爵，惜哉病危晚夏，骑鲸骑鹤隐仙山
　　　　　　　——云廷恩

◎ 挽泰国华侨领袖伍东白九副 [泰国]

忠魂依故国
德范式侨乡
　　　　　　　——于右任

持躬有道，守正不移，侨领中原多长者
闻望交推，哀荣备至，兰臣后又悼先生
　　　　　　　——杨继曾

有守有为，颓山伤志士
无荒无怠，忧国式微言

———沈昌焕

牙利群生，名垂侨社
追怀亮节，恸失老成

———周书楷

岭峤挺贤流，输财著绩，爱国抒忠，
　　比年念切祖邦，每感时艰长太息
泰京崇德望，乐善好施，解纷排难，
　　此日哀阗瞿市，长教侨众失瞻依

———毛松年

侨社播令名，中外共钦盛德
老成嗟凋谢，群众咸仰高风

———泰国中华总商会

德业著南邦，急公好义，领导群伦，
　　正期松柏长春，共为同侨谋福利
巨星沉湄浦，苦雨悲风，凄迷岭表，
　　竟使枌榆减色，遥从星岛悼英才

———新加坡南洋客属总会

主持会务多年，领导有方，伟绩丰功
　　著湄水
建设义山正亟，落成在望，伤心撒手
　　赴蓬莱

———泰国客属总会

遗志继先严，尽瘁侨社，薤露高歌悲
　　逝者
清徽怀祖德，经纶绪业，光前裕后感
　　吾昆

———侄伍竹林、克诚、启省、励民、启材

【注】伍东白，讳明郎，祖籍广东梅县溪南乡人。泰国华侨巨商，著名侨领、慈善家。历任泰国华侨客属总会理事长长达十五年，深孚众望。1959年又获泰皇颁赐三等皇冠勋章。

◎ 挽泰国纯果师叔（1993） ［泰国］

今岁欣获渡重洋，礼座谈文章，若瞻
　　莲花，喜黄蘖流芳，巧逢泰国泼
　　水节
昨天惊闻传噩耗，回头成泡影，如丧
　　考妣，悲老成凋谢，正值中华小
　　阳春

———定持

【注】纯果（1915—1993），泰国诗书名僧。

◎ 邓深文挽堂兄 ［泰国］

埋骨何须原梓里
男儿到处有青山

———泰国邓深文

◎ 北榄坡义山庄礼堂 ［泰国］

念先人抛母别妻，航海南来，竟教无
　　缘归故国
看此日雕梁画栋，灵魂东渡，也堪赏
　　目话临风

———曾介眉

◎ 海角墓苑 [泰国]

海峤安居欢皎月
角楼静卧数繁星

——卢焕杰

◎ 春武里府华人公墓明灯山庄牌楼二副 [泰国]

明月佛国绕，国王三山择福地
灯光李仙飘，仙真一德结善缘

人杰带天宝，芝兰异香山川秀
地灵护德门，松柏长留峰岭青

◎ 义山墓四副 [泰国]

良辰茔徙骨
盛举传京华（良盛墓1992）

——邓深文

佳城呈瑞气
福地窆娟魂（瑞娟墓1992）

——邓深文

垂柳依依三面秀
凝香馥馥四时花（秀花墓1992）

——邓深文

移民无计离桑梓
迁骨遂心瘗佛都

（从中国移骨者墓1992）

——邓深文

◎ 挽泰籍华人欧阳遇女士 [泰国]

修真养性，爱佛醉心，赠制铜像两尊，南岳善缘垂史册
温文尔雅，乐育英才，捐建学校一所，懿德芳馨照汗青

——（湖南南岳寺）青园居士

【注】祖籍湖南平江的泰籍华人欧阳遇女士，经营药材、石油等，1981年捐资为南岳寺置铜质佛像两尊，为衡东办一中学，生前十分关心家乡建设。

◎ 挽马来西亚黄桐城二副 [越南]

诗社结南洲，宾友如云，频闻金盏同倾，联吟盛开夜宴
文旌游马海，艺林树帜，讵料玉楼赴召，作赋常住天宫

——潘宪章

【注】黄桐城，原籍福建南安，马来西亚华侨诗人，民间文学家，1979年病逝。

北国故乡遥，细数忙碌半生，曾在鹭门读书，梓里设帐，今日尽化劫灰，伤心忍醒黄粱梦
南洲诗笔健，那堪又弱一个，为思香港葬母，麻坡赡家，千秋长留著作，愁眼重观白马潮

——潘希逸

◎ 挽杜南 [越南]

扫专制毒铸自由魂，若论先知，当在杨衡云龙会季之上
以穷书生研机械学，使得资助，可与爱斯坦马克尼齐名

——郁达夫

【注】杜南，老同盟会员，后定居马来西亚办学办厂，宣传革命，1939年病逝。

◎ 挽林谋盛少将 [越南]

敌后运筹无输负，中外同声钦义胆
生平许国已忘身，英朋挥泪吊忠魂

◎ 吉隆坡新街场广东义山伯公庙 [马来西亚]

兆域幽灵凭福庇
万年吉地仗神庥

——陈清能

◎ 首家新式墓地富贵山庄三副 [马来西亚]

富地祀千秋，慎终追远
贵山传百世，怀古抚今

——陈清能

福泽广施五土
德行遍及众坟（伯公庙）

——陈清能

福而有德千家敬
正则为神万世尊

——陈清能

◎ 林连玉墓 [马来西亚]

横挥铁腕披龙甲
怒奋空拳搏虎头

【注】林连玉，为马来西亚华文教育奋斗一生，在英殖民时代，勇于抗争，遭褫夺公民权，激愤中写下的这副对联，被人刻在他的墓碑上。

◎ 挽新加坡侯西反九副 [新加坡]

领导华侨当日抗战，留名青史
完成祖国最后胜利，浩气长存

——新加坡揭阳会馆

【注】侯西反，新加坡侨界著名人物，祖籍福建南安刘林乡。他乐善好施，急公好义，曾经是陈嘉庚的得力助手。抗战期间，积极筹赈支持祖国抗战，20世纪40年代因飞机失事遇难。

抗战救国，忠勇可嘉，万里长风怀壮志
投笔从戎，航空殉难，八方旧雨吊英灵

——南洋客属陈氏公会

死显于义，生殚其忠，报国丹心留史册

兰薰而摧，玉缜才折，吊君壮志附云旂

——星洲郑氏书室

赴义无辞，誓扫倭奴归故国
临危不避，竟将热血洒神州

——新加坡汾阳公会

领导机工赴国难，不幸捐躯，暗月沉星惊失色
坚持正义逐倭寇，何堪回首，凄风苦雨泣英魂

——南洋江氏总会

忘身家赴国难，忠心耿耿
轻权利重义务，古道昭昭

——新加坡华联中学

会务赖赞襄，当日谟猷存纪录
国家彰劳绩，毕生事业付编修

——新加坡中华总商会

恨故国日寇为殃，海峤募捐拯急，党国仁人强已矣
悲南洋妖狸作孽，疆场效命济危，岛洋志士壮乎哉

——中国国民党新加坡支部

爱国如命，爱社会如家，能说能行，能排难解纷，能拯弱周贫，能赴汤蹈火，然构陷而逐之谁乎？至今侮蔑而谤之又谁乎？此语敢询来吊者
见善则称，见邪恶则嫉，不偏不倚，不巧言令色，不盗名欺世，不假公济私，使廉耻以劝也诚耳！平昔交游以敬也亦诚耳！先生愧死读书人

——潘国渠

◎ **挽陈嘉庚二十五副** [新加坡]

一代奇才，急公兴学
满怀正义，忠国爱侨

——公立静山学校

【注】陈嘉庚，爱国华侨领袖，于1961年8月12日在北京逝世，新加坡等地华人举行追悼大会。

兴学育英才，功绩久彰于祖国
识时为俊杰，典型长在乎人寰

——新加坡南安会馆

慨国难以筹赈恤灾，鞠躬尽瘁
为教育而毁家兴学，撒手空归

——中国绸布什货联合会

爱众亲仁，器度骎骎郑子产
匡时树义，胸怀落落汉仲华

——何成法

大业遍南洲，漫斥雄资开学府
老年归故国，尚留伟迹在长堤

——洪镜湖、孙雪庵

昔日领导南侨，大义感人尊长者
今朝归真北阙，高风标史重宗邦

——友竹俱乐部

壮志济群伦，如此豪情今已少
公忠扶世道，若斯气节古无多
　　　　　　　——新加坡弥陀学校

嘉会集群英，记当年抗敌助边，千载芳名追卜式
庚邮传噩耗，看此日素车白马，万方多难哭先生
　　　　　　　——南洋客属陈氏公会

天涯倍切哀思，何处神游，遗骨梓桑长眷恋
地下故应含笑，当时手植，春风桃李益芳菲
　　　　　　　——新加坡福建会馆

敌忾赋同仇，捍患救灾，当日指挥资领袖
追恩成盛会，报功崇德，长期纪念树楷模
　　　　　　　——玉露俱乐部

正气浩然，岂仅尊荣堪奕世
仁风振荡，尚余福德惠后人
　　　　　　　——福缘念佛会

德望著南邦，正期乔木长春，万方共仰
巨星沉北阙，顿教老成凋谢，四海同悲
　　　　　　　——新加坡广东会馆

兴学育才，名扬国际，一代英模昭百世
救灾恤难，德在人间，平生芳躅足千秋
　　　　　　　——南洋工商补习学校

在商言商，其卓识宏筹，我辈永资钦式
就事论事，则丰功峻节，史家当有公评
　　　　　　　——新加坡中华总商会

以匹夫系天下兴亡，既非将，又非相，历史遍翻，惟斯麟角
凭两手辟海滨教养，未为难，何畏谤，精神犹在，长映家山
　　　　　　　——永定会馆同人

事业传南洲，前无古人后无来者
英灵留此地，生则伟大死则光荣
　　　　　　　——菩提学校

创大业于星洲，建大学于集美，一生作育人才，爱国精神直贯日
策侨众以御侮，吁侨胞以输捐，三载率驱倭寇，赖公正气果回天
　　　　　　　——胡月梯

化导感当年，教泽长留，千万后生同景仰
噩音传北阙，人天永隔，亿兆华裔俱伤心
　　　　　　　——陈醒吾

嘉猷长展，斥巨资兴学校，惠泽在人间，典型流芳传南国
庚寅立志，奠宏基办公益，大名垂宇宙，福寿全归耀北京
　　　　　——保赤宫陈氏宗祠

是树胶界先知先觉，开工业先河，广被骈繷，星罗棋布，遍东南亚咸称巨擘，况琦行遗绪，踵武俊彦，发皇集美，往古来今，问如公之惠泽长流者有几
真慈善家大舍大仁，立教育大计，连云黉宇，力肆产倾，满海内外辈出英才，而远瞩高瞻，恢忠国族，救难匡时，天南地北，惟此老其贻芳不朽兮谁俦
　　　　　——新加坡树胶公会全体同仁

谋国爱乡，华侨先导
毁家兴学，千古一人
　　　　　——雅加达追悼大会礼堂

八年支援抗战，向往延安，堪称华侨旗帜
一生奔走教育，发祥集美，确是民族光辉
　　　　　——泗水追悼大会礼堂

报国育英才，侨史空前开记录
盖棺膺盛典，先生身后备荣哀
　　　　　——棉兰棉华总会

一生笃志坚持真理，爱国爱民居前列
临终不忘解放台湾，遗志遗嘱勖后人
　　　　　——缅华店员联合会

经商成巨富，兴学育英才，共饮校畔佳城，永有弦歌娱地下
爱国出真诚，遗言符众志，俟复台湾宝岛，重陈俎豆告天灵
　　　　　（缅甸华侨追悼大会会场）

◎ 挽胡文虎十副 [新加坡]

文明冠宇宙，应召玉京，哀哉巨星殒
虎哺震乾坤，誉闻国际，痛矣栋梁摧
　　　　　——中华国术协进社

【注】胡文虎，祖籍福建永定县，毕生捐建海内外之公益事业不计其数，是新加坡华人社会著名的慈善家，一代侨领。

公事私事慈善事事多未了，翁即骑鲸悲去也
风声雨声哀悼声声不忍闻，魂兮化鹤赋归来
　　　　　——南洋客属总会

为药界大王，为慈善大家，中外名声长不朽
是同乡硕德，是社会硕望，属侨纪念总难忘
　　　　　——槟城客属公会

是大商家，是慈善家，是发明家，爱众亲仁，落落当时宁有几
为侨领者，为会长者，为稀寿者，疏财仗义，悠悠今后属何人
　　　　　——新加坡客属黄氏公会

药业巨子，报界先锋，声名传天下，壮志已酬，今生无憾
团结属侨，倡组公会，福利在人间，事功彪炳，历史光荣
　　　　　——星洲武吉班影客属公会

属会忆先生，最难忘出力出钱，惠泽普濡，咸沾膏雨
吾人示后进，应记取能聚能散，仁声遐邈，共仰高风
　　　　　——林明客属公会

青史著奇才，羡为富且仁，义薄云天惊海宇
英灵归乐国，念博施无匮，人思雨露哭先生
　　　　　——李金章、林德祥

是一代巨人，兴学立言，伟论高风闻四海
亦万家生佛，扶倾济弱，仁声义举足千秋
　　　　　——南洋女子中学

福寿得全归，创业垂芳，八闽生色
名声扬旷世，散财为善，四海同哀
　　　　　——新加坡福建会馆

虎标药，星系报，世界知名，豪爽羡胸怀，博济宏施流厚泽
檀香山，伤心地，海天莫问，仙凡今异路，白杨衰草起悲风
　　　　　——曾德坚

◎ 挽黄永棋九副 [新加坡]

江夏溯渊源，宗谊是敦，族邻咸钦忠厚
星洲创事业，善人得报，儿孙宜有贤能
　　　　　——南洋黄氏总会

【注】黄永棋，新加坡商界名人，祖籍福建惠安县，平生乐善好施，尤关怀桑梓公益，1924年发起组织惠安公会，为该会永远名誉主席，于1960年去世。

高龄硕德，江夏流辉，四海经营传胜业
哲嗣英贤，长才济世，百年规矩见灵光
　　　　　——南洋大学

此地为贸易中枢，克展宏才，事业兴隆垂哲范
我公是侨界前辈，夙昭令誉，老成凋谢系哀思
　　　　　——新加坡中华总商会

有约同回故里，人世一度沧桑，归愿未偿，终留憾事
授徒曾课文郎，阶前诸多兰桂，家传克绍，长慰云魂
　　　　　——黄琬

笃乡情，敦族谊，四十载矩范常亲，太息知交成永诀
重教子，善经商，百般事后生可托，

了无遗恨到重泉
　　　　　　——黄曼士

倡组乡会，安惠功深，爱遗桑梓，永彰德望垂后辈
持筹懋迁，箕裘克绍，泽被群伦，长使华夷仰先贤
　　　　　　——星洲惠安公会

乐输教育，泽被乡间，博得满村歌盛德
云迷螺岫，星沉南国，顿使两地动哀声
　　　　　——惠安后蔡全体村民

明德达人，且看子孝孙贤，光耀门楣膺荣誉
为仁多寿，何意山颓木坏，魂归天国寄哀思
　　　　　——新加坡树胶装配商会

是翁媲美陶朱，媲美孟尝，媲美鲁连，爱遗人间，芳名垂不朽
哲嗣热心慈善，热心教育，热心公益，泽被南岛，功绩允同钦
　　　　　　——新加坡同济医院

◎ 挽林义顺四副 [新加坡]

爱国故救国，不求报于国
多财能散财，撕善用其财
【注】林义顺，新加坡华侨领袖。

与孙总理刎颈论事，革命佐前功，无异萧何转饷
忆怡和轩倾心结契，行旌来祖国，遽悲傅说骑箕

咯血痛时艰，易篑不忘三镇两河，侨商亦有宗留守
输财勤义举，游履尽超南洋东道，民党同钦小孟尝

概人同盟，鼓吹革命去专制政府，使五族一家，昔日功勋著祖国
义争公款，倡导合群创义安公司，成八邑会馆，今朝噩耗痛潮侨

◎ 郭明翰挽92岁祖母三副 [新加坡]

壮岁孀守，松节柏舟，堪称贤母遗风，一朝撒手，安然鸾骈西土
朝颐将临，德宏量大，可惜儿孙不孝，千里远离，多数旅居南天
【注】郭明翰，新加坡多才多艺的文人，星华儒乐社社长，1991年逝世。

福寿虽两全，苦次惜无孤哀子
唐蕃同一哭，天涯尚有承杖孙

百岁将临称寿母
音容宛在黯娈星

◎ 儿女忆慈亲二副 [新加坡]

冷雨凄风，独眷老妻悲隔世

芳型令范，真情儿女哭慈亲
　　　　　　　　——陈清能

每忆训言，未报深恩千古恨
仰瞻遗像，潸然报痛一堂哀
　　　　　　　　——陈清能

◎ 挽陈志平 [新加坡]

志守坚贞，相夫教子睦邻里
平空霹雳，冷月愁云离恨天
　　　　　　　　——陈清能

◎ 应和会馆五属义祠三副
　　　　　　　　[新加坡]

龙蟠虎踞
水绕山环

高义薄云霄，玉宇金昆，风雨共敦桑梓谊
宏祠盈日月，秋霜春露，海天长荐藻苹馨

此地不凡，试看绿水双环、青山万叠
斯世得主，为卜衣冠百世、俎豆千秋

◎ 陈永修、何梅英夫妻墓联
　　　　　　　　[新加坡]

永日修贤凭父荫

梅花英发仰慈恩
　　　　　　　　——陈清能

◎ 八丁俱乐部灵台 [新加坡]

益善升登极乐界
群黎景仰菩提风
　　　　　　　　——陈清能

◎ 挽福州黄家成 [新加坡]

具垂成学，且饶有爱国心，重以三世知交，教之诲之，直同子弟
际濒死年，安忍效欺人事，只为五衷过热，知我罪我，当有春秋
　　　　　　　　——黄乃裳

◎ 挽华侨许瑟希 [新加坡]

千岛传经，坐拥皋比，书卷泥涂心力瘁
廿年旧雨，顿闻骑箕，篝灯遥忆泪痕多
　　　　　　　　——许冬桥

◎ 挽华侨柯子述 [新加坡]

晚年事业成炎州，元宵夜乍黯灯光遽谢世
此老生平念大陆，易箦时犹含眼泪问归槎
　　　　　　　　——许冬桥

◎ 挽印度尼西亚蔡云辉 [新加坡]

善举凤钦崇，德行留芳侨社范
仪型犹宛在，高山流水后人思

【注】蔡云辉（1925—1985），印度尼西亚著名企业家，盐仓香烟集团创办人。

◎ 挽印度尼西亚张振勋 [新加坡]

念粤中实业萧条，惜彼苍不留此老
比汉代戍边踊跃，问当世更有何人

——朱庆澜

【注】张振勋（1841—1917），曾任清驻新加坡总领事，印度尼西亚巨贾。因心脏病突发，在巴达维亚的荷兰皇家医院逝世，黎元洪大总统派广东省长朱庆澜前往吊唁。

◎ 原葡属帝汶华人坟场二副 [印度尼西亚]

此日吾身存故土
他年君等亦同乡

青山幸得牛眠地
白骨曾为上冢人

◎ 黄乃裳自挽联 [印度尼西亚]

平生所愿事多违，差幸闻道壮年，天若有心，期尽藐躬分内事
故土久愁人太满，远辞殖民小局，我虽撒手，仍留余地后人来

◎ 伟大基金会（公墓） [印度尼西亚]

伟绩丰功，只换来牲醴三盆、春秋两祭
大名腾誉，仅剩下骨灰半盒、遗像一张

——李冠汉

【注】李冠汉，原籍广东梅县，印尼著名实业家，万隆侨团领袖。

◎ 章雪云、张满凤夫妇墓碑 [印度尼西亚]

雪岭苍峰，云壑流泉回碧水
满林宝树，凤箫传韵寄梅江

【注】章雪云、张满凤夫妇，祖籍广东梅县石扇镇，墓碑文按客家风俗镌刻。

◎ 椰城万灵塔 [印度尼西亚]

万象茫茫，海阔天空，登塔视临开眼界
灵风习习，骨灰有序，披襟领略快诗脾

——萧瑟风

【注】万灵塔为住雅加达华侨所建，是寄放先人骨灰之塔。

◎ 挽印度甘地二副 [印度]

继耶稣基督而神，犹太千古，印度千古
后托尔斯泰而圣，欧洲一人，亚洲一人

——郑彼岸

【注】甘地，印度领袖。郑彼岸（1879—1976），原名云鹗，广东中山人，曾任广东文史馆馆长。

数千年大哲诞生，远承列圣精华，崛起作民族导师，其人为玉
刹那间巨星忽殒，愿合五洲贤达，继续为和平努力，众志成城

——郑道实

【注】郑道实（1887—1957），广东中山人。

◎ 挽印度柯棣华大夫 [印度]

全军失一臂助
民族失一友人

——毛泽东

【注】柯棣华，援助中国抗日战争而牺牲，1942年12月20日延安各界举行追悼大会。

◎ 挽英国李约瑟 [英国]

科技名家，望隆山斗，长传巨著书千卷
和平卫士，德重圭璋，永慕高峰□百行

【注】李约瑟，英国生物化学家、科技史学家，1995年3月25日逝世。6月10日。在伦敦剑桥大学举行追思会。

◎ 挽比利时雷鸣远 [比利时]

博爱谓之仁，救世精神无愧基督
威武不能屈，毕生事业尽瘁中华

——蒋介石

【注】雷鸣远，比利时神父，在平津等地办慈善事业，后投身中国人民的抗日战争，1940年6月病逝。

◎ 挽旅法同学朱子文 [法国]

说不尽满腹忧愁，忆经年同客他邦，旅馆残灯思旧雨
最难堪两行眼泪，痛此后招魂何处，夜台明月冷乡心

——黄建中

【注】1920年勤工俭学的同学朱子文病故，在巴黎举行追悼会。黄建中，湖南浏阳人，20世纪20年代赴法国勤工俭学。

◎ 诺埃尔华侨公墓 [法国]

是亦同根袍泽，勋劳宜媲
我欲多植松楸，生长远为

——中国驻英公使施肇基

◎ **吴章桥回粤清明扫墓题** [法国]

烧衣逢七月
落帽值重阳

◎ **挽南非革命家曼德拉** [澳大利亚]

为自由呼喊，囹圄卅载，功在南非成彩国
求民主斗争，辛苦一生，名垂世界展英魂

——厦门杨缅昆

◎ **墨尔本荒坟** [澳大利亚]

龙泉永怀先人
金山宝地长眠

◎ **悉尼中山先侨公墓二副** [澳大利亚]

天涯信有芳草
人间留得青山

中华孝道开先圣
山岳钟灵启后贤

◎ **挽加拿大白求恩大夫** [加拿大]

万里跋涉，树立国际和平，堪称共产党员模范
一腔热血，壮我抗战阵垒，应作医界北斗泰山

——毛泽东

【注】白求恩，国际主义战士，1939年11月12日逝世。

◎ **挽谈云礅四副** [加拿大]

丹心碧水谈风月
野径凉亭论古今

【注】谈云礅，加拿大多伦多华人女教授。

白发丹心人渐老
红颜翠袖影常新

朱门锦户春风暖
翠苑红楼夏日新

落叶敲窗空犬吠
残花坠地枉蜂狂

◎ **挽谢汝任二副** [加拿大]

千里远偕鸾凤，支撑门户，胜似姊娣，那堪异国情怀，空费君百转柔肠，难带些碎泉下去
卅年两折鸳鸯，问讯夜台，应呼姨娘，倘使蘼芜忆旧，当怜我独居苦况，想邀同入梦中来

——继室张美林

【注】谢汝任，广东开平人，加拿大谢氏宗亲会会长。于1999年3月逝于加拿大温哥华，享年80岁。

数前朝人境，硕果仅存，那堪风雨飘零，更向秋山悲落木
恨今日同乡，细流不择，况复老成凋谢，凭谁团社独扶轮
————多伦多谢氏宗亲会

◎ 挽华侨抗日空军杨慎贤等四烈士二副 ［美国］

搏斗大空，非成功而成仁，无负十年教训
死生常事，惟为国不为己，永怀万古云霄
————蒋介石

【注】杨慎贤（1911—1938），广东梅县人，12岁随父亲去美国檀香山，立志航空救国。1938年5月13日，他奉命率领四架战斗机深入沦陷区阻击日寇渡河。完成任务后，不幸机伤油尽，撞山牺牲，时年仅27岁。

英风得天地
壮气作山河
————于右任

◎ 挽美国葛利普十八副 ［美国］

法度谨严，万夫辟易
焦桐绝响，多士兴悲

【注】葛利普（1870—1944），美国地质学家，1920年应丁文江之邀，任北京大学教授及"中央地质调查所"古生物研究室主任。逝世后，葬北京大学。

学术果天下为公，航海远来，群钦甘六年善诱新材，教泽与神州比寿
战争信不祥莫大，哲人竟萎，差使东西陆竞传巨著，真知共大块长存
————地质所、地质学会、地调所

甘载育生徒，瘁毕生精神，贡献地质学术
一朝成永诀，痛国际导师，中外同声举哀
————矿冶研究院

大名共泰岱齐高，有楷模型留，百卷文章垂不朽
遗爱与神州并寿，任沧桑脉动，千秋俎豆荐常新
————中央大学地质系全体同人

化雨记东来，讲席甘年，薪火舟传皆子弟
燕云愁北望，宫墙万仞，钵衣私淑失宗师
————中央大学地质系同学会

杏坛主讲，不厌不倦，世间真罕见，懿范同怀挥洒泪
东巷羁囚，且勇且忠，天上倘有知，灵旗遥降护宫墙
————重庆大学地质系同人

学贯人天，万卷文章悲新逝
胸罗今古，满门桃李注春风
　　　　　　　　　——四川地调所

异域殊方，同申痛悼
他乡桃李，竟发新枝
　　　　　　　　　——新疆地调所

皓首穷经，教后辈，吐艳扬花，青史居功堪慰老
白头改籍，过数月，归真返璞，北庭想象倍怆悲
　　　　　——谢家荣率矿产测勘处同人

述作最丰，伟著共欣传后学
论交至笃，同仁齐恸失宗师
　　　　　　　　　　——李四光

师事逾十年，仰赞高坚，望尘莫及嗟驽骀
仙游际三月，江山巴蜀，闻耗追思痛杜鹃
　　　　　　　　　　——王恒升

快意时能念及少辈交流，于今无几
大人者不失其赤子之心，惟公有诸
　　　　　　　　　　——南延宗

毕生地质精研，著述等身师不朽
志在诲人弗倦，薪传奕世我兴悲
　　　　　　　　　　——常隆庆

坐春风，沐化雨，廿年前事

著地质，倡新说，一代宗师
　　　　　　　——侯德封、王炳章

治学有方名一世
诲人不倦是良师
　　　　　　　　　　——苏孟守

著述早名山，海内群贤奠祭酒
桃李叨末座，公门遗爱系哀思
　　　　　　　　　　——俞建章

学无止境欤，年逾古稀犹手卷
师真不朽矣，他乡弟子续薪传
　　　　　　　　　　——刘祖彝

奠定华夏大地史
忆望春风十年前
　　　　　——杨敬之、萧安源、杨登华

◎ 挽马其锐二副 [美国]

噩耗传来，痛惜英才遽逝
音容永隔，长留遗恨追思
　　　　　　　——美国台山宁阳会馆

【注】马其锐，美国纽约马氏公所主席。

家族失贤良，功勋业绩常纪念
乡人颂盛德，庄重仪容动哀思
　　　　　　——美国马氏宗亲会全体昆仲

◎ 挽黄华杰二副 [美国]

最后胜利找倭奴算账

贤者不寿叹造物忌才

——华侨同人

【注】黄华杰，旅美华侨，飞机机械师，1941年死于日机轰炸。

海外学子，遄返祖国，扫除倭寇
壮志未成，名留千古，浩气长存

——华侨同人

◎ **挽刘宜良**［美国］

居异邦，怀故土，志祖国和平统一
评世事，主正义，挥钧笔一代英才

【注】刘宜良，《蒋经国传》作者。

◎ **挽房兆楹**（1985）［美国］

文通汉满日韩，博大精深两朝史传
教被亚欧美澳，春风化雨一代鸿儒

——杨联陞

【注】房兆楹，作者老友。

◎ **挽杜仲芳**［美国］

谊属姻亲，何意此生悭识面
讣闻涕泪，惟从异国赋招魂

【注】杜仲芳，湖南衡东人，台湾中兴大学杜松柏之父，美籍华人李文童、余少兰亲家，1989年逝世。

◎ **檀香山万那联义冢华人墓园**

［美国］

联合生民崇祀典
义存华胄重伦常

——郑桂添

◎ **洛杉矶长青公墓华人纪念墙**

［美国］

前人勇拓基，备尝苦难
后进应发奋，敬慰英灵

◎ **挽李景昀**［新加坡］

世界名人录，大标博士仁术
家乡亲友俦，齐吊大夫硕才

——王翘松

【注】李景昀，美籍华人大夫。王翘松，福建安溪楹联学会会长。

◎ **挽李方桂**（1987）［新加坡］

语学大宗师：先生原籍美邦，修绠汲深，膺选院士，伯仲埙篪冠冕。示范亲身攀跻，晚岁收功泰典，弥留尚念唐蕃，山斗高悬无遗憾

昆筵吹笛客：德配名门才媛，遏云绕柱，度曲家传，夫随妇唱无双。交游异域时贤，宝岛联欢道友，花旗棋布传人，东西广誉定长存

——杨联陞

【注】自20世纪40年代初留学哈佛起，

即蒙李方桂先生夫妇青睐，40余年，时聆教赏。得先生仙逝之耗，大为震动，哀感无似，只可以文字为解。

◎ 中华坟场 [巴拿马]

叹往昔役役劳劳，□忙岁月，任秦皇汉武，总是一抔黄土，天本无情，有情终千古
像如今安安息息，祭享春秋，看猛虎飞龙，亦遗寒骨荒丘，地原载物，何物不枯荣

【注】为广东中山的华侨所建。

◎ 颍川堂公立坟场 [古巴]

颍浒设新茔，牲礼诘陈慈善会
川流归故国，鹃声啼罢短长亭

【注】在哈瓦那"中华总义山"，建于清代。

◎ 江夏堂先友坟场 [古巴]

江岸送归魂，白衣万人，绿波千顷
夏祠供祭礼，青刍一束，玄酒三杯

【注】在哈瓦那"中华总义山"，建于清代。

◎ 悼南阳亡兄 [古巴]

南迁亡兄，壮志未酬，遽尔先归地府
阳居昆仲，致诚奉祀，望汝早登天堂

◎ 挽妻凌孝隐 [乌拉圭]

平居无一非真话
此际成天尽谎词

——萧子升

【注】萧子升（1894—1976），湖南湘乡人，1951年去乌拉圭，组织"中国文化之友社"。再婚夫人凌孝隐，齐白石弟子，1951年5月2日，因病逝世于乌拉圭。在凌孝隐生病期间，他一直隐瞒癌症病情。

题赠

上编 远传篇

◎ **赠朝鲜工会代表团** ［朝鲜］

唇齿总相依，友谊绵绵传鸭绿
硝烟尝共洗，旌旗猎猎涴猩红

——北京刘庆华

◎ **文贞子书题** ［韩国］

古径烟深屈子庙
高城月满定王台

◎ **尹斗植书题** ［韩国］

晏平仲清节自励
韩文公原道有言

◎ **尹玟永书题** ［韩国］

德仪可解千人愠
学海能容万思潮

◎ **申昌铉书题** ［韩国］

种树看花兼食果
积书教子又传孙

◎ **申德善书题** ［韩国］

居易俟命随清德
守仁行义终无愆

◎ **朴东圭书题二副** ［韩国］

华年锦瑟元多惑
清夜芳樽易独醒

枕水岩平当卧榻
宿檐云细杂茶烟

◎ **朴孝先书题** ［韩国］

蔷薇花发三千朵
宾主风流一百盃

◎ **朴季顺书题** ［韩国］

灯开莲炬迟归舍
露润霜豪早校书

◎ **权时焕书题** ［韩国］

芳草春回依旧绿
梅花时到自然香

◎ **权昌伦书题三副** ［韩国］

竹怜新雨后
山爱夕阳时

诗思清于新竹色
交情淡到古琴音

书中万字文，方诸内史
海上三神山，是日大观（集字）

◎ **吕元九书题** ［韩国］

　　溪声如昨梦
　　山色可新诗

◎ **全允成书题** ［韩国］

　　无事静观言行录
　　有时还读古今书

◎ **全相宇书题** ［韩国］

　　流水青山皆胜境
　　诗豪酒杰亦芳邻

◎ **全洪圭书题二副** ［韩国］

　　浮云入洞曾无累
　　明月当溪不染尘

　　应接着流水行云
　　持身然玉洁冰清

◎ **李东益书题** ［韩国］

　　寒溪远响纸窗静
　　斜月清光竹阁虚

◎ **李圭慈书题** ［韩国］

　　溪声打出无声话
　　松韵弹成太古琴

◎ **李英顺书题** ［韩国］

　　细草幽兰秋径馥
　　清风明月夜窗虚

◎ **李承晚书题二副** ［韩国］

　　半月城边春草合
　　瞻星台下野花明

　　群山不语前朝事
　　流水犹传古国声

◎ **李和钟书题** ［韩国］

　　淡泊生涯真是士
　　清闲志气岂非仙

◎ **李根宇书题** ［韩国］

　　不海江山群棹立
　　无花天地万蜂来

◎ **李熙烈书题** ［韩国］

　　无事且从闲处乐
　　有书时向静中观

◎ **李熙哲书题** ［韩国］

　　松风吹送弹琴响

瀑布飞流碎玉声

◎ 吴明燮书题 [韩国]

诗书得古趣
风月畅真情

◎ 闵升基书题 [韩国]

青山绿水元依旧
明月清风共一家

◎ 沈铉三书题 [韩国]

神龙垂云海水立
天马行地尘沙开

◎ 沈载荣书题 [韩国]

天地有情惟白月
古今不老是青山

◎ 金大泳书题二副 [韩国]

无风天地心何动
不海江山性自清

教子诗书真活计
传家孝友是生涯

◎ 金玉均书题 [韩国]

百川逝意来头海
万树春心毕竟花

◎ 金正雨书题 [韩国]

风采鸾章惊俗见
金声玉振洗凡闻

◎ 金东渊书题 [韩国]

凤鸣朝阳
龙翔景云

◎ 金时习书题 [韩国]

花开花谢春何杳
云去云来山不争

◎ 金希真书题 [韩国]

渊深鱼乐
树古禽来

◎ 金兑洙书题 [韩国]

惊鱼忽梦人影近
啼鸟时来春意闲

◎ **金相用书题** ［韩国］

身无遗憾常安枕
室有余闲自煮茶

◎ **金钟午书题** ［韩国］

仁义为友，道德为师
芝兰其室，金石其心

◎ **金祥洙书题三副** ［韩国］

杜宇伤心啼夜月
李花何意笑春风

克己持心诚与孝
待人处世义兼仁

锦绣其心白玉身
懿音淑德冠乡邻

◎ **金晶玉书题** ［韩国］

云开三面风还合
泉涌石根月共流

◎ **金瑨元书题** ［韩国］

风竹有声画
石泉无操琴

◎ **金鼎善书题** ［韩国］

江山好处得新句
风月佳时逢故人

◎ **金膺显书题二副** ［韩国］

以文常会友
惟德自比邻

桃李无言，自分红白
梧桐不语，生就短长

◎ **郑正子书题** ［韩国］

轻躁难持，惟欲是从
制意为善，自调则宁

◎ **郑夏建书题** ［韩国］

道为经书重
情因礼让通

◎ **河奉德书题** ［韩国］

琴书自足闲中乐
天地能容醉后狂

◎ **赵成周书题** ［韩国］

踈雨白鸥飞两两
夕阳渔艇泛双双

◎ **南相圭书题** [韩国]

　　有田不耕仓廪虚
　　有书不读子孙愚

◎ **禹盛永书题** [韩国]

　　民和年丰，咸拜神赐
　　家给人足，共乐清时

◎ **姜美善书题** [韩国]

　　清风明月用不竭
　　高山流水情相投

◎ **宣姬子书题** [韩国]

　　独坐只应天可对
　　野行常有月想从

◎ **徐元子书题** [韩国]

　　心无物欲，即是秋空霁海
　　座右琴书，便成石室丹丘

◎ **黄晟现书题** [韩国]

　　青松寒不落
　　威凤高其翔

◎ **崔正秀书题二副** [韩国]

　　芳名万里如山屹
　　书法千秋似月明

　　富不骄贫富不尽
　　贵无凌贱贵无穷

◎ **崔鸣吉书题** [韩国]

　　公心似石终难转
　　我道如环信所随

◎ **崔银哲书题** [韩国]

　　水能性淡为吾友
　　竹解心虚是我师

◎ **曹甲汝书题二副** [韩国]

　　日丽旌旗，履端集庆
　　春开橐钥，鼎祚延釐

　　松风送抱，正荡胸怀，近看镜海波光、
　　　莲峰岚影
　　山雨欲来，且留脚步，遥听青州渔唱、
　　　妈阁钟声

◎ **曹秉坤书题** [韩国]

　　无药可医卿相寿
　　有钱难买子孙贤

◎ **曹松旭书题** [韩国]

淑景晴薰红树暖
惠风轻泛碧丛凉

◎ **赠韩国龙云法师** [韩国]

龙舞韩都思茗会
云飞普府系文交

——云南黄桂枢

【注】龙云，韩国国际茶文化交流协会会长。

◎ **赠韩国林汉钟** [韩国]

汉水扬波千里见
钟声震耳万方闻

——湖北康在彬

【注】林汉钟，韩国著名寄生虫学家。康在彬，湖北医科大学教授。

◎ **赠韩国高权锡** [韩国]

怡情自有诗书画
秉性当为松竹梅

——新加坡陈清能

◎ **中岛春绿甲骨文题联** [日本]

涛上观吴凤
文中正鲁鱼

◎ **今井凌雪书题** [日本]

万象涵归方丈室
四周环列自家山

◎ **古谷苍韵书题** [日本]

清逸吟边兴
蹇腾醉里书

◎ **伊藤弘乃书题** [日本]

莺花世界如春梦
烟雨楼台似画图

◎ **村上孤舟题联** [日本]

帆影迷离烟树外
渔歌隐约画图间

◎ **青山杉雨书题** [日本]

当涂谢权宠
置酒得闲游

◎ **武秀容题联** [日本]

行云流水皆无意
朗月清风可见心

◎ 柳田泰云书题 [日本]

玄猿戏月
白鹤舞天

◎ 福泽谕吉书题 [日本]

规模不妨狭隘
教育务求精神

【注】福泽谕吉，清末日本学者，来我国办学，自任校长。

◎ 赠日本炽仁亲王 [日本]

庆积仙源，玉山珠水论名贵
谊联友国，华目琼云曜太和

——曾纪泽

【注】曾纪泽，曾国藩长子，湖南人，官至兵部左侍郎。

◎ 赠日本大井清教授二副 [日本]

大业九州同旭日
井深千尺有清泉

——张联芳

【注】大井清，日本诗人，主办《吟咏新风》。张联芳，在上海文史馆工作。

冈襄韵事，兴骚方见匹夫责
独具匠心，敦睦还凭国土诚

——福建谢瑜

◎ 赠日本上山富美子 [日本]

心无物欲乾坤静
座有琴书便是仙

——石浅

【注】上山富美子，日本书法家。石浅，中国书法家。

◎ 赠日本书家上川景年 [日本]

书林传绝技
笔墨见精神

——广东刘振威

◎ 赠日本夫妇（1990） [日本]

书似青山常乱叠
灯如红豆最相思

——台湾高阳

◎ 赠日本白鸟芳郎教授 [日本]

白云万里天，一衣带水飞祥鸟
芳草百花苑，四海名家数智郎

——云南黄桂枢

【注】白鸟芳郎，日本历史学家，东京上智大学教授。

◎ 赠日本白须直 [日本]

万里浮槎，九垓振袂
三山策杖，五岳图形

——丁汝昌

【注】白须直,日本外交官。丁汝昌,北洋海军提督。

◎ 赠日本新井 [日本]

武略文韬,名扬国际
邦交友谊,绩著津门

——崔廷献

【注】崔廷献,山西人,1929年任天津特别市市长。

◎ 赠日本头山满 [日本]

西谚曰血重于水
东古训唇齿相依

——孙中山

◎ 赠日本文斋大臣赤松良子 [日本]

石室赤松,紫门绿柳
瀛洲良子,蓬岛佳人

——江西陆伟廉

◎ 赠日本武山斌郎教授二副 [日本]

刻意缥缃,欣泛东瀛观稗海
托情豪素,喜瞻北斗坐春风

——重庆童明伦

【注】童明伦,时为重庆师范学院中文系教授。

志学欣望岳,伟抱一朝临绝顶
求师慕循墙,深情万里泛瀛涯

——重庆童明伦

◎ 赠日本林瑞荣 [日本]

振诗礼家声,秋月芳林生瑞霭
继陶朱事业,春风苗圃长荣华

——上海唐风

【注】林瑞荣,日本熊本市株式会社社长。

◎ 赠日本教育家板垣杨石 [日本]

辨柳明杨,善政知人辉北斗
铭金勒石,培桃育李耀东瀛

——江西陆伟廉

◎ 赠日本松下智 [日本]

松泉月下茗添智
日语书中笔有情

——云南黄桂枢

【注】松下智,日本茶学专家,名古屋丰茗会理事长。

◎ 赠日本书家屉木清风、涩谷翠清二副 [日本]

富士传瑶翰
昆仑获锦鳞

——彭飞

梅樱笑绽百花羡
中日邦交千载珍

——彭飞

◎ 赠日本香川县青年 [日本]

香樱沁人心
川水漂红叶

——贺明真

【注】贺明真，西安外语学院日语教研室主任，题联于香川县青年访问西安时。

◎ 赠日本胜间靖子 [日本]

五十年华夏，依依恋故园，玉壶自有冰心在
三千日扶桑，切切教学子，情意当存沧海间

——曾保泉

◎ 赠日本宫崎寅藏 [日本]

环翠楼中虬髯客
涌金门外岳飞魂

——孙中山

【注】宫崎寅藏，又名白浪滔天，曾追随孙中山参加中国革命活动。此联1908年作于杭州。

◎ 赠日本神田喜一郎（1923）[日本]

岭纡曦轩，峰枉月驾
川交樵隐，江闻渔商

——傅增湘

【注】神田喜一郎（1899—1984），汉学家，日本京都国立博物馆馆长。傅增湘，收藏家，教育总长，所集为《水经注》中漾水、剡溪句。

◎ 赠日本池田大作（1989）[日本]

月照池田明似镜
心雕大作永如天

——广东高寿荃

【注】池田大作，日本作家。

◎ 赠日本田渊保夫（1989）[日本]

菊田笑隐渊明士
天宝珍藏夫子诗

——广东高寿荃

【注】田渊保夫，书法家，立正大学文学教授。

◎ **赠日本三木友里**（1989）

[日本]

美存华朴内
理蕴实虚中

——广东高寿荃

【注】三木友里，中文名字廖美理，立正大学教授，日中交流中心代表。

◎ **赠日本高津进一** [日本]

高岭百鹤进松林
津渡一凫出水来

——贺明真

◎ **赠日本萨摩雄次** [日本]

又要忠，又要孝，又要风流，乃为真豪杰
不爱财，不爱酒，不爱女人，是个老头陀

——辜鸿铭

◎ **赠日本书家梅舒适** [日本]

愿梅蕊樱花四时香艳
祝昆仑富士一样葱茏

——广东刘振威

◎ **赠日本鸿山俊雄**（1956）[日本]

欲穷千里目
更上一层楼

——梅兰芳

◎ **赠日本鸿山理三郎** [日本]

揽方壶员峤之奇，海气百重，此间自辟神仙府
蹑舜水梨洲而至，齐烟九点，终古无忘父母邦

——梁启超

◎ **毛有庆赠人二副** [日本]

一更明月三更雨
百载生涯万载愁

【注】毛有庆，原琉球国大臣之子，清光绪时，日本占领琉球，他力抗失败，西渡寓居福州。

俗情已逐昙花落
禅思常随贝叶翻

◎ **赠琉球王尚泰** [日本]

世笃忠贞，辟尔为德
天寿平格，王此大邦

——赵又铭、于慎卿

◎ **赠琉球王弟尚弼** [日本]

有礼则安，为善最乐
保世兹大，与国咸休

——赵又铭、于慎卿

◎ 赠日本友好学校（1980） [日本]

樱红富士雪，雪洁千古
雨翠黄山松，松青万年

——马苣、侯云普

【注】黑龙江依安县先锋乡长山学校，送日本友好学校黄山风光、富士山风光两幅织锦画，校内老师题联。

◎ 冯自由自勉 [日本]

大同大器十七岁
中国中兴第一人

【注】冯自由，广东南海人，日本华侨，少时参加孙中山领导的革命活动。此联1900年作于在日本大同学校读书时。

◎ 赠菲律宾瑞今 [菲律宾]

山鸣石鼓登堂后
风绕莲花落座时

——于右任

◎ 王文汉题联 [菲律宾]

观鱼知道性
养鹤悟禅心

◎ 李国芬题联 [菲律宾]

雅量涵高远
清言见古今

◎ 陈敦三题联 [菲律宾]

苍龙日暮还行雨
老树春深更着花

◎ 赠五指山人 [菲律宾]

五指擎怀邀月醉
山人击节把诗吟

——卢焕杰

◎ 赠菲律宾王勇 [菲律宾]

艺苑王君联四海
文坛勇士誉三洲

——彭飞

◎ 赠菲律宾许福源 [菲律宾]

学富十方全聚福
友达四海自逢源

——方克逸

◎ 赠菲名医林文庆 [菲律宾]

洞见症结
手到春回

——黄遵宪

◎ 赠菲律宾林玉成 [菲律宾]

玉籍自精勤求得
成功惟努力致之

——林颂

◎ 赠菲律宾林荣瑞 [菲律宾]

荣名只合传邦国
瑞气还应照海天

——林颂

◎ 赠菲律宾中医师郑启明 [菲律宾]

启门坐诊，杏林望重
明德行医，桔井名高

——厦门白鸿

◎ 赠菲律宾施灿悦 [菲律宾]

灿烂沐南岛
悦声蜚神州

——福建施议场

【注】施灿悦，曾获菲律宾"热心体育事业"勋章。

◎ 赠菲律宾高莉 [菲律宾]

高人一等总而统
莉蕊千秋馥且馨

——福建王翘松

【注】高莉，菲律宾前总统阿基诺夫人。

王翘松，福建安溪楹联学会会长。

◎ 赠菲律宾蔡金龙 [菲律宾]

金银财宝皆相聚
龙虎风云各有从

——林颂

◎ 赠菲律宾蔡琼霞 [菲律宾]

琼琚投还，愿儿孙知恩报德
霞光照耀，看事业如锦似花

——林颂

◎ 黄炯题联 [越南]

也知文士以文会
不意此生来此州

【注】道光癸巳，越南国王派阮焕手、李邻芝、黄炯、黎受益、汝元立护送兵船回粤东，钱塘缪莲仙珠江设宴，把酒论文，黄炯乘兴作联。

◎ 赠越南西贡何娴熊 [越南]

对酒怎成欢？明月孤悬天以外
讨春今又负，故人远在水之湄

——澳大利亚赵大钝

◎ 黄思土题 [泰国]

燕子变旧窝，春去秋来衔新草

华侨爱祖国，风沉浪浮献忠心

◎ 梁师侠自题 [泰国]

屋破将诗补

人饥以字疗

【注】梁师侠，泰国华侨作家，祖籍广西容县。此为年轻时所作。

◎ 黄乃达自题 [泰国]

乡关万里萦羁梦

别绪千寻系旅魂

【注】黄乃达，泰国泰华诗学社理事，《世界日报》《新中原报》编辑，泰国客属总会文教委员。

◎ 赠泰皇（1993）[泰国]

泰国崇佛陀，故风调雨顺

皇上行般若，享福禄寿全

——定持

◎ 赠泰国僧王（1993）[泰国]

泰国薰修摩诃般若

僧王速证无上菩提

——定持

◎ 赠泰国王诚博士 [泰国]

万象峥嵘，上品合当呈太后

群星灿烂，拙诗岂料入皇家

——福建谢瑜

◎ 赠泰国仁得上师（1993）[泰国]

仁者千僧共仰

得也万佛慈恩

——定持

◎ 赠泰国龙莲寺主持仁晁（1993）[泰国]

龙天掩护，仁人长寿

莲寺清凉，晁福庄严

——定持

◎ 赠泰国丽玲女居士（1993）[泰国]

丽影欢呼金佛至

玲音疑是玉人来

——定持

◎ 赠旅泰乡贤林光太 [泰国]

追踪在禹稷之后

救民于水火之中

——万云翱

【注】林光太，字贵州，广东丰顺县砂田镇人，旅泰国侨贤。清光绪三十年（1904），丰顺砂田遭洪水之灾，冲毁民

房数百间，死伤百余人。林光太闻讯后，即捐汇巨资给家乡赈灾，知县万云翱即撰此联谢赠。

◎ 赠泰国龙象洞寺明三法师（1993）［泰国］

龙天推出，明三乘，通四谛，护持正法
象洞隐居，修六度，赅万行，普利十方

——定持

◎ 赠泰国郑午楼二副［泰国］

东坡喜参诸佛理
戴圣能写一家言

——于右任

【注】郑午楼，泰国华侨报德善堂董事长，筹资创办华侨大学。

传诗传礼，至大至光
崇文崇德，兴学兴邦

——曾汉民

【注】曾汉民，中山大学校长，时为1994年。

◎ 赠泰国周镇荣［泰国］

奇书奇画奇石纷至
好人好事好运齐来

——上海市华侨历史学会

【注】周镇荣，泰国企业家，号称"万石翁"，曼谷泰国研究会会长，国际奇石研究会副会长。

◎ 赠泰国黄秋安［泰国］

秋吟丹桂思桑梓
安享荣华客泰邦

——泰国黄乃达

【注】黄秋安，泰华诗人。

◎ 赠泰国黄清林［泰国］

清居春永驻
林茂凤来仪

——泰国黄乃达

【注】黄清林，泰国客总会前理事长。

◎ 赠泰国谢慧如二副［泰国］

慧心似水映秋月
春意如云点太清

——定持（1989）

声望振中泰
恩泽溢南瀛

◎ 赠泰国黛华女居士［泰国］

黛玉天然成宝石
华严佛说是经王

——定持

◎ **叶国日书题** [马来西亚]

 春风不适去
 诗客及时归

◎ **李金财书题** [马来西亚]

 黄山观云海
 武夷品新茶

◎ **沈慕羽书题** [马来西亚]

 为人莫学风前柳
 处事要做雪里松

◎ **张英杰书题** [马来西亚]

 格自清奇标碧蕊
 品弥高洁立苍苔

◎ **书协亚庇联委会署理主席陈湘荣** [马来西亚]

 龙翔四海
 鹤舞九天

◎ **书艺协会顾问释竺摩书题** [马来西亚]

 高怀霁月朗
 雅量春风和

◎ **柯思迅书题** [马来西亚]

 莫问庄生追野马
 且从牛女渡天河

◎ **书艺协会顾问彭士骥书题** [马来西亚]

 人间岁月闲难得
 天下知交老更亲

◎ **林声耀自题二副** [马来西亚]

 山色半窗何待笔
 书香一室不差花

 窗开川岳已成画
 室叠江山全仗书

◎ **赠马来西亚槟城广洽法师** [马来西亚]

 心里普熏，众生安乐
 时雨润物，百卉滋荣

      ——马一浮

【注】广洽法师，法号普润，为弘一法师所取。

◎ 赠马来西亚吉隆坡大通旅行社王清桃 [马来西亚]

清水长流迎夏日
桃花艳丽候春风

——陈清能

◎ 赠马来西亚云大来 [马来西亚]

大鹏展翅腾东海
来者思飞下南洋

——沈芳

◎ 赠马来西亚邓惟通 [马来西亚]

惟愿人生留正气
通达世事仰高风

——沈芳

【注】邓惟通,时任诗巫市议员。

◎ 赠马来西亚甘丽燕 [马来西亚]

丽姿绰约如仙子
燕语呢喃若风声

——沈芳

◎ 赠马来西亚甘国辉 [马来西亚]

龙腾世纪,马跨南洋,国泰民安百美乐
燕舞春光,狮醒东亚,辉宗耀祖万年兴

——沈芳

【注】甘国辉,时任马来西亚百美乐总公司董事长。

◎ 赠马来西亚叶祥麟 [马来西亚]

祥光照耀杏坛院
麟趾增荣舜裔家

——陈清能

【注】叶祥麟,马来西亚陈氏宗亲总会参加世界至孝笃亲舜裔总会第七届国际会议代表团随团记者。

◎ 赠马来西亚吉隆坡丘铃华 [马来西亚]

铃声激励鸿图志
华誉称扬遐迩闻

——陈清能

◎ 赠马来西亚朱玉凤女士 [马来西亚]

玉洁冰清纯母性
凤飞海外勖夫贤

——陈清能

【注】朱玉凤,吉隆坡丘铃华夫人。

◎ 赠马来西亚吉隆坡孙瑞财 [马来西亚]

瑞喜临门宏励志
财星降室展鸿图

——陈清能

◎ 赠马来西亚吉隆坡严天福大祖师 [马来西亚]

天机勿洩知星象
福祉常添增寿龄

——陈清能

◎ 赠马来西亚苏可新、陆妙雄伉俪（1997）[马来西亚]

适可堪称妙
革新已近雄

——祖振扣

◎ 赠马来西亚李忠发 [马来西亚]

忠育良才，一代园丁乐
法开教业，四时桃李荣

——沈芳

【注】李忠发，时任雅伯迪高等学院院长。

◎ 赠马来西亚李洪明（2001）[马来西亚]

掌下洪波涌
画中明暗分

——沈芳

【注】李洪明，画家，擅长掌画。

◎ 赠马来西亚沈保耀 [马来西亚]

保身者明哲
耀祖乎异邦

——福建沈庆生

◎ 赠马来西亚沈慕羽（2001）[马来西亚]

慕倾大义兴华教
羽搏长空发浩歌

——沈芳

【注】沈慕羽，德高望重的长者，曾获英国女皇、马来西亚最高元首、马六甲州元首的封号。

◎ 赠马来西亚吉隆坡张荣才 [马来西亚]

荣誉褒扬，儿女成名遵教诲
才华毕露，工商立业振雄风

——陈清能

◎ 赠马来西亚陈立训二副 [马来西亚]

立德英名中外仰
训谟伟绩海天长

——上海张联芳

【注】陈立训，号笠庐，马来西亚华侨领袖，英王曾封为"天猛公拿督"。张联芳，上海市文史馆员。

笠泽汪洋侔太德
庐山高耸媲丰功

◎ 赠马来西亚林荣猛（2001）
[马来西亚]

荣辉东海长昌盛
猛进南洋正振兴

——沈芳

【注】林荣猛，时任云顶名胜有限公司副总裁。

◎ 赠马来西亚萧慧娟 [马来西亚]

智慧多闻萧世第
婵娟共品紫藤茶

——云南黄桂枢

【注】萧慧娟，马来西亚紫藤茶艺中心导师。

◎ 赠马来西亚赖兴祥（2001）
[马来西亚]

兴起报业，以文会友
祥集贤才，立德为邻

——沈芳

【注】赖兴祥，时为《星洲日报》公关部经理。

◎ 赠马来西亚梁锦英博士
[马来西亚]

文悬锦绣

庭列英姿

——香港佘惠权

◎ 赠马来西亚蔡玉英 [马来西亚]

玉树临风，节俭持家贤内助
英华发外，艰辛教子励前程

——陈清能

【注】蔡玉英，张荣才夫人。

◎ 中华书学协会顾问王瑞璧书题
[新加坡]

开张天岸马
奇逸人中龙

◎ 杨昌泰集甲骨文书题 [新加坡]

利益十方幽明变
归依三宝福禄康

◎ 何钰峰书题 [新加坡]

清风明月本无价
近水远山皆有情

◎ 中华书学协会会长陈声桂书题
[新加坡]

不随人俯仰
自得古风流

◎ **陈朝祥书题** [新加坡]

　　花映玉壶红影荡
　　月窥银瓮紫光浮

◎ **徐祖燊书题** [新加坡]

　　心宽能增寿
　　德高可延年

◎ **翁南平书题** [新加坡]

　　平野风来知劲草
　　满山木落见苍松

◎ **黄国良书题** [新加坡]

　　爱画有情常拜石
　　学书无日不临池

◎ **黄明宗书题** [新加坡]

　　大和保元气
　　景行在高山

◎ **丘程光书题** [新加坡]

　　喜书运勃兴，四海鸿儒翱翔墨苑
　　看神州崛起，五洲龙裔抖擞黄魂

◎ **乐龄书画会理事傅子昭书题二副** [新加坡]

　　水流花发得书意
　　霜空月近洗文心

　　大泽高山知仁所熹
　　武功文德礼乐之原

◎ **曾广纬书题** [新加坡]

　　翰墨风流生笔底
　　炎黄事业起毫端

◎ **温心吾书题** [新加坡]

　　笔墨精良人生乐事
　　气质变化学问深时

◎ **中华书学协会顾问潘受题** [新加坡]

　　江山又报呈朝气
　　辞赋争鸣兆盛时

◎ **潘受自题** [新加坡]

　　侧身天地更怀古
　　独立苍茫自咏诗

◎ 陈清能自题五副 [新加坡]

春云夏雨秋冬月
晋字唐诗汉魏文

祖国文明昌四化
兴华教育创三优

水影竹枝，不阻鱼游难宿鸟
风吹云雾，朦遮月亮见辰星

事不三思终有悔
人能百忍自无忧

是非自有公论地
黑白岂容手遮天

◎ 赠新加坡王勇三副
[新加坡]

王施仁慈民爱戴
勇辅智略功垂成
——菲律宾瑞今

学富以应世
勇气挽颓风
——菲律宾瑞今

学无止境
勇夺先声
——菲律宾瑞今

◎ 赠新加坡总理王鼎昌 [新加坡]

鼎盛家声振
昌明国运隆
——厦门白鸿

◎ 赠新加坡卢润才大律师
[新加坡]

润泽公民维正义
才通法典抗强权
——陈清能

◎ 赠新加坡卢清月 [新加坡]

清丽可风承母教
月明如镜导夫行
——陈清能

◎ 赠新加坡叶宝蓝 [新加坡]

宝剑悬书文武志
蓝田种玉德淳风
——陈清能

◎ 赠新加坡传印法师 [新加坡]

传无尽灯续慧命
印千江月悟心宗
——菲律宾瑞今

◎ 赠新加坡传芬尼师 [新加坡]

传法入佛海
芬华郁戒香
——菲律宾瑞今

◎赠新加坡传修仁者 ［新加坡］

传教度群萌
修真入圣流

——菲律宾瑞今

◎赠新加坡传真仁者 ［新加坡］

传承般若智
真发菩提心

——菲律宾瑞今

◎赠新加坡传理（普信）法师（1996）［新加坡］

传法首先明性理
普门信仰在慈悲

——定持

◎赠新加坡向荣侄女 ［新加坡］

向阳花木逢春发
荣耀兰闺好义为

——陈清能

◎赠新加坡刘砚田大相师 ［新加坡］

平生豪迈销杯酒
垂老情怀托砚田

——陈清能

◎赠新加坡刘泰发 ［新加坡］

泰然处世当康健
发奋图强卜吉昌

——陈清能

◎赠杨莉英叔婆 ［新加坡］

荣莉生南国
群英护骥山

——陈清能

◎赠新加坡李育平 ［新加坡］

育德春风为典范
平湖秋月弥开怀

——陈清能

◎赠新加坡李炯才 ［新加坡］

炯炯有神明慧眼
真真博学乃奇才

——湖南刘友德

【注】李炯才，曾任新加坡总理公署高级政务部长、外交部政务部长，曾驻八国担任大使。

◎ 赠新加坡吴志愿居士 ［新加坡］

志承祖志续菜种
愿随佛愿结人缘

——菲律宾瑞今

◎ 赠新加坡邱炜萲二副 ［新加坡］

日有所思，经史如昭
久于其道，金石为开

——光绪

【注】邱炜萲，号菽园，新加坡著名华人，被誉为"南侨诗宗"，著有《菽园赘谈》《菽园诗集》等。支持康梁变法，曾捐款数万元，赈济灾民，获清廷传谕嘉奖。

诗骚古意无空谷
厨及高名自远寰

——陈宝琛

【注】陈宝琛，光绪帝的老师。

◎ 赠新加坡张秀芳女士 ［新加坡］

秀丽多才尤善贾
芳华淑德且持家

——陈清能

◎ 赠新加坡张春好 ［新加坡］

春光焕发勤夫志
好景增荣教子心

——陈清能

◎ 赠新加坡张春国 ［新加坡］

春风报新暖
国华耐岁寒

——菲律宾瑞今

◎ 赠新加坡张济川 ［新加坡］

济世诗文传四海
川流曲调奏新声

——广东刘振威

【注】张济川，新加坡新声诗社社长，中华诗词学会理事。刘振威，广东省楹联学会副会长。

◎ 赠新加坡张德祥 ［新加坡］

德言立信成功宝
祥瑞增强赛世光

——陈清能

◎ 赠新加坡陈双美侄女 ［新加坡］

双手持家卅年，苦守承夫志
美名盛誉半世，辛劳教子贤

——陈清能

◎ 赠新加坡陈杏如侄女 ［新加坡］

杏坛桃李满天下
如桂腾芳艳世间

——陈清能

◎ 赠新加坡陈织云侄女 [新加坡]

织锦迴文情永固
云腾致雨福常临

——陈清能

◎ 赠新加坡陈树源 [新加坡]

树立楷模敦品格
源从系远守忠诚

——陈清能

◎ 赠新加坡陈莲花妹 [新加坡]

莲降人间清且丽
花开富贵寿而康

——陈清能

◎ 赠新加坡陈桂珍侄女 [新加坡]

桂馥兰香，玉树临风飚岛国
珍奇科技，专才播导振邦家

——陈清能

◎ 赠新加坡陈清能先生四副 [新加坡]

清风阵阵，吹绿桑梓
能者拳拳，映红家园

——邬梦兆

清仁清义称师表

能屈能伸大丈夫

——罗福源

清正鸿儒，星马侨胞同景仰
能修善举，骥山梓里共讴歌

——林永松

清风润世家常旺
能正扶华国自强

——陈海筹

◎ 赠新加坡林冰儿女士 [新加坡]

凡事能忍息瞋恨
逢逆不怒化祥和

——菲律宾瑞今

◎ 赠新加坡罗国本 [新加坡]

国家发展成功学
本性能移赛世方

——陈清能

◎ 赠新加坡罗钦鸿 [新加坡]

钦仰行慈培后进
鸿飞卓志励前程

——陈清能

◎ 赠罗敬云女士 [新加坡]

敬惜亲情，爱护家庭称母职

云开雾散，高超子女慰堂萱

——陈清能

◎ 赠新加坡周怀棠 [新加坡]

怀才拓展工商业
唐棣同栽富贵花

——陈清能

◎ 赠新加坡周慧敏 [新加坡]

慧明俭朴承慈训
敏捷玲珑畅父心

——陈清能

◎ 赠新加坡郑丽丽 [新加坡]

郑重慎言敦品德
丽姿淑慧好慈行

——陈清能

◎ 赠新加坡赵生财 [新加坡]

有宋以来称首姓
陶朱之后爱斯名

——福建沈庆生

◎ 赠新加坡洪慧玲 [新加坡]

慧质灵心心向上
玲珑耀目目清高

——陈清能

◎ 赠新加坡洪慧庭 [新加坡]

慧中秀外盈朝气
庭内堂前聚福星

——陈清能

◎ 赠新加坡姚嘉潭 [新加坡]

嘉松坚贞耐冰雪
潭水清澈照禅心

——菲律宾瑞今

◎ 赠新加坡唐世伟 [新加坡]

世风迈向成功路
伟业云蒸吉庆家

——陈清能

◎ 赠新加坡黄月娥 [新加坡]

月桂飘香凝瑞气
娥眉秀丽展容光

——陈清能

◎ 赠新加坡黄明辉 [新加坡]

明亮耀华堂，父母恩深似海
辉煌宏学院，讲师口若悬河

——陈清能

◎ 赠新加坡黄柏诚 [新加坡]

柏为树者寿
诚乃信之端

——香港余惠权

【注】余惠权,香港书法家,祖籍广东中山。

◎ 赠新加坡柔佛永平黄祖芳中医师 [新加坡]

祖德医名期永福
芬芳贾誉慰平生

——陈清能

◎ 赠新加坡黄德昭 [新加坡]

德性慈祥多幸福
昭明度量享遐龄

——陈清能

◎ 赠新加坡黄翠英 [新加坡]

翠柏苍松坚素志
英才赛世迈成功

——陈清能

◎ 赠新加坡萧肯肯 [新加坡]

肯节俭营谋致富
肯勤劳守信成功

——陈清能

◎ 赠新加坡符国山 [新加坡]

国富民强同建业
山清水秀卜安居

——陈清能

◎ 赠新加坡马六甲医学博士逸兴二副 [新加坡]

逸字喜称名,医国医民师国父
兴谋宏远利,护乡护校振邦家

——陈清能

逸才济世,医科三士声名著
兴国齐家,福庆满门气象新

——陈清能

◎ 赠新加坡彭亨劳勿朱志明陈韵琴西医生伉俪 [新加坡]

志作良医双拍档
明诊妙药统回春

——陈清能

◎ 赠新加坡道贤法师 [新加坡]

道心须坚定
贤慧明是非

——菲律宾瑞今

◎ 赠新加坡蔡惠芬女士 ［新加坡］

惠心存仁爱
芬兰吐幽香

——菲律宾瑞今

◎ 赠新加坡蔡博厚王玉霞贤伉俪二副 ［新加坡］

博识财经知应世
厚敦友义重志诚

——菲律宾瑞今

玉种蓝田出名弟
霞飞天际耀碧空

——菲律宾瑞今

◎ 赠新加坡慧敏仁者 ［新加坡］

慧眼善分别
敏思见如来

——菲律宾瑞今

◎ 赠新加坡潘丽英 ［新加坡］

丽质兰心忠赛世
英才卓志迈成功

——陈清能

◎ 王瑞璧自题 ［新加坡］

栽培桃李花千树

点缀河山笔一支

◎ 李冠汉述怀自题 ［印度尼西亚］

侨居四十年，梦寐常萦乡里事
虚度一花甲，思亲频忆旧时情

【注】李冠汉，印度尼西亚万隆侨团领袖。

◎ 黄乃裳自励 ［印度尼西亚］

专制已摧，大伸素抱
共和待建，何得安居

◎ 赠印度尼西亚杨松江 ［印度尼西亚］

一松悬峻岭
三江动洪澜

——福建郑沧浪

◎ 赠印度尼西亚苏怀和 ［印度尼西亚］

怀志兴成苏任乐
和风会聚普茶香

——云南黄桂枢

【注】苏怀和，印度尼西亚苏仕乐茶叶饮料集团总经理。

◎ 赠印度尼西亚华侨领袖张耀轩
[印度尼西亚]

顾我有怀贻远道
恁君回首念家山

——古直

【注】张耀轩，名鸿南，广东梅县松口人，与其兄张榕轩同为印尼华侨领袖，著名华侨实业家，以他俩为主兴建了中国近代史上第一条商办铁路——潮汕铁路。

◎ 赠印度尼西亚谢剑龙
[印度尼西亚]

剑气扬四海
龙文焕五洲

——福建郑沧浪

◎ 赠巴基斯坦蒙塔兹·艾哈默德·汗 [巴基斯坦]

数十年耕耘，结实累累
更几番晤别，留情悠悠

【注】蒙塔兹·艾哈默德·汗，拉合尔中巴友协秘书长。此联为华人题于其"中国之家"留言簿上的。

◎ 赠瑞典玛丽·安妮 [瑞典]

纪念木兰女
要学秦良玉

——冯玉祥

【注】玛丽·安妮，瑞典留法学生，与成都杨茂修在巴黎结识，1929年他们在上海结婚，后来做过抗日宣传和募捐。

◎ 赠俄罗斯巴劳夫（1896）
[俄罗斯]

行兹四德乃立天则
钦时五福乞用康年

——李鸿章

◎ 题英国外交大臣葛兰菲尔夫人册页 [英国]

户枢不蠹，流水不腐
克勤有功，自强弗窳

——曾纪泽

◎ 英国青年画家史伯蒂题画
[英国]

竹怜新雨后
山爱夕阳时

◎ 赠英国黄发兴、李水莲夫妇
[英国]

奋发图强，酬报娇妻情似水
兴家立业，得成美眷艳如莲

——香港杨瑞生

◎ **熊秉明书题** [法国]

　　形骸已与流年老
　　诗句犹争造化工

◎ **吴章桥自题四副** [法国]

　　随地随时皆学问
　　遇人遇鬼尽先生（1930）

　　闭目探寻宇宙真玄，鱼跃鸢飞皆为自
　　　然势力所宰制
　　开口评论古今人物，成功失败全与社
　　　会生活有关连（1945）

　　春夏秋冬四时努力
　　东南西北万众齐心（1967）

　　乡井悬壶，愧乏灵芝聊度日
　　海滨设帐，重开旧卷且安居（1968）

◎ **赠法国巴黎木忠（1989）** [法国]

　　木已成材，树立法国
　　忠于信实，饮誉华南
　　　　　　　　　　——定持

【注】定持（1921—1999），俗名陈金藏，生于广东，中国佛教协会常务理事，有"诗僧"之誉。

◎ **赠法国巴黎文同（1989）** [法国]

　　文采风流，蒸蒸日上

　　同舟共济，步步高升
　　　　　　　　　　——定持

◎ **赠法国巴黎史振茂（1989）** [法国]

　　振翼飞腾，前程似锦
　　茂公踏实，后顾无忧
　　　　　　　　　　——定持

◎ **赠法国巴黎仕明（1989）** [法国]

　　仕途不如商途好
　　明道终比暗道强
　　　　　　　　　　——定持

◎ **赠法国巴黎江秀文（1989）** [法国]

　　秀色堪称贤内助
　　文章何必是行家
　　　　　　　　　　——定持

◎ **赠法国安派·杜勒博士** [法国]

　　华夏平安，杜鹃怒放迎博士
　　专家气派，勒竹轻吟颂雅风
　　　　　　　　　　——云南黄桂枢

【注】安派·杜勒，法国人类学家，人类学研究博士。

◎ 赠法国诗人余智瑞 [法国]

五车书下，万两金前，相惜晚晴天，扬骚志笃虞天坠
塞纳河边，沙巴州畔，共怜垂老日，忧道心长叹日斜

——法国薛理茂

◎ 赠法国巴黎和焜（1989） [法国]

和顺成家从白手
焜明满地尽黄金

——定持

◎ 赠法国巴黎郑荣辉（1989） [法国]

荣耀巴黎，市场超级
辉煌各国，华裔增光

——定持

◎ 赠法国巴黎春花（1989） [法国]

春到西欧，缅怀祖国
花开异域，分外精神

——定持

◎ 赠法国巴黎胡荣林 [法国]

荣耀巴黎膺鼎盛
林逢时雨更菁华

——沈芳

◎ 赠法国巴黎钦湖（1989） [法国]

钦迟事业蒸蒸上
湖海财源滚滚来

——定持

◎ 赠法国巴黎桂兴（1989） [法国]

桂花自有飘香日
兴旺光临积善家

——定持

◎ 赠法国巴黎振松（1989） [法国]

振兴企业留声誉
松树经冬耐岁寒

——定持

◎ 赠法国巴黎振藩（1989） [法国]

振作祖国家风，重光华夏
藩衍金鱼后代，再现宫廷

——定持

◎ 赠法国巴黎海澄（1989） [法国]

海峡无门分上下

澄心握手可言欢

——定持

◎ 赠法国巴黎家利（1989）

[法国]

家庭以和合为贵
利路从宏通得来

——定持

◎ 赠法国巴黎健成（1989）

[法国]

健美身心能创造
成功事业在勤劳

——定持

◎ 赠法国巴黎基明（1989）

[法国]

基础坚强联海峡
明媚色彩映巴黎

——定持

◎ 赠法国巴黎黄赛吟（1989）

[法国]

赛对从来推谢女
吟诗原不让班姬

——定持

◎ 赠法国巴黎淑华（1989）

[法国]

淑女既能操胜券
华人自可立巴黎

——定持

◎ 赠法国巴黎楚娟（1989）

[法国]

楚楚衣冠临客座
娟娟夜月照华人

——定持

◎ 赠法国巴黎锡南（1989）

[法国]

锡福于仁仁且富
南山比寿寿无穷

——定持

◎ 赠法国巴黎锡彬（1989）

[法国]

锡尔不匮彰孝悌
彬然文质作芳型

——定持

◎ 赠法国巴黎锦桐（1989）

[法国]

锦心绣口为知己

桐叶梅花尽合时
——定持

◎ 赠法国薛理茂 [法国]

伟岸长城跃雨虹，新诗百首
岿然铁塔干星月，老酒三盅
——福建谢瑜

◎ 赠法国巴黎耀龙（1989）
[法国]

耀眼飞腾新世界
龙宫海藏散天香
——定持

◎ 朱一琴书题三副 [西班牙]

风轻松影动
语笑日光斜

一窗灯火无眠意
万里乡园总蕴情

地中海中鸥戏水
山外楼外客盈门

◎ 赠原南斯拉夫大卫·特克博士
[南斯拉夫]

大千世界，卫理探研交国际
特两都城，克期聚今望烟波
——黄桂枢

【注】大卫·特克，原南斯拉夫马利博大学教授。

◎ 刘玉麟自题 [南非]

天下无事不可为，只凭一腔热血
匹夫有责皆当尽，何爱七尺顽躯

【注】刘玉麟，清代外交官，此联写于南非开普敦。

◎ 赠南非纪元铎 [南非]

元帅功业，威风何日醉
铎将声名，气概今朝醒
——沈芳

【注】纪元铎，原国民党老将军，在南非安度晚年。

◎ 梁羽生自题二副 [澳大利亚]

每天读好书，乃真乐趣
此地有良伴，大可神交

散木樗材，笑看云霄飘一羽
人闲境异，曾经沧海慨平生

◎ 赠澳大利亚邓逸民 [澳大利亚]

逸士诗文称澳地
民风奋俭聚桃源
——陈清能

◎ 赠澳大利亚陈耀南 [澳大利亚]

教无类，一若志，传薪道耀
授有方，齐百家，走北图南

——梁羽生

◎ 赠澳大利亚欧初 [澳大利亚]

英雄本色
文采风流

——唐向明

【注】唐向明，澳洲中山同乡会首任副会长。

◎ 赠澳大利亚赵大钝 [澳大利亚]

大材小用宜多用
钝剑无锋胜有锋

——香港杨瑞生

◎ 赠澳大利亚梁羽生二副 [澳大利亚]

羽扇纶巾龙高卧
生花妙笔侠长留

——香港杨瑞生

文翻北海，笔泄西江，羽扇纶巾萍踪现
统览无俦，思潮不绝，生花妙笔侠影留

——香港杨瑞生

◎ 赠澳大利亚盛福宗 [澳大利亚]

盛名迩享寮棉越
福禄遐扬市镇邦

——陈清能

【注】盛福宗，澳洲悉尼越棉寮三国联谊会会长。

◎ 赠加拿大伟业、丽芬伉俪 [加拿大]

伟业恒神耀
丽文有圣芬

——陈耀南

◎ 赠加拿大阮五湖 [加拿大]

五岭诞人才，忆当年建校倾心，望切故园桃李盛
湖山留雅客，欣此日吟鞭遥指，宏扬祖国墨书香

——广东阮桂荣

◎ 赠加拿大李安求 [加拿大]

枫叶嫣红，人比菊梅犹自得
庭园翠绿，健如松柏更安求

——香港杨瑞生

◎ 赠加拿大温伟耀二副 [加拿大]

伟伦谠言，评议国人恨亦爱
耀长弃短，更新文化谨而诚
　　　　　　　　　——刘能松

伟业乐宣真主道
耀文喜播圣神音
　　　　　　　　　——陈耀南

◎ 于培智甲骨文书题（2002）[美国]

莫教春风美日去
至好风雨故人来

◎ 王已千书题 [美国]

根深则果茂
源远而流长

◎ 何仲贤集句六副 [美国]

天涯何处无芳草（苏轼）
泉路凭谁说断肠（陆游）
【注】何仲贤，旧金山中医。

惊残好梦无寻处（冯延巳）
心怯空房不忍归（王维）

酒意诗情谁与共（李清照）
琴边衾里两无缘（《红楼梦》）

曾经沧海难为水（元稹）
错勘贤愚枉做天（关汉卿）

家住层城临汉苑（皇甫冉）
心随东棹忆华年（鲁迅）

玉玺不缘归日角（李商隐）
蓝桥何处觅云英（苏轼）

◎ 张充和自题 [美国]

十分冷淡存知己
一曲微茫度此生

◎ 陈煜钧题联 [美国]

贞石经万载
轻舆历八荒

◎ 徐云叔书题 [美国]

乳燕飞华屋
缺月挂疏桐

◎ 潘力生自题 [美国]

大力助人为乐
一生敦厚传家

◎ 魏乐唐集甲骨文书题 [美国]

林下采桑杞
室中贮尊彝

◎ 赠美国方宇 [美国]

方圆合度
宇宙洪荒

——老舍

【注】方宇，美国耶鲁大学教授。老舍1946年访问耶鲁大学时题。

◎ 赠美国田长霖 [美国]

长流源远，天生睿智，精机械、专热导、善行政、重研究，百岁才五旬，竟成学验兼优，栋梁伟抱且其为人忠诚敬敏，谦和有容，尤为亚裔扬文采

霖泽化溥，力学英贤，始副教、晋教授、登副长、升校长，卅年如一日，卒致功勋俱显，桃李齐芳而校董会慎选善信，公正无私，更使美邦耀教辉

——台湾刘绍唐

【注】田长霖，美国旧金山柏克莱加州大学校长。刘绍唐，台湾《传记文学》月刊发行人。

◎ 赠美国檀香山任友梅 [美国]

古称岁寒三友
今赞春暖一梅

——河北张月中

◎ 赠美籍华人杨振宁二副 [美国]

每饭勿忘亲爱永
有生应感国恩宏

——杨武之

【注】杨武之，诺贝尔物理学奖获得者杨振宁之父，此联题于1927年杨氏家人在日内瓦团聚照片。

振古如兹精物理
宁静致远享人生

——香港杨瑞生

◎ 赠美国里根 [美国]

功勋雄一代
事业耀千秋

——潘力生

◎ 赠美国旧金山书画家吴百如 [美国]

百川汇海为朱墨
如练垂天作紫毫

——美国张家修

◎ 赠美国田石中学联 [美国]

跨越重洋，春田播绿
传承国学，柱石擎天

——南京温洁

◎ 赠美国陈梦因先生 [美国]

梦幻成真，民族苏醒
因时致利，国家富强

——陈清能

◎ 赠美国林建智、张虹夫妇 [美国]

建业喜成家，智慧超人兼孝道
张灯还结彩，虹霓夺目更威风

——香港杨瑞生

◎ 赠美国陈香梅女士三副 [美国]

香放千春永
梅开万户欢

——潘力生

香凝大地人皆暖
梅放千山草亦春

——湖北白雉山

香馨政界，寰球知冷暖
梅发文坛，椽笔竞芬芳

——方克逸

【注】陈香梅（1925—2018），华侨领袖，社会活动家，美国国际合作委员会主席。

◎ 赠美国周策纵 [美国]

万里惠心传，字字关情关妙对
五洲纵笔会，丝丝入篐入佳联

——赵云峰

【注】周策纵，美国波士顿威斯康星大学教授。赵云峰，山西人，诗人、楹联家，"联坛十老"之一。

◎ 赠美国钟焕成 [美国]

青春焕彩光高第
异国成名耀大邦

——彭江流

◎ 赠美国娄杨丹桂 [美国]

丹心总系神州地
桂月常思普茗乡

——云南黄桂枢

【注】娄杨丹桂，美籍华人，美国加州《纳西通讯》主编。

◎ 赠美籍华人黄仕楷（1991）[美国]

仕宦当须论格物
楷模着重展宏图

——定持

◎ 赠美籍华人黄国祥（1991）[美国]

国安招致人文聚
祥瑞皆从和气来

——定持

◎ **赠美国覃子豪** ［美国］

白雪阳春宜佐酒
风流云彩好歌诗

——彭邦桢

【注】彭邦桢，美国纽约"世界诗人资料中心"主席，美籍华人学者。

◎ **赠美国慕德·陆塞尔** ［美国］

为人类平等
作中国良朋

——冯玉祥（1948）

◎ **赠美籍华人潘力生** ［美国］

力谱华章文作胆
生逢盛世海为家

——湖北白雉山

◎ **赠美国潘力生、成应求伉俪**
　　　　　　　　　　　［美国］

纽系五洲情，联架心桥，潘老妙对闻天下
约通四海意，赋成雅社，女才佳诗咏古今

——云南黄桂枢

◎ **赠美国梅振才二副** ［美国］

振故乡雄魄
展华夏英才

——北京谷向阳

【注】梅振才，美国纽约诗词学会会长，北京大学美东校友会会长。

梅不争春即君子
人常振业是通才

——北京谷向阳

◎ **赠美国周荣** ［美国］

周全礼义方称雅
荣耀诗联总是情

——北京谷向阳

【注】周荣，美国纽约四海诗社社长。

◎ **赠美国谭克平** ［美国］

克中多蕴雅
平里尽藏奇

——北京谷向阳

【注】谭克平，美国纽约老诗人。

◎ **赠美国李德儒** ［美国］

德馨开锦绣
儒雅尽风流

——北京谷向阳

【注】李德儒，美国纽约诗词学会副会长，网文平台《新秀锻炼场》版主。

◎ **赠美国蔡可风** ［美国］

可登绝顶观沧海

当破群书唱大风
　　　　　　——北京谷向阳

【注】蔡可风，美国政府公务员。

◎ 赠美国海鸥女士 [美国]

海纳百川壮怀抱
鸥翔万里觅诗花
　　　　　　——北京谷向阳

【注】海鸥，美国华文作家。

◎ 赠美国梁颖小姐 [美国]

颖睿纵谈天下事

欣然洞彻古今情
　　　　　　——北京谷向阳

【注】梁颖，《世界日报》记者。

◎ 赠美国纽约诗词学会和侨居纽约的华人诗友联友 [美国]

华裔尽豪情，诗坛常簇千丛锦
苹城多雅士，联苑又开一代风
　　　　　　——北京谷向阳

杂题

上编　远传篇

◎ 清代应对

皂英倒垂千锭墨（朝鲜国王出句）
芭蕉斜卷一封书（清使华鸿山对句）

◎ 对句

春宵风月，月添花色，风送花香香生色，色生香，香香色色满春宵，相思客兴相思客
——康熙皇帝（出句）

松院竹梅，梅生玉叶，竹化玉枝枝比叶，叶比枝，枝枝叶叶连松院，有情人识有情人
——高丽使臣对句

夏日琴诗，诗富我情，琴和我性性爱情，情爱性，性性情情娱夏日，知音人识知音人
——越南阮登道对句

【注】1687年康熙皇帝出上联，请各国使臣对下联，此为高丽使臣和越南使臣阮登道（1651—1719）所对。

◎ 驻英法大使馆

濡耳染目，靡丽纷华，慎勿忘先贤俭以养廉之训
参前倚衡，忠信笃敬，庶可行圣人存而不论之邦
——曾纪泽

【注】曾纪泽，曾国藩长子，曾为驻英使馆公使。

◎ 居室联 ［韩国］

秋月春风诗准备
旅愁羁思酒消磨

◎ 扇联 ［日本］

天莫空勾践
时非无范蠡

◎ 泗水象棋义赛 ［菲律宾］

来经菲岛，去往星洲，救济望同胞，无数灾黎哀此役
三婿从军，两儿投笔，宣传征末艺，百年奇耻雪今时
——谢侠逊

【注】1938年，爱国侨胞举行象棋循环义赛筹款。

◎ 锦亭万有公派下祖屋

万福盈门光祖德
有财润屋起孙贤
——菲律宾瑞今

◎ 华人艺术展 ［菲律宾］

中华崛起芳邻萃
菲岛新兴列国荣
——山西郭华荣

◎ 赞中巴、中泰友好 ［巴基斯坦］

中巴全天候
华泰一家亲

——山西郭华荣

【注】中巴，中国和巴基斯坦；华泰，中国和泰国。

◎ 康熙越南贡品表文 ［越南］

异域之勺水蹄涔，原属天家雨露
外邦之凡泥尺土，不过中国飞埃

◎ 范师孟对句 ［越南］

卫灵公使公冶长祭泰伯于乡党中，先进里仁舞八佾
梁惠王命公孙丑请滕文于离楼上，尽心告子读万章

【注】14世纪，越南陈朝范师孟出使中国时，有人用《论语》中篇名联成上联要范师孟对，范不假思索地用《孟子》中的篇名对出下联。

◎ 异形对联 ［越南］

四时春在首
五福寿为先

【注】这是一副由花、鸟、花瓶组"字"而成的对联。

◎ 仰光九文台基督铜像 ［缅甸］

主尚仁慈，捐金躯于十字架
公犹慷慨，立铜像在九文台

——陈敷仁

【注】陈敷仁，旅缅华人，《仰光日报》经理。

◎ 谜会 ［泰国］

萃四海精英，人来佛国
商千秋隐语，心向神州

【注】1993年2月初，泰国首都曼谷潮州会馆举办泰华谜会，世界各地谜家数十人到会切磋。

◎ 赞马来西亚森美兰州（九州府）二副 ［马来西亚］

九州文化多生色
金马华人且尽欢

——陈清能

华裔苦寻根，大马腾欢文化节
龙马齐竞渡，九州勿忘拓荒人

——陈清能

◎ 《图南日报》1904年月份牌 ［新加坡］

忍令上国衣冠沦于涂炭
相率中原豪杰还我河山

◎ 象棋义赛 [新加坡]

马来战山河，士饱马腾，正是群龙聚首地
星洲森壁垒，天高气爽，应将阴象砺心兵

——谢侠逊

◎ 陈清能巧对 [新加坡]

虹桥县，虹桥区，虹桥宾馆虹桥路
上海城，上海市，上海豫园上海滩

◎ 题印度尼西亚万隆棋赛场 [印度尼西亚]

由岷江重到隆中，数局谱灾情，那堪水火惊心，亿万流离常痛哭
向狮屿前趋眉上，一枰传战讯，只望侨胞努力，满盘胜利可操持

——谢侠逊

【注】联题于1938年夏，作者赴万隆参赛时，赛场所悬挂的楹联。

◎ 题印度家居二副 [印度]

世代不忘祖德
永远怀念故园

传家惟旧德
承业启新猷

◎ 赞德国菡骈堡 [德国]

菡无浓妆，却闻醇厚芳馨沁肺腑
骈有重彩，且听和鸣琴瑟润心田

——叶伯民

◎ 吴章桥巧对六副 [法国]

重瞳思舜帝
四乳忆文王

莲叶叠参差，犹见白鸥同出没
菊花开灿烂，好携绿蚁共盘桓

跑马场中猜马跑
行人路上看人行

海水水深河水浅
沟泉泉浊涧泉清

烟锁池塘柳
灯沿铁塔栏

国华酒家，设华筵论国学，杯酒联吟，且喜文章华国
年丰茶室，值丰收谈年节，壶茶共话，同庆黍稷丰年

◎ 花生酥饼广告对联 [法国]

香脆新鲜芝麻酥饼
巢皮净肉南乳花生

——吴章桥

【注】巴黎华侨陈檀，字香巢，专制南乳花生，拟兼制酥饼，包装纸上印小照及对联。

◎ 第二次世界大战博物馆画像

乔木发千枝,岂非一本
长江流万里,总是同源

【注】四楼用了整幅墙壁,绘制了华侨王氏始祖的画像。其人名叫王立茂。画像左右配有对联。

◎ 高速公路牌坊 ［加纳］

背靠祖国,植根非洲,追赶世界
文化先行,义利兼顾,互助双赢

◎ 颂亲情来往（1988）
　　　　　　　　　　［澳大利亚］

夹岸龙人亲往返
离巢燕子喜归来
　　　　　　　——澳大利亚唐向明

◎ 赠新西兰华裔青年篮球队
　　　　　　　　　　［新西兰］

再磋球艺湛
重话友情殷

【注】1996年10月,新西兰华裔青年篮球队第二次访华时题。

◎ 纽约祭孔会场 ［美国］

泗水文章昭日月,祖述尧舜,宪章文武
杏坛礼乐冠华夷,德参天地,道贯古今
　　　　　　　　　　　　——潘力生

◎《纽约时报》广告联

谴责日本篡改历史
声讨裕仁战争罪行

【注】此为海外华人所登广告上的对联,傅运筹设计。

◎ "国家元首及抗日将领书画展览"五副 ［秘鲁］

要想着收咱失地
别忘了还我河山
　　　　　　　　　　　　——冯玉祥

【注】1939年,秘鲁"旅秘华侨抗日筹饷总会"中山隆镇隆善社举办。

一心爱国
众志成城
　　　　　　　　　　　　——白崇禧

挥戈逐落日
拔剑斩楼兰
　　　　　　　　　　　　——居正

伯仲之间见伊吕
指挥若定失萧曹
　　　　　　　　　　　　——孙科

破釜沉舟,有进无退
卧薪尝胆,反败为功
　　　　　　　　　　　　——熊式辉

名胜

下编　交流篇

◎ 北京人民大会堂

一柱擎东亚
群星拱北辰

——美国潘力生

◎ 江苏全椒吴敬梓纪念馆

磊落欹奇，胸次千寻凌华泰
嬉戏怒骂，人间百态焕文章

——美国潘力生

◎ 江苏苏州抱绿渔庄

塔影在波，山光接屋
画船人语，晓市花声

——（犹太人）德华

◎ 福建安南九日山牌坊二副

金鸡唱日
紫帽腾云

——新加坡潘受

【注】金鸡，指金鸡桥。紫帽，山名。

唐山晋水
宋舶元舟

——新加坡潘受

◎ 福建蓬岛天柱山天柱岩（1985）

俯仰莫忧天，此地分明天有柱
登临还望海，何时清晏海无波

——新加坡潘受

【注】山在福建安南、永春交界处，天柱岩始建于宋，1985年印尼高僧圣忠法师捐巨资重修。

◎ 南昌滕王阁三副

赣水正湍流，武纬文经，八百里湖山，统帅江南图画
洪都多胜概，云蒸霞涌，两千年灵气，尽归阁里风光

——美国刘润常

高阁此登临，数历代名贤，领千载风骚，地灵人杰，云开五岭，美尽东南，须知远海波扬，犹羡唱晚渔舟，气腾彭泽
匡庐遥在望，阅古今兴替，纪百年功过，秋去春来，脉络三江，光辉寰宇，赢得群伦景仰，长忆阳明白鹿，道贯九州

——美国刘润常

落霞孤鹜，秋水长天，目极烟波，河山依然如血，感人物风流，转瞬寂寞成千古
杰阁飞檐，雕梁丽栋，景收吴楚，气势无比之雄，数江南名胜，应推恢奇第一楼

——新加坡刘君量

◎ 济南大明湖

柳叶荷花北极阁
湖光山色水中泉

——美国潘力生

◎ 济南李清照纪念馆

清词穿漱玉
倩影瘦黄花

——美国潘力生

◎ 黄河碑林

中华浩气
大汉天声

——马来西亚任雨农

【注】任雨农，作家。

◎ 河南新郑轩辕黄帝故里

轩辕智慧冠天地
大汉文明灿古今

——马来西亚任雨农

◎ 武昌黄鹤楼

异代景前贤，一炷心香怀往哲
新楼还旧貌，百年大计看今朝

——美国潘力生

◎ 武昌白云阁

广宇庆安澜，又南楼百尺摩霄，白纻清歌，休更唱芦叶寒沙、桂花载酒
晴川穷远目，正极浦千堆卷雪，云帆沧海，凭认取高梧引凤、大泽翔龙

——美国潘力生

◎ 湖北宜昌葛洲坝

一座平湖屏巨坝
万家灯火照人间

——美国潘力生

◎ 长沙天心公园四副

灵毓潇湘，卅六湾碧水湍流，光照繁星萦杰阁
天钟南国，七二峰彩霞飞渡，苍茫瑞气涌长沙

——美国刘润常

古阁阅兴亡，萧王沐血，文夕焚城，历乱阊兵氛，火烈水深，谁救苍生疾苦
天心怀大德，孔圣居仁，子舆说义，精诚贯日月，山钟灵毓，希培济世雄才

——美国刘润常

高阁问天心,看五岭南来,邀衡岳以汇星沙,揽八百里洞庭,翘楚风云声势在

名城扬宇内,领三湘北进,会长江而融大海,兴五千年古国,折衡尊俎霸图间

——美国刘润常

郡辟两千年前,慨屈子骚歌,贾生策赋,朱张理学,黄蔡功勋,史迹竞辉煌,高阁低吟怀圣哲

我来四万里外,正潇湘雨霁,衡岳云开,铜渚流清,麓峰耸翠,星沙昭日月,远山长啸仰天心

——美国刘润常

◎ **长沙岳麓山**

春风临岳麓
明月照潇湘（云麓宫）

——美国潘力生

◎ **长沙岳麓书院二副**

学府仰高风,华夏菁英,远怀互励匡时道

岳云消俗虑,湖湘子弟,素质常萦立国基

——美国刘润常

淡泊中潜心读书,谷鸟山花,都觉和声添趣

平实里憧憬事业,枫风萝月,依然时景生情

——美国刘润常

◎ **长沙岳麓公园三副**

回雁峙长空,望湘水春云,胜日烟波送芳讯

岳峰观大地,喜洞庭秋月,良宵樽酒振文风

——美国刘润常

山中几阅古今秋,在此三楚名都,放眼可雄新世界

桥上且看尘务客,历尽五洲胜迹,回头尤爱故乡邦

——美国刘润常

望云开岳麓,胜景天然,潇湘风物无边,山外青山,地灵人杰

看波逝洞庭,峰连盘谷,爱晚月华生色,水中秀水,日久天长

——美国刘润常

◎ **湖南岳阳楼七副**

云腾巫峡,雨霁潇湘,晖阴气象乾坤色

水阔洞庭，峰高衡岳，壮丽湖山天
　　下雄
　　　　　　　　　　——美国刘润常

身羁海外，心系华湘，午夜梦回云
　　梦泽
月出江平，神萦故国，三更庭映洞
　　庭辉
　　　　　　　　　　——美国刘润常

洞庭水连天，气吞云梦九州，风雨攸
　　关天下计
岳阳楼上月，光照岳衡五岭，婵娟遥
　　系万方情
　　　　　　　　　　——美国刘润常

瀛海久栖迟，遥想秋色平湖，去国怀
　　乡常入梦
神州兴大业，寄语骚人过客，先忧后
　　乐要关情
　　　　　　　　　　——美国潘力生

亭千古，坊千古，点将台前发思古幽
　　情，都督阅军千古迹
风一楼，月一楼，岳阳楼上陈满楼文
　　采，知州韵事一楼传
　　　　　　　　　　——美国刘润常

三峡啼猿，衡阳归雁，湘潭映月，云
　　梦飞霞，八百里浩瀚烟波，天启

洞庭容万水
吕仙醉酒，鲁肃将兵，杜老题诗，希
　　文撰记，两千年风流余韵，灵毓
　　岳阳第一楼
　　　　　　　　　　——美国刘润常

范仲淹实在聪明，随便说几句先忧后
　　乐的常言，竟赢来声华似玉，留
　　名千古，可称为真正巧士
吕纯阳太过差劲，着意饮三回似淡或
　　浓的老酒，便弄到烂醉如泥，见
　　笑大方，这还算什么神仙
　　　　　　　　　　——美国刘润常

◎ **湖南桑植贺龙铜像**

巨像耸云霄，雄风宛在
英魂归闾里，浩气长存
　　　　　　　　　　——美国潘力生

◎ **湖南慈利索溪峪**

一江绿水成仙境
万仞高峰镇楚疆
　　　　　　　　　　——美国潘力生

◎ **湖南张家界**

石柱参天，同桂林似无二致

云涛漫地，比黄山略胜一筹
　　　　　　　——美国潘力生

◎ 重庆市博物馆

美洲春色，欧陆浮光，域外人情曾领略
石上清泉，山间明月，故乡风物好流连
　　　　　　　——美国潘力生

◎ 四川江油李白纪念馆

古今尊国士
中外仰诗仙
　　　　　　　——美国潘力生

◎ 西安博物馆

芳草天涯秦汉景
危楼眼底宋元诗
　　　　　　　——美国潘力生

祠庙、佛寺、团体行业、节庆

下编　交流篇

（祠庙）

◎ 福建晋江东石帝君宫

神医妙术，德感帝后
天心春暖，泽惠苍生

——菲律宾瑞今

◎ 长沙左宗棠祠

一联光渌水
百战定天山

——美国潘力生

（佛寺）

◎ 北京广化寺

道场遍十方，无人无我
佛法超三界，非色非空（大雄宝殿）

——新加坡陈志成

◎ 福建晋江东石龙江寺

龙宫搜秘藏，法雨遍洒大千界
江水浮明月，金身普现群生前

——菲律宾瑞今

◎ 福建晋江东石竺世庵四副

三百年前，咸称古佛圣地
廿世纪后，重建旧寺新貌

——菲律宾瑞今

佛法无边，广度生灵脱苦海
人生有限，勤修净业登乐邦

——菲律宾瑞今

竺法摩腾，携经像传入震旦
世亲马鸣，阐义乘丕振西乾

——菲律宾瑞今

佛现慈容，身坐金莲，礼敬者福慧增长
钟发清响，声震太虚，听闻之尘劳顿消

——菲律宾瑞今

◎ 福建泉州天莲堂二副

天心圆明，消尽尘缘成正觉
莲华甘露，滋养性灵存元神

——菲律宾瑞今

天朗气清，慧日普照，国运隆盛
莲香叶绿，和风送暖，民生乐利

——菲律宾瑞今

◎ 福建泉州百源铜佛寺二副

百源川池，汇聚众流归一派
铜佛古寺，历经几代复重兴
　　　　　　　　——菲律宾瑞今

铜铸古佛，文化遗珍，国家重视保护
百源胜迹，宗教圣地，民众虔诚尊崇
　　　　　　　　——菲律宾瑞今

◎ 福建泉州宿燕寺二副

大慈施甘霖，民物丰国基永固
悲愿救苦难，干戈息世界和平
　　　　　　　　（大悲殿）
　　　　　　　　——菲律宾瑞今

众生心水若清净
菩萨影相即现前（观音菩萨龛）
　　　　　　　　——菲律宾瑞今

◎ 福建漳州南山寺

佛陀说真经，四十九年具度生悲愿
贝叶翻华语，六千余卷皆济世金言
　　　　　　　　（法堂）
　　　　　　　　——菲律宾瑞今

钟鼓齐鸣，人天群集说法座
圣教演畅，花雨纷飞讲经堂
　　　　　　　　——菲律宾瑞今

◎ 福建漳浦兴教寺

兴崇佛法，行菩萨道
教化群生，入解脱门
　　　　　　　　——菲律宾瑞今

◎ 福建漳浦圣灵寺

圣人施教，四海仰止
灵山说法，八部皈依
　　　　　　　　——菲律宾瑞今

◎ 福建漳浦高山寺

高悬佛灯，光照人性纯洁尊严
山涌甘露，洗涤世间烦恼尘劳
　　　　　　　　——菲律宾瑞今

◎ 福建漳浦金刚寺

金粟如来施教化
刚强众生知回头
　　　　　　　　——菲律宾瑞今

◎ 福建南安大慈林

杨子山冈钟秀灵，开创选佛圣地
大慈禅林宣妙法，承继先人道风
　　　　　　　　——菲律宾瑞今

◎ 福建南安雪峰寺

一弯溪水绕亭下

五个僧头拜佛前（五僧亭）

——菲律宾瑞今

◎ 四川峨眉山报国寺

风和花织地
云净月满天

——朝鲜保光法师

◎ 香港慈音莲社

慈光普照，三千大千世界
音声遍闻，无量无数众生

——菲律宾瑞今

（团体、行业）

◎ 中国《对联·民间对联故事》杂志

革命精神千秋不易
越中友谊万古长青

——越南黄文欢

◎ 香港中文大学（1976）

中华好大
文字为学

——美国杨联陞

◎ 广东佛山石湾陶瓷厂

一粒粟中藏世界
半升锅内煮山川

——日本风度青海

◎ 姚美良先生在香港与大陆创设永芳化妆品厂三副

永护颜容长健美
芳华产品质优良

——新加坡陈清能

美誉慈行扬祖国
良言典范勖青年

——新加坡陈清能

森林乔木宗枝发
良德纯心孝悌先

——新加坡陈清能

（节庆）

◎ 春联（1995）

海峡风平春意闹
骚坛雨歇钵声频

——美国李骏发

【注】李骏发，时任美国纽约四海诗社社长，此联寄山西临汾市文联主席桑道之。

恭贺

下编　交流篇

◎ 贺康熙寿

河清适际千年一
嵩寿齐呼万岁三

——朝鲜使臣

◎ 贺李鸿章七十寿

俾炽俾昌，寿兼福禄
克和克慎，望重华夷

——边锡运

【注】边锡运，时任朝鲜通训大夫督理通商事务。

◎ 贺黄遵宪人境庐重修落成

人境结庐，诗崇口语，溯自唐宋以来，独开异彩
星洲驻节，力振文风，即今海天翘望，犹感有荣

——新加坡胡浪曼

◎ 抗美援朝空战祝捷会

穿紫云金霞，双双银翼高飞，白鹞鹰抛下碧眼佬（朝鲜人民军一指挥员出句）
保蓝天绿海，尊尊土炮发射，黑老鸦翘起红尾巴（中国人民志愿军一文书对句）

◎ 贺中国楹联学会成立（1984）

沧海巫云原有对
落花归燕总相联

——周策纵

【注】周策纵，美籍华人，著名诗人。

◎ 贺福建省楹联学会成立

蓝溪楹苑开先路
闽海联坛展壮图

——新加坡王瑞璧

◎ 贺中国黄梅国际楹联文化节六副（2005）

如许两行文字
宛若一朵奇葩

——英国茉莉莎·福来

中国楹联荣赤县
楚乡文化艳黄梅

——美国彭晚轩

黄梅小县昌国粹
世界大家蕴和风

——美国劳伦斯

感谢黄梅邀远客
仅呈拙作表微忱

——英国阮传风

中国楹联五洲一绝
黄梅文化四海无双
　　　　　　——加拿大麦科特桂

光青史源远流长，媲汉赋唐诗、宋词元曲，谁不情钟国粹常称道
□红尘根深叶茂，遍东瀛南亚、北美西欧，人皆心悦世珍频点头
　　　　　　——韩国金喜健

◎ 贺《中国楹联家》创刊（2012）

联肩高咏古今意
家国远播金石声
　　　　　　——张家修

【注】张家修，美国华夏楹联学会会长。

◎ 贺南岳楹联学会学术研讨会（1998）

朱子文光迷墨客
潭阳景物醉骚人
　　　　　　——菲律宾许福源

◎ 贺张过从艺五十年（1997）

大志高张，泼墨飞书常有劲
平生淡过，挥毫煮酒总无差
　　　　　　——马来西亚林声耀

【注】张过，楹联艺术家，曾任中国楹联学会副会长。

◎ 贺广东梅县诗社"梅风"诗报三副

梅水梅山饶画意
风光风土富诗情

梅花故国传春讯
风月程乡策客怀

梅州四化开新运
风月双情忆故乡
　　　　　　——泰国黄乃达

◎ 贺广东大埔进光中学新校落成

闻得书香心自悦
深于画理品能高
　　　　　　——萧畹香

【注】萧畹香，马来西亚著名实业家、教育家、慈善家。原籍广东大埔。一向热爱家乡，进光中学是其捐款重新建成。萧先生是梅州市荣誉市民。

◎ 贺林湘和梅倩伉俪大埔湖寮大厦落成二副

湘江一品称名笔
梅阁三多喜满门
　　　　　　——新加坡陈清能

梅花沾化雨
园圃沐春风
　　　　　　——新加坡陈清能

◎ 贺大埔乡讯创刊三周年

大光仁德,礼敦风教,三载讴歌和雅兴

埔讯联情,文汇乡谊,八方传播送佳音

——李德威

悼念

下编　交流篇

◎ 挽何嗣焜（1901）

公不在廿世纪中，虽国家将兴，定少许多伟业
我自来三万里外，有朋友之丧，从无如此伤心

——美国福开森

【注】何嗣焜，字眉孙，江苏武进人，南洋公学总理。福开森，美国传教士，北洋政府总统顾问，曾协助盛宣怀办高等工业学堂（南洋公学）。

◎ 挽吴汝纶（1903）

六十老翁，毅然赴大海遨游，学界破天荒，为支那教育，独开生面
二百年来，默然数南州物望，耆儒世不出，桐城古文派，更属一人

——日本早川东明

【注】吴汝纶，诗人，教育家。早川东明，曾在安徽桐城学堂执教。

◎ 挽孙中山一百七十一副

革命先生万古
中华民国一人

——日本东京华侨联合会追悼大会

勋业昭垂同日月
英灵不昧寿山河

——东亚兴业会社橘三郎

河岳无灵，大好神州谁作主
日星上陨，凡为黄族总伤情

——日本青岛海事协会

英雄已长逝，惜人才何分畛域
昊天之不吊，叹中华失此干城

——日本青岛日日新闻社

民族民生民权主张，未使身前酬志愿
同种同族同声一哭，不分国界吊英雄

——日本大阪朝日新闻社青岛支局

同文同种，望切同荣，方欣无间中东，衽席同登称至乐
至德至仁，功追至圣，孰意遽颓山斗，冠裳至此哭同声

——堀内谦介

【注】堀内谦介（1886—?），时任日本驻青岛总领事。

当代推革命家，牺牲福利，拥护民权，誓扫欃枪成净土
先生为医国手，展翼西南，归功直北，长留仪范在人间

——坂西利八郎

【注】坂西利八郎（1870—1950），曾任北洋政府军事顾问。

烟雨凄迷，东海有人凝血泪
音容寂寞，黄河流水是哀声

——铃木格三郎

【注】铃木格三郎，日本驻青岛的日本商业会所副会长。

世事已无常，此日归休碧云寺
音容何处觅，他年凭吊紫金山
　　　　　　——日本广濑顺大郎

公实革命家，赤手创民国
吾是居留者，拊膺吊伟人
　　　　　　——日本小林象平

是世界大英雄，创革命殊勋，三民五权，继志惟望后起
为东亚惜人杰，慨万方多难，山颓木朽，伤心同哭先生
　　　　　　——白岩龙平

【注】白岩龙平，日本实业家，曾任大东汽船合资会社发起人。

亚洲列宁又逝，惊震全球呈惨色
汉族明星遽陨，仅降半旗致哀忱
　　　　　　——日本市川信

【注】市川信，曾任日本驻湖北沙市领事代理。

爱之欲其生，恶之欲其死，爱恶何关怀，但期主义实行，不问生死
成则尽人是，败则尽人非，成败奚足较，直到盖棺定论，自有是非
　　　　——国民党日本东京支部执行委员会

积一生革命精神，艰难备极，那不令世界被压迫民族同声齐哭
仅百字临终遗嘱，热烈异常，还期许国际不平等条约努力废除
　　——中华留日学生废除不平等条约同盟会

造物何无情，长城顿失，忆只身革命，万众前驱，允矣哲人，家国为之一恸
大志犹未竟，后起是谁，创三民论治，五权诠法，大哉主义，先生自有千秋
　　　　——中华留日直隶学生同乡会

大名垂宇宙，勋业炳日星，存殁讴歌，先生可谓不死
主义建国家，良知觉后进，斯人天丧，吾辈其谁与归
　　　　——中华留日黑龙江学生同乡会

倾覆清社，复兴中原，显赫功勋，百粤斗山谁后继
甫入都门，顿归天国，凄怆血泪，万方风雨哭先生
　　　　——中华留日广东四邑同乡会

坚忍卓绝精神，千秋不灭
坦白诚挚人格，万世可风
　　　　——中华留日绥远学生同乡会

才为世出，世亦需才，可怜二竖无情，伟略未抒身遽殒
知难行易，行可辅知，只此八言永在，英灵堪与日争光
　　　　——中华留日广东公费生同人

数十年血雨腥风，不辞艰苦，才推翻专制，创造共和，奋斗半世纪，叹军阀犹存，恨到仙府难瞑目
四百州馨香俎豆，怎慰英灵，唯拥护

三民，更新五权，纵横九万里，倘革命可成，魂归天上始安心
——中华留日东京高等师范学院校友会

尧舜行而未能言，孔孟言而未能行，先生又言又行，虽死未死
民族弱矣不得强，国本强矣不得弱，世界有强有弱，应平不平
——中华留日明大校友会

屈指数完人，忧国忧民谁与并
伤心逢乱世，劳神劳力亦徒然
——中华留日东京高等师范学院湖南同人

革心革命，弥留几行语，剧怜赍志以终，使五权三民空成理想
医国医人，奔走数十年，遗恨全功未竟，合中原海外共哭元勋
——中华留日千叶医专同窗会

四十年奋斗不渝，先生之爱国精神，当与三民五权永垂不朽
八千里噩耗惊传，吾侪之革命事业，誓如青天白日光耀长流
——大东适信社东京总社同人

为公义关闾万里，旋仆旋起，不减加里波的豪怀，日月庆重光，每念厅登独立，钟撞自由，受赐敢忘国父
扶三权鼎立千秋，其慎其难，常护孟德斯鸠民约，京华商大计，何堪

笛听断肠，碑看坠泪，哀思更遍天涯
——日本神户华侨追悼会全体

以国事走南北东西，憔悴滞京华，为谁辛苦
有正气贯日星河岳，英雄造时势，亘古常昭
——日本神户华强学校

扫除专制，缔造共和，筚路仰功高，先生虽死，自由不死
诛锄淫威，拥护约法，主张未贯彻，国民尽哀，世界亦哀
——日本神户华侨商业研究会神户中国阅书社

戡时伟抱，开国元勋，对宋卿不作谀词，而今已矣
剖解未瘥，医疗无术，因癌疾本为沉痼，莫能愈之
——日本大阪中华书报社

数千年专制推翻，艰苦备尝，群称报国无双士
四百州风云卷起，共和创定，独作新民第一人
——柯鸿烈

【注】柯鸿烈，驻神户、大阪领事。

俄国革命唯列宁，美国革命唯华盛顿，我公堪齐驱并辔而行，中华自有奇男子
儒家救民如孔子，释家救民如牟尼尊，

斯从系霖雨苍生之望，历史应推
　　伟丈夫

　　　　　　　　——柯鸿烈

匹夫负天下兴亡，由革命以臻共和，
　　为国为民，终始唯期一贯
英雄造当今时势，无牺牲莫供建树，
　　谁毁谁誉，论评自有千秋

　　　　　　　　——龚嘉

【注】龚嘉，中华民国驻神户领事馆主事。

居天下广厦，立天下正位，行天下大
　　道，真可称先觉者
富贵不能淫，贫贱不能移，威武不能
　　屈，是之谓自由神

　　　　　　　　——郑瑞图

【注】郑瑞图，神户中华总商会会长。

推倒一世豪杰，开拓万古心胸，成功
　　不居，光争日月
喑呜山岳颓崩，叱咤风云变色，赉志
　　以没，泪洒英雄

　　　　　　　　——何子铨

【注】何子铨，神户华强学校校长。

兰言犹在耳，记当年画策南洋，只为
　　解悬苏后起
蒿曲已伤心，偏此日观光东岛，不堪
　　挥泪哭先生

　　　　　　　　——林文庆

立志在平等，四百兆同胞，有口皆碑，
　　咸称为伟大人物

只手创共和，数十年罔懈，以身许国，
　　终贻留不朽勋名

　　　　　　　　——张益三

八举战旗，四入羊城，武足述矣
三民主义，五权宪法，文在兹乎

　　　　　　——鲍连就、郭耀棠

主义深入人心，先生可谓不死
遗言昭然在耳，吾侪永矢弗谖

　　　　　——马西苓、薛禾萱、朱子帆

为国万死弗辞，勋业丰功，冠绝一世
革命百折不回，热诚毅力，独有千秋

　　　　　　　　——熊道玫

立身为主义，谁是谁非，百折不挠抒
　　素志
爱国出真诚，无私无我，千秋而下有
　　公评

　　　　　　　　——乐祖华

替民族谋幸福，始至终不屈不挠，先
　　生已矣
为国家策安宁，今而后再接再励，吾
　　侪勉之

　　　　　　　　——陈清机

奋斗到死，昔日排满，近年护法，不
　　成功不懈此志
坚忍无匹，伦敦被难，广州蒙尘，愈
　　失败愈见精神

　　　　　　　　——何江

噩耗传来，海天顿暗，我辈最伤心，痛望祖国谁改造
英风不泯，主义犹存，同胞须努力，暂行遗训莫空悲
————周曙山

高哉，三民主义，五权宪章，纵未实行，亦已勋名盖宇宙
伟矣，钟山龙蟠，石头虎踞，安然高枕，永留英范在人间
————鲍奕筠

富贵不能淫，贫贱不能移，威武不能屈，惟先生足以当之
好学近乎智，力行近乎仁，知耻近乎勇，愿国民各自勉焉
————王思恭、郭维翰、董炽昌、郭利原

只身任天下安危，记曾剑析矛炊，谁识万箭心钻，一腔血热
敝屣视人间富贵，唯抱忠肝毅魄，迅使五权法立，三民义张
————杨其焕

先生去矣，问三民主义五权宪法，真理奥义，谁任继承阐发
同胞悲乎，听一片噩耗普天同哀，吞声忍痛，如何纪念宣传
————刘重炬、张青鉴

创三民主义，创五权宪法，功在当代，泽被后世，先生何尝死
为九州慈航，为四海导师，谶惊龙蛇，曜潜日星，吾党谁与归
————周济洋

为国际地位平等，政治地位平等，经济地位平等，毕生精神尽瘁于此
向帝国主义进攻，军阀主义进攻，资本主义进攻，一世奋斗至死不渝
————王树声

殚毕生心思才能改造邦基，大业犹未成，终赢得名满天下，谤满天下
为举世弱小民族力伸公愤，英雄曾有几，怕莫是俄国一人，中国一人
————费哲民

言为天下用，行为天下则，以一身系天下安危，视死如生，问斯世能有几
总国民党纲，倡国民会议，历卅载图国民幸福，从今而后，继先生者云谁
————郑寿民、郑寿荪

阅四十载革命元勋，谋平等，求自由，历美游欧，行踪殆遍，虽则非难众起，心愈坚贞，当年颠沛流离生死不渝其志
受第一任临时总统，建共和，翻专制，成功解职，夙愿已偿，讵图政变迭兴，事多反复，今日英雄殂谢毁誉悉听诸人
————陈秉心、陈日安、郑紫垣、鲍荫南

为主义为共和为国民革命，奋斗四十

年，志弗少衰，如先生具此精神，震古烁今，真足与日月争光，并与东亚山河永垂不朽

求自由求平等求世界大同，唤起亿万众，责在后死，愿我辈齐其心力，开来继往，务必使邦家克定，且使列强金铁消灭无形

——陈季博

国是未宁，资公硕画
天胡此醉，夺我元勋

——菲律宾华侨国民会议促进会

正气存天地
哀思遍海峤

——安南会安华侨追悼会会场大门

非常之原，黎民所惧
创业未半，中道崩殂

——安南会安华侨追悼会牌坊

鞠躬尽瘁，死而后已
山颓木坏，吾谁与归

——安南会安华侨追悼会礼堂

百姓如丧考妣
四海遏密八音

——安南会安华侨追悼会香案

中国仅此完人，嗟乎！天竟夺之，邦其焉托
列强肆行侵略，惨哉！国祚若此，民何以堪

——中国国民党驻安南金瓯支部榕榄市第二分部第四区分部同人

志在三民，道在三民，忆横滨致和馆几度握谈，卓有精神贻后世
忧以天下，乐以天下，被帝国主义者多年压迫，痛分余泪泣先生

——潘佩珠

【注】潘佩珠（1867—1940），越南近代青年爱国运动领导者，孙中山的友人。

海涵地负
山高水长

——新加坡养正学校追悼大会

物化人亡，只剩丹心昭白日
风凄雨泣，遥从赤道吊黄魂

——南洋雅加达各界追悼大会

竭毕生奋斗之功，纵然勋业未完，而主义则自西自东，自北自南，无思不服
具百折不挠之气，就令身躯已化，其精神实如冈如陵，如山如阜，历久常存

——南洋雅加达各界追悼大会

军阀专横，官僚专横，政客专横，所有富豪巨贾俱专横，当代人欲横流，非遵我公主义，实行建国大纲，安见赤县神州，不随日月潮流而去
税关被夺，航路被夺，租界被夺，其余铁路矿山亦被夺，际兹主权夺

尽,没照先生遗言,取消列强苛约,岂会欧风美雨,直逼太平洋面而来
　　　　——钟公任题印尼雅加达追悼大会

【注】钟公任,广东蕉岭人,时为《天声日报》《华锋报》总编辑。

山颓木坏
地哭天愁
　　　　——南洋万隆华侨追悼大会

人其殉国
天不慭遗
　　　　——南洋万隆华侨追悼大会

追华盛顿,踵玛志尼,事业足相牟,伟力独擎民主国
是大伟人,乃救世者,忠魂应不灭,英灵长护汉河山
　　　　——南洋万隆中华学校全体教职员

家国损栋梁,顿教后起诸生,怅触山颓增感慨
英名腾海峤,共说元勋伟绩,留将碑记托怀思
　　　　——南洋万隆中华学校全体学生

国步正艰难,方期国父慈航,拯救苍生出烈火
风潮犹澎湃,那许元勋仙逝,谁将砥柱挽狂澜
　　　　——南洋万隆华侨平民公学学生

后起问何人,想当年驱虏灭胡,万古功名夸独步
续行惟我辈,思此日继志述事,三民主义作先锋
　　　　——南洋万隆华侨平民公学学生

五千年青史此事谁能,任他毁誉丛来,直到盖棺,魑魅仇雠齐痛哭
四百兆苍生而今安赖,太惜英灵不返,定难瞑目,东西南北尚烽烟
　　　　——南洋万隆中华总商会

国父云亡,南侨痛哭
巨星陨落,东亚无光
　　　　——南洋万隆华侨民仪书报社

三民主义,五权宪法,建设具良谟,千载英雄惟国父
军阀猖狂,帝孽盘踞,剪除谁属任,万方涕泪哭先生
　　　　——南洋爪哇协义会总理董事

数十年为国牺牲,东奔西驰,此日噩耗传来,凄迷风雨凝血泪
卅余载为民奋斗,南征北伐,一旦灵光遽殒,顿教后起失长城
　　　　——南洋爪哇华侨协义会学校学生挽

除帝孽,去军阀,扫尽莽莽神州专制之雾,为吾侪责任
立三民,行五权,开遍茫茫禹甸自由之花,慰先生英灵
　　　　——南洋爪哇岛华侨竞彰公司

行革命事业,立学说大纲,定建国方

略，前无古人，后无来者
表共和真谛，扬民治精神，反帝国主义，生为先觉，死为英灵
　　　　　　——南洋爪哇竞彰栈

在青天白日陡起风霾之时，得我公霹雳一声，惊破了数千年帝王专制酣梦
值外侮内讧长演纷争之候，愿同志继续不断，努力为四百兆民众事业宣劳
　　　　　　——中国国民党南洋华玲岛分部

饱尝四十年革命生涯，蹈火赴汤，到头来赢得薄海同侨，大家一哭
试看五百兆神明裔胄，齐心合力，愿此后遵照我公遗嘱，贯彻三民
　　　　　　——南洋华玲岛华侨育智学校

天下为公，平生事业在无我
国家多难，此后澄清看有谁
　　　　　　——南洋华玲岛华侨阅书报社

罗浮云，燕京月，霎时间月暗云罩，愁看紫金归侠骨
欧西雨，美洲风，经半世风餐雨淋，凄怆寰宇哭英魂
　　　　　　——南洋北加郎岸中华会馆

富贵何心，荣辱何心，恩怨何心，只本此救国孤衷，遭兹广大慈航，怒焉济斯民于苦海
种族革命，政治革命，经济革命，问谁能继公素志，使我神明华胄，屹然树伟绩于亚东
　　　　　　——南洋北加郎岸《天声日报》

天道洵难知，遽夺元勋，薄海悲号哭国父
全功犹未竟，应留遗恨，中原戡定属何人
　　　　　　——南洋麻厘吧坂中华会馆学校

二百年异族专制，赖先生伟略宏谋，光复汉室，方期食德报恩，醵金铸像，殊知噩耗传来，英灵骑鲸归蓬岛
十七次革命成功，正我辈励精图治，振扬国威，讵竟昊苍不吊，忍夺斯人，尤恨魂返无术，侨众挥泪哭南天
　　　　　　——越南华侨生瓦兢新俱乐部

想当年舍身救国，肇造共和，千古英名垂不朽
到今日举世悼公，追思遗训，三民主义总难忘
　　　　　　——高砥中华阅报社梅江别墅

痛革命半途殒首领
哭建设方殷失导师
　　　　　　——南洋西印度苏岛朱鹿埠追悼大会

一力挽狂澜，倚公俨若擎天柱
众生沦苦海，导民谁是指南针
　　　　　　——憩闲别墅同人

寄迹南洋，怆怀国事民治，与侨务革

新，方冀哲人长领导

驰神北阙，恸念元勋遗言，同典型不朽，益教同志永追思

——耕裕行同人

神州莽莽，大陆将沉，出水火起沦亡，端赖先生毅力

列国眈眈，黄魂犹梦，收法权废苛约，唯在我党决心

——郭鸣钦

国乱方殷，欲哭无泪

功成不世，虽死犹生

——倪祖培

燕北殉身，山河变色

侨南洒泪，草木同悲

——苏咏涛

内讧未已，外患方殷，当此一发千钧，先生何忍长眠弗顾

前誓毋忘，后功待续，本斯三民要旨，同志亟须奋起直追

——陈拜雄

一身系天下安危，何堪大局飘摇，遽悲撒手

举世为苍生痛哭，尚冀同人奋勉，竟厥初心

——嘉应帮帮长李云卿

热血洗乾坤，公自大名垂宇宙

擎天摧砥柱，我无余泪哭苍生

——广东帮帮长罗允谦

毁誉何足重轻，有非常人乃能议非常人者

盖棺衡此定论，观哀悼众则知得哀悼众心

——黄宝荣

伟业造邦家，四十载中外奔驰，先忧后乐

高文留信史，数千年革新学说，行易知难

——叶启明

至大至刚，竭丹心赤胆以拯国家之弊

不忧不惧，舍万死一生而任天下之劳

——刘汉杰

知难而不退，为武侯鞠躬尽瘁

耐苦而求成，类越王尝胆卧薪

——杨世祺

时势正艰难，方期砥柱中流，造就国家真幸福

人民深爱戴，讵料捐躯燕北，突来风雨倍凄怆

——李壁、李宝瑶

革命四十年，功德兼修，公真伟矣

共和十四载，风云幻变，天宝为之

——马秋帆

造时势之雄，公真不愧

为国民而死，人尽生悲

——翁清渚

戎露忽沉云黯淡
将星高落月凄凉
　　　　　　——谭俊乡

任他弹雨枪林，拼自支持，斯是乾坤留正气
此后荆天棘地，凭谁披斩，堪为世道吊英魂
　　　　　　——黎学初

国本尚飘摇，恨彼苍已瞶且聋，遽而夺予国父
民生正凋敝，愿吾党同心协力，相期张我民权
　　　　　　——邓烟昌

北望神州，漠漠愁云悲国父
南瞻爪岛，凄凄苦雨哭导师
　　　　　　——黄准权

先生归乎，举世平民齐洒泪
后死勉之，继完伟业慰英灵
　　　　　　——何军民

论奋斗精神，吾辈应愧后死
读建国方略，举世咸知先生
　　　　　　——陈景、陈尊民

国民失导师，景仰前贤流热泪
同胞须努力，完成主义救苍生
　　　　　　——林炳

去专制，行共和，赫赫勋名垂万古
护民权，立宪法，巍巍事业颂千秋
　　　　　　——温统堂、温志尧

名满天下，谤满天下，涕泪满天下
生为人民，死为人民，始终为人民
　　　　　　——林文藻

伟人不寿，天道宁论，我公长已矣
风雨如晦，鸡鸣不已，吾党其念之
　　　　　　——杨庆祥

原为中国伟人，千古不磨真主义
此日南洲侨众，万家空巷哭元勋
　　　　　　——凌丁来

毕生心血，大半销磨革命事业以去
盖世英名，完全注力平民主义而来
　　　　　　——陈立基

平民谁救，弱种谁扶，盖世英雄安可死
元凶未除，余孽未殄，满城风雨不胜愁
　　　　　　——郑若钊

我辈当尊孙先生，殚精为国，竭虑为民
同胞皆悼大元帅，虽死之日，犹生之年
　　　　　　——郭寒阙

革专制而建共和，缔造艰辛，尊称国父
抑军阀而扬民治，缅怀遗嘱，泪洒

英雄
　　　　——汤炳炎、蔡士伯

为民族革命以成功，中山不朽，钟山不朽
谋社会平等之政治，军阀未灭，财阀未灭
　　　　——黄金水

读临死遗言，知我公奋斗精神，到底不懈
叹大难未已，望后起继续工作，努力向前
　　　　——黎同生致祥号

费一生心力，救四亿同胞，争义务不争权利
创三民主义，制五权宪法，死躯壳未死精神
　　　　——钟秀珊

四十年改革维艰，为国宣劳，勋业堪齐华盛顿
八千里惊传噩耗，我心悲悼，哀声远播莫斯科
　　　　——黄明琅

我辈何伤乎，今日南岛华侨，全体悼亡悲国父
先生归去也，从此珠江粤海，永留铜像纪中山
　　　　——丘文岩

想当年我公革除帝制，叱咤喑哑，风云因而变色
睹此日吾曹追悼元勋，潸然流涕，日月为之无光
　　　　——杨纯美

三民主义，五权宪法，大功纵未告成，勋名留芳百世
唐虞德行，苏俄政纲，哲人虽已长逝，伟业永垂千秋
　　　　——葛兆廷

维持政策，体察民情，经济有奇才，如此英名谁与伍
噩耗传来，我公归去，国家正多难，从今大局孰能支
　　　　——郑展云

革命未竟全功，数月带病北行，胡乃药石无灵，亡我国父
中邦仍多隐患，一旦骑鲸西去，从此人天两恨，丧斯元勋
　　　　——侯猷郎

为民族革命，为政治革命，为社会革命，革命未成，如何瞑目
谋自由幸福，谋平等幸福，谋博爱幸福，幸福未臻，那不伤心
　　　　——蓝德厥

自身创主义，自身能实行，毅力精神超于马克思列宁之上
为国而积劳，为国以致死，丰功伟绩比诸华盛顿林肯尤高
　　　　——吴审机

我公霹雳一声，黄魂唤醒，四万里锦绣山河，风景依然归故主
民党彪彰正义，黑幕打穿，五千年专制政体，愁云不复罩神州

——陈骏衡

平民何不幸也，方铲除专制，肇造共和，国贼未歼，遽丧元勋于北阙
领袖洵称健者，正宣传主义，制成宪法，巨星忽殒，顿教黎庶哭南天

——伍万能等

知难行易，破前哲千载学说之非，讵当年知未尽行，太惜身便死矣
白日青天，是我公一生事功所寄，看此际来青去白，宜乎人无间然

——黎宗烈

扫军阀之淫威，扫官僚之颓俗，不要钱不营私，四海闻风，顽廉懦立
为人群谋平等，为国家谋富强，不畏险不苟安，一生伟绩，山高水长

——谢海霖、林文眼

造四百兆同胞幸福，身家不顾，名利不图，伟业惊人，传世何惭华盛顿
除五千年专制淫威，劳苦弗辞，死亡弗计，大公无私，论心岂比拿破仑

——周中秋

八千里重到燕京，直欲贯彻国民会议精神，不惮辛劳，希望河山统一
十余年改造粤省，提倡打倒军阀专横主义，未酬夙志，何期中道崩殂

——丘一粟

为推翻四千余年专制政体起见，竭力殚心，勇往前进，邈矣，先生遗范永堪我辈式
谋解放亿兆群众民族束缚之故，鞠躬尽瘁，死而后已，伟哉，国父精神长留史册芳

——黄掌权

痛满清失政，惧国土分崩，提倡革命，想当年奔走呼号，百折不挠，如此江山还汉族
抱主义北上，争平民利益，解决纠纷，数阅月积劳成疾，恝然长逝，奈何天地负英雄

——池任男

尽毕生奋斗精神，求实施三民五权，目的依旧，无非是为谋民众自由，为国家争地位
洒一眶汪洋热泪，痛此后千灰万劫，纷纭所至，将何以外抗强邦压迫，内除军阀专横

——谢作民

伟哉孙公，无纵多能，是大革命家，大哲学家，大演说家，功业震古今，惟华盛顿共享英名
呜呼国父，风凄惨淡，可为平民惜，为神州惜，为世界惜，哀声遍中

外，与俄列宁同芳史册
　　　　　　　——黄元标

公真旷代伟人，推翻专制，是革命巨子，提挈劳工，是平民领袖，创造三民五权，是政治大家，主张种族平等自由，是正义天使，历历数勋名，横览全球谁抗手
国正万方多难，北望京华，则豺虎潜踞，南临桑梓，则枭獍遁逃，东听歇浦潮起，则疮痍满目，西瞰楚蜀滇黔云遮，则盗跖载途，迢迢传噩耗，翘瞻中夏实伤心
　　　　　　　——何实军

死固堪伤，死得其所，亦复何恨
生虽云幸，生而误国，实足遗羞
　　　　　　　——旅俄华商潘子儒

三出韶关，伐罪吊民，呕尽老人心血
重来燕蓟，振聋启瞆，具见先觉精神
　　　　　　——旅俄华工于林、单文信

军阀尚纵横，自当纠合同人肃清妖氛
民心犹未死，总期完成革命以慰先生
　　　　　　　——留俄学生喻森

黄埔突围，庾岭誓师，元首当殉国，于公不愧
东京解厄，伦敦脱囚，人杰堪垂训，我辈何如
　　　　　　　——留俄学生桂丹华

祖国丧元良，胡天月冷，朔漠风寒，悲乎痛矣，亿万侨黎同声哭
举世推先觉，华夏重兴，列强瞩目，噫欤休哉，三五主义永昭垂
　　　　　　——旅俄华医金廷好

外抗列强，内仇军阀，且将热血洒向民间，鼓励同仁，唤醒群众，应时势之要求，创造近代文明史
两除帝制，再造共和，尤以主义昭兹来许，起立柔懦，抑戢凶顽，开人心之觉路，卓绝亘古大英雄
　　　　　　——旅俄金矿华工单彬

吾党精神不死，国魂不灭
先生主义长在，正气长存
　　　　　——英国伦敦国民党交通部

卅年奋斗，拯得赤子出水火，惨淡经营，辟开条国民大前程
亿载伟业，引导人类入光明，陡尔撒手，弱了个世界好先觉
　　　　　——伦敦国民党交通部互助公团

奔走卅年，首创共和，次护法橥揭五权三义，抗衡强邻，论缔造之功，民国以来，公居第一
凭眺万里，眷怀故旧，念乡邦惟求统一和平，保安疆土，惜元勋倏逝，海天在望，私痛无穷
　　　　　　　——旅英华侨协会

日月光华，勋猷丕显
邦国殄瘁，遐迩同悲
　　　　　　——中华民国驻英使馆

四十年尽瘁鞠躬，赫赫大名光北斗
三万里临风殒涕，茫茫沧海失南针
　　　　　　——中华民国驻伦敦总领事馆

奔走卅年，首创共和次护法，龥揭五权三义，抗衡强邻，论缔造之功，民国以来公居第一
凭眺万里，眷怀故旧念乡邦，唯求统一和平，保安疆土，惜元勋倏逝，海天在望私痛无穷
　　　　　　——英国伦敦华侨协会

光复神州，声蜚大地，三十年伟业告成，盖世勋名当不朽
槎乘瀛海，星陨燕京，二万里哀音传至，异邦人士亦同悲
　　　　　　——伦敦忠义堂

仇复九世，龥揭三民，原只为四百兆同胞力谋幸福
哀动八荒，旗辉五色，固非徒二十一行省追悼元勋
　　　　　　——伦敦互助公团

争自由，倡革命，频年奔波，为国辛苦
谋统一，伸民权，半生忧患，克己勤劳
　　　　　　——苏格兰中国学生会

天不遗一老
公独有千秋
　　　　　　——苏锐钊

何图此日哀荣地
便是当年诱逮场
　　　　　　——黄建中

【注】诱逮场，追悼会场在驻英国大使馆，此处是当年孙中山先生被捕处。

亘古一人，天胡不憖
万方多难，魂兮归来
　　　　　　——林宗汉等

鼓吹革命，我党十居其九
肇造共和，公是首屈一人
　　　　　　——冯老山

天殒奇才，忍使苍生同洒泪
国方多难，岂无后起济宏艰
　　　　　　——周传祺

我公饥溺为怀，实能扶危定倾安民国
吾辈兴亡有责，当以继志续事报先生
　　　　　　——张鸿渐

公乃革命元勋，尽瘁邦家，遽尔尘扬东海
我亦先锋健卒，自惭巾帼，永期丝绣平原
　　　　　　——郑毓秀

联西南数行省，护法辛勤，重整河山成伟业
合欧美诸友邦，同声哀悼，长倾热泪哭先生
　　　　——吴六瞬、伍灼、梁耀璋、陈以相

愿他年偃武功成，看中国统一车书，不分南北
叹此日盖棺论定，唯先生名驰遐迩，无问东西

——辛树帜

异乡逋客，突作楚囚，含泪走新亭，克复神州雪前耻
开国元勋，遽捐燕馆，缄词效坡老，遥瞻乔岳寓哀思

——朱兆莘

辛亥兴义师，把帝制推翻，只凭却一片丹心，两只赤手
乙丑议善后，正邦家多难，更谁作中流砥柱，万里长城

——吕式筠

追随几十年，深知缔造艰难，微先生歃血主盟，谁与击楫
拜别才两载，每忆袍泽甘苦，唯后死卧薪继志，誓再枕戈

——刘兆铭

毁帝制，创共和，知难行易，较尧舜禹汤周公文王孔子诸圣为高明，上下五千年，前无古人，后无来者
讲自由，争平等，救国导民，为英俄德法日比意奥土保十国所敬畏，纵横九万里，其生也荣，其死也哀

——康德黎

【注】康德黎（1851—1926），英国医师。

生时就职南京，殁后葬身吴会，孝陵在望，地下遇高皇，慷慨谈心有良伴
昔年被拘行辕，此日设祭使馆，节署依然，会中逢堪利，凄凉感旧说先生

——沈汝潜

【注】旅英华侨在驻英使馆举行追悼会，使馆正是当年清政府诱捕孙中山的地方。堪利，即康德黎，孙中山的医师，孙中山蒙难后，他营救最为得力。

内除专制，外抗强权，我公胸有韬略，廿余年奔走经营，立功立言名不朽
上尽城狐，下多社鼠，吾辈手无柯斧，数万里飘零感愤，忧时忧世恨无穷

——黄联镳

除专制以申民权，建共和以奠国本，大功犹未竟，何乃天道无知，不遗一老
居异乡而叹身世，怀中土而忧乱离，客感已靡穷，那堪海陬望祭，痛哭先生

——王俊

吾党有斯人，能使帝王甘俯首
天不遗一老，每思国父更伤心

——美国芝加哥侨商追悼大会

开追悼，赋归来，沐雨栉风，涉数万里重洋，情难自已
创共和，倒专制，拨云见日，览五千年历史，功莫与□
——美洲同盟会俱乐部

廿载追随，忆当年海外逃亡，军糈难筹，孤灯对洒英雄泪
一生奋斗，痛此日党中无主，国基未固，同志完成革命功
——美洲华侨代表黄伯耀

先天下忧以忧，志行倘旦夕抒申，旷世古今无与匹
后列宁死而死，成败留人间评论，噩音中外有余哀
——美国李佳白

【注】李佳白（1857—1927），美国传教士。

◎ **挽黄兴、蔡锷二副**

胡天不吊，忍使五龄幼稚共和国，痛革命巨子，护法元勋，旬日顷鬼箓同登，栋折榱崩悲大厦
而我无能，惨将万里暌违后死人，听黄浦哀音，东瀛噩耗，一周间长城再坏，桄风椰雨泣遐乡
——韩希琦

【注】韩希琦（1873—1933），字君玉，福建诏安人，于清光绪年间旅印尼，印尼中华总商会座办，前《爪哇日报》主编。

继渔父英士血流黄歇，义烈千秋，泪洒难干，旧雨凋零悲故我
同逸仙宋卿志在共和，名齐一世，功成不竟，中原寥落哭斯人
——韩国申圭植

【注】申圭植（1879—1922），韩国独立运动领导人。

◎ **挽黄兴**

是邻邦不世人才，方期左挈右提，同谋幸福
令我辈闻风向慕，遽惜道长运短，竟陨华年
——日本山长初男

◎ **挽陈其美十副**

公归去时，抔土几埋名士泪
我凭吊处，中原未断伟人悲
——加拿大域多利中国国民党交通部同人

象冈楼中，武士翰章成国宝
染玉家里，文君际会尽公恩
——日本文富杉浦铁

薄海同悲，夺我元戎黄歇浦
归魂何处，见公灵爽浙江潮
——留日学生会总会

贼犹存焉，问何时扫穴犁庭，歼除

元恶

公竟去矣,看今朝素车白马,凭吊英魂

——日本东武剑郎

沧海横流,相期砥柱颓风,争回人格
将星忽殒,会看黎庭杀敌,打荡妖氛

——申圭植

是大义士,是大英雄,救国戕身,薄海人民齐下泪
具真诚心,具真魄力,致死伐贼,他年青史永垂名

——中华革命党越南、东京同人

筹安毒焰,煽灭公躯,杀身足以成仁,千载长留烈誉
沪渎罡风,摧残国士,共和依然无恙,九原才慰英魂

——日本神户华强学校

吴授卿,宋渔父,生与齐名,死与同归,壮志未遂,留取丹心照千古
大革命,真共和,创之维艰,久之靡定,万方多难,空余热血到重泉

——申圭植

同甫霸才,元尤豪气,义门夙产奇英,羡我公祖本独承,伟绩创开民国史
桃源先逝,善化后亡,沪渎频摧砥柱,痛隔岁德星中殒,天风怒泣浙江潮

——湖北留日同乡总会

生耳死耳,勋业已耀千古,于公个人可谓了事,暂且莫论中国前途,辅车盟同志诚多年,相期共造生灵福
梦耶真耶,哀声忽起四方,问彼老天究竟何心,不敢重过新民故宅,接邮筒计时限一日,岂意遽成永诀音

——申圭植

◎ 华侨1925年追悼"五卅"惨案烈士二副 [美国]

为劳动解放而牺牲,这种精神,直使腐儒动魄
向世界呼叫以申雪,最终胜利,还需将伯助予

使非公等牺牲,国梦不知何日醒
尚有吾侪奋斗,民权誓要异时伸

【注】上述两联是1925年美国华侨追悼"五卅"惨案烈士大会用联。"五卅"惨案,指1925年在中国共产党领导下的中国人民反对帝国主义的革命运动中,上海工人、学生十余人被英帝国主义杀害的事件,时值5月30日,故史称"五卅"惨案。事后掀起了全国性的反帝斗争运动。

◎ 挽陈炯明四副

中原何日靖,本党何时兴,东山再起

望谢安，何期瞆瞆苍天，竟夺亮节清风岳武穆

救国非空谈，济民求实际，长沙痛哭思贾谊，怎奈茫茫大地，不遗文韬武略张方平

——致公党驻美洲金门地方总部

【注】陈炯明，致公党创始人。

不屈不谣不移，巍巍大丈夫，早悬人格示多士

立功立言立德，昧昧世间法，莫挽公躬加数年

——致公党驻加拿大纽丝伦地方总部

循州初虎哮，岭表试龙骧，倒满讨袁，合教同胞钦伟绩

边省付鲸吞，中原犹逐鹿，伤时忧国，那堪异域吊乡贤

——吉隆坡芙蓉鹅城会馆

党悲遘闵，国耻丧权，大树已凋零，谁是殚心扶赤县

母尚在堂，子随逝世，英雄多磨折，那堪搔首向青天

——致公党驻秘鲁地方总部

◎ 挽朱瑞

始终以顾全浙局为心，名将几人，能如循吏

国家有寄托长城之责，中原多故，遽殒元戎

——梅藤更

【注】朱瑞，民国时浙江都督。

◎ 挽环龙

环龙君是当世神龙，快哉列子御风，绕场三匝

盘马路看行空天马，伤矣杞妻不哭，市骨千金

【注】环龙，法国著名飞行家，民初来我国献艺，不幸殒命在上海。

◎ 挽胡景翼

中华丧大将
民国失长城

——佐佐木

【注】胡景翼（1892—1925），陕西富平人，早年追随孙中山，辛亥革命后，任河南督军兼省长。佐佐木，日本近代名人。

◎ 挽陈德霖

台呈妙舞，冠绝当时
梁绕清歌，领袖群彦

——葛提民

【注】陈德霖（1862—1930），京剧"青衣泰斗"。葛提民，意大利驻华使馆参赞。

◎ 挽兄郁曼陀

天壤薄王郎，节见穷时，各有清名闻海内

乾坤扶正气，神伤雨夜，好凭血债索辽东

——郁达夫

【注】郁曼陀，一位正直法官，1939年8月被日本特务暗杀，次年于上海召开追悼会，其弟郁达夫从新加坡寄此挽联。

◎ 挽许地山

嗟月旦停评，伯牛有病如斯，灵雨空山，君自涅槃登彼岸
问人间何世，胡马窥江未去，明珠漏网，我为家国惜遗才

——郁达夫

【注】许地山，现代作家，1941年逝于香港，郁达夫遥寄挽联。

◎ 悼八年抗战阵亡将士

杀敌仗雄心，弹雨枪林，剧怜魄丧九泉，可哀可悼
舍生留正气，成仁取义，惟冀魂归万里，来格来尝

——彭中流

◎ 悼卢慕贞女士

相夫建国，教子亲民，福寿已全归，一代母仪留世范
皈主输诚，待人明德，风云当有变，异乡公奠仰彤徽

——彭中流

【注】卢慕贞女士，孙中山原配夫人，病逝濠江。

◎ 挽谭延闿

身骑箕尾，气壮山河，记从上国分尊俎
驾返仙山，哀衔沧海，还为中朝惜凤麟

——华洛思

【注】谭延闿，国民政府行政院长，1930年9月22日病逝。华洛思，比利时王国驻中国特命全权大使。

◎ 挽林迪臣

岩岩高山，偶相见，长相思，总生平只一面
堂堂上国，以实心，求实政，如大夫有几人

——伊藤致

◎ 挽何眉生

公不在廿世纪中，虽国家将兴，定少许多伟业
我来自三万里外，有朋友之丧，从无如此伤心

——美福开森

◎ 挽鲁迅二副

译书尚未成功，惊闻陨星，中国何人

领呐喊
先生已经作古，痛忆旧雨，文坛从此
　　感彷徨
　　　　　　　　——斯诺

有名作，有群众，有青年，先生未死
不做官，不爱钱，不变节，是我导师
　　　　　　　　——佐藤村夫

◎ 挽李苦禅

艺事无涯泽寰宇
哲人有范垂晚晴
　　——日本长崎孔庙及中国历代博物馆工
　　　作人员

◎ 挽叶公超（1981）

坛坫论贤劳，中外推公超国士
艺林失豪逸，门墙许我哭达师
　　　　　　　　——杨联陞

◎ 挽赵元任夫妇（1982）

语学传魁元，任公独步
坤仪重远韵，卿我同心
　　　　　　　　——杨联陞

【注】赵元任，曾字重远。杨步伟，字
　　韵卿。

◎ 挽赵丹

风流文采，永存银幕上

音容笑貌，常在人心中
　　　　　　　　——黄文欢

【注】黄文欢，越共领导人。

◎ 挽徐向前元帅（1990）

身先士卒军心暖
威震沙场敌胆寒
　　　　　　　　——黄文欢

◎ 挽邓小平十副

奋起改革，深得华侨敬爱
勇于拓荒，堪谓千古流芳
　——莫斯科华侨华人联合会，中华总商会

改革经济，祖国人民得益匪浅
开放国门，天下华商感恩永志
　　——莫斯科华侨华人联合会、中华总
　　　商会

一生戎马，半纪奔波，改革开放，振
　　兴华夏，鞠躬尽瘁，丰功伟绩留
　　青史
两制构思，全民拥护，惊闻噩耗，痛
　　折栋梁，举国同悲，哀悼神州济
　　世才
　　　　　　　　——印尼林侃祥

打开国门，大仁大勇
拨乱反正，救世救民
　　　　　　　　——美国华人

一代伟人，功存党国尊元老

千秋勋业，泽被苍生盖世雄
　　　　　　　——美国华人

举世同钦，改革兴邦尊舵手
永垂不朽，福民富国仰人豪
　　　　　　　——美国华人

盖世勋功垂宇宙，鞠躬尽瘁
遽传讣讯震人寰，薄海同哀
　　　　　　　——美国华人

特色理论不朽篇章，启国民心智
改革开放千秋伟业，引巨龙腾飞
　　　　　　　——美国华人

行改革开放，万民敬仰
立一国两制，举世流芳
　　　——缅甸仰光华裔商会追悼会场

立马横刀，开拓千古德业
以法治国，宏图万世流芳
　　　　　　——墨西哥高齐民

◎ 挽沈从文

不折不扣，亦慈亦让
星斗其文，赤子其人
　　　　　　　——傅汉思

【注】傅汉思，美汉学家。

◎ 挽陈毓祥四副

壮志未酬，英魂长守钓鱼岛
豪情不减，精卫恒飞赤尾屿
　　　　　——纽约保钓行动委员会

【注】陈毓祥，香港人，为保卫钓鱼岛捐躯。

报国起孤忠，船上望中华领土，跃海投涛三千丈
沉波酬壮志，海中挽祖国江山，捐躯保钓第一人
　　　　　——美国南加州保钓联盟

壮志成仁，炎黄儿女悼英魂
誓保国土，永为勇敢中国人
　　　　　　——芝加哥各界华人

毓秀钟灵，伟烈宜殉中国海
祥麟瑞凤，英灵长卫钓鱼台
　　　　　　——澳大利亚陈耀南

◎ 挽圆拙法师四副（1997）

昔日座下聆妙法，指示迷津，常劝弟子修净土
今朝佛前礼慈尊，不忘法恩，衷祝吾师登金台
　　　　　　　——菲律宾传芬

【注】圆拙法师，近代弘一法师的高足，中国佛教协会副会长，福建佛教协会名誉会长。

老前辈已无多，又弱一个
善知识难再得，挥泪千行
　　　　　——新加坡龙山寺监院传健

兴梵刹，育僧才，流通法化，厥功巨伟
严毗尼，修净业，福利人群，至德难忘
——印尼大乘佛教僧迦会主席定海

尽心尽力，办世间最要紧大事
立功立德，成天下第一等好人
——澳大利亚甘露寺明善

◎ 挽马萧萧二副（2009）

大德无疆，墨韵曾倾枫叶国
三年至痛，泪痕忍对菊花台
——加拿大中华文化研究院

【注】马萧萧（1921—2009），诗人，书画家，曾任中国楹联学会会长、名誉会长。

情每以心铭，难报之恩多惠我
酒今和泪饮，能疗此痛复生公
——加拿大黄斌

◎ 广东汕头中华永久墓园

宝境香炉，三江水蔚侨裔
福地灵园，千秋瑞蔼潮汕
——某华侨

题赠

下编　交流篇

◎ 赠邓小平

忧乐关天下
安危系一身

——美国潘力生

◎ 赠北京陆敏

敏捷且专长，术擅气功治病
师资凭二证，书兼文艺展奇才

——新加坡陈清能

◎ 赠秦皇岛钟启宗

启宇安居，从兹自由发展秦皇岛
宗枝蕃衍，勿忘显赫威灵广福宫

——新加坡陈清能

◎ 赠林散之

诗书敦宿好
园林无俗情

——梅舒适

【注】林散之（1898—1989），南京人，我国书法家。梅舒适，日本友人。

◎ 得自传寄赵师母（1947）

十年长别，公夫妇风采犹存，齐眉话前因，自传亦即合传
八口同乐，我如今明白伊始，拜手称恭喜，旧闻又成新闻

——杨联陞

【注】赵师母，即赵元任夫人杨步伟（1889—1981），南京人，著有《一个女人的自传》等。

◎ 赠沈阳黄静

黄海观涛宏远瞩
静心养性矜高瞩

——新加坡陈清能

◎ 赠长春黎明侄女

黎明竞向太空发
科技完成探月行

——新加坡陈清能

◎ 赠吉林高昇

高尚温情迎旅客
昇平气象振家风

——新加坡陈清能

◎ 赠哈尔滨冯励

冯家有女娇而健
励志无私识且丰

——新加坡陈清能

◎ 赠福建圆瑛（1929）

暨见三毯随物抛
何无双木与年新

——常盘大定

【注】圆瑛，福建雪峰寺方丈。常盘大

定，日本古建筑学家，佛教学者。

◎ **赠江西萍乡彭江流**

江水滔滔终入海
流光冉冉总如春

——澳大利亚刘祖霞

◎ **赠山东赵利勤**

利国利民还利己
勤师勤友且勤家

——新加坡陈清能

◎ **赠武汉覃鹉翰**

武卫文谋当爱国
汉书宋画具精华

——新加坡陈清能

◎ **赠欧初**

千四多哩飞渡长空，只缘向往佛国风光、侨情文教，访问具真诚，满城灵犀迎汉胄
三百余万居留旅客，毕竟深明潜能科技、懋迁迎宾，欢聚旧情谊，平添神韵亮天声

——泰国傅逸民

【注】欧初，1986年2月，以欧初为团长的广州诗社一行十人，应泰国华诗学社邀请，参加中泰诗人丙寅元宵曼谷雅集。傅逸民，泰国华侨，时年85岁。

◎ **赠广州杜埃**

职长宣传，文采诗词师李杜
名符其美，清廉道德避尘埃

——新加坡陈清能

◎ **赠广州华南大学工学院树功侄**

树帜化工，培育专才为祖国
功居社会，龄高赍志振华南

——新加坡陈清能

◎ **赠广州海筹侄**

海量情怀亲友谊
筹添作育励青年

——新加坡陈清能

◎ **赠广州淑蔚侄女**

淑慎坚贞崇教育
蔚然浩气振民风

——新加坡陈清能

◎ **赠广东杨怀**

杨舟伴月一壶酒
怀笔抒情七步诗

——美国张家修

◎ 赠广东赵峰强

峰颖生灵府
强能在笔端

——美国张家修

◎ 赠广东大埔湖寮罗福源中医师

福慧双修，术擅岐黄书有价
源泉万斛，家齐梁孟爱为根

——新加坡陈清能

◎ 赠广东大埔芙蓉黄境兴

境况殊荣，祥徵五福
兴隆骏发，利达三江

——陈清能

◎ 赠广东大埔芙蓉罗情英

情坚爱挚鸿光范
英智贤明孟母风

——新加坡陈清能

◎ 赠广东大埔湖寮林永松贤甥

永守家风光祖德
松如鹤算式年华

——新加坡陈清能

◎ 赠广东大埔汪裕源伉俪

裕国富民齐奋发
源流环保利飞鸿

——新加坡陈清能

◎ 赠香港杨瑞生三副

瑞瑞无穷歌大有
生生不息庆长春

——澳大利亚梁羽生

瑞霭纷呈觇世运
生机蓬勃见天心

——澳大利亚梁羽生

瑞气氤氲销戾气
生机蓬勃弛锋机

——澳大利亚赵大钝

◎ 赠香港赵一江二副

一江春水迎芳客
万里河山壮画图

——新加坡陈清能

利宏迈向长江发
威信咸孚万宝来

——新加坡陈清能

◎ 题李卓敏画竹（1976）

卓尔不群，当惟大雅
敏而好学，爱振斯文

——杨联陞

【注】李卓敏，时为香港中文大学校长。

◎ 赠香港保藏弟

保持兄弟情，合作经营沾地利
藏集古今智，筹谋创业喜天成
——新加坡陈清能

◎ 赠香港保鸿弟

保重值千金，成家立业诚忠信
鸿程期万里，耀祖光宗孝悌贤
——新加坡陈清能

◎ 赠台湾黄光国博士

光华激发成功志
国运昌隆赛世名
——新加坡陈清能

◎ 赠延静

开口能谈天下事
读书先得古人心
——韩国金膺显

◎ 赠胡念祖

诗文存正气
艺术育英才
——美国潘力生

◎ 赠张令闻

笔下山川传令誉
纸中花卉可闻香
——美国潘力生

◎ 赠刘万泉

捃摭群言，怀铅提椠
瞻维千载，烁古耀今
——美国潘力生

◎ 赠孙宝涵

摛藻存仙骨
多情乃佛心
——美国潘力生

杂题

下编　交流篇

安徽黄山迎客松

倚壁苍松，迎过几多游客
凌云壮志，问谁先上巅峰

——美国潘力生

题《中国楹联报》

对句对歌，四面欣逢新对手
联肩联步，五洲喜结大联盟

——美国张家修

捐赠抗疫口罩联

山川异域
风月同天（唐诗集句）

——日本前首相鸠山由纪夫

题湖南绥宁寨市

一块风流地
千年故事堆

——澳大利亚刘芷晴

题湖南邵阳宛旦平故居

小宅已成根据地
中华不缺继承人

——澳大利亚王文东

趣对英杰三出句

（出句）青梅煮酒多而滚

（谐音多尔衮）

（对句）白马横枪少亦夫

（谐音邵逸夫）

——美国寒居

（对句）赤壁鏖兵废正清

（谐音费正清）

——德国紫荆

（对句）红杏出墙倍多芬

（谐音贝多芬）

——德国惜月

（出句）周公不解红楼梦
（对句）织女应知鹊桥仙

——捷克刘微

（对句）唐帝曾游白鹿原

——奥地利夕露沾衣

（对句）玄奘偏攻大藏经

——德国岩子

（出句）青玉案头，烛影摇红如梦令
（对句）小重山下，霜天晓角踏莎行

——瑞士 Ihnishirluy

◎ 附录：本书主要参考资料

《师竹庐联话》，窦镇著，清刻本。

《古今联语汇选》，胡君复编、常江重编，西苑出版社，2005年。

《孙中山哀挽录》，三册，孙中山治丧委员会编，1924年。

《胡志明与中国》，黄铮著，解放军出版社，1987年。

《中山古今楹联选集》，中山市中山诗社编印，1993年。

《中外文明交流史话》，冯君豪著，中国华侨出版社，1994年。

《潮州会馆史话》，周昭京著，上海古籍出版社，1995年。

《海外侨团寻踪》，方雄普、许振礼编著，中国华侨出版社，1995年。

《泉州对联丛谈》，许书纪、陈建玮、胡毅雄，厦门大学出版社，1995年。

《妈祖庙宇对联》，徐玉福编著，江西人民出版社，2000年。

《海外华人思乡名联》，潘力生主编，广西民族出版社，2000年。

《片石斋联稿》，李求真著，天马图书有限公司，2000年。

《韩国研究论丛》（第十辑），复旦大学韩国研究中心编，中国社会科学出版社，2003年。

《中外孔庙楹联集》，黄太茂编著，天马出版有限公司，2006年。

《美国华人史（1848—1949）》，潮龙起著，山东画报出版社，2010年。

《韩国文化遗产之旅》，韩国《视角》编辑部编著，李华敏译，生活·读书·新知三联书店，2007年。

《日本三国名胜图绘》，角川书店，昭和58年。

《日本长崎名胜图绘》，角川书店，昭和58年。

编织五彩云霞（跋）

常 江

　　我和华荣兄的交谊是从 1983 年开始的，应该说，那是当代楹联史的一部分：我在青海自办油印刊物《楹联通讯》，他在起草成立全国性楹联组织的《倡议书》；我正发愁鞭长莫及，难以推进成立组织；他却在太原为我们找好了接受单位，甚至选好了住房；地质部一纸通知，我毫无阻力地调回北京，着手筹备中国楹联学会；他按着分工，紧锣密鼓地筹办《对联》杂志；他来北京，我去太原……草创时期结下的情谊，无比真实，无比珍贵，而延续下来，却无比困难。

　　难得的是，我们的感情从未淡薄，且与日俱增。维系我们的，一是书信。他比我做得好，竟保留了我写给他的一百多封书信，而且不少是我向他倾诉真情的。有这个基础，我便在编选《常江文集》时增加了书信一卷。二是编写对联书目。这是我们都分别做的事，后来他把自己编成的书目，都给了我。三是关注国外楹联。这也是我们从 20 世纪 80 年代初开始的自觉行动，共同署名，介绍国外楹联。还是他做得好，一直在《人民日报》海外版等处开设专栏，以这种独特的视角宣传楹联历史和相关知识。

　　2017 年夏天，他跟我说，眼力渐弱，精力不足，将所有的国外楹联资料，全部移交给我，由我相机处理。这是无法推辞、也必须接受的信任和嘱托。深秋时节，我托人从太原取来两大箱资料，那是华荣将几十年的心血交给我了。

　　他收集资料，我整理资料，难得的一次合作。

　　我把十二卷《常江文集》编辑、出版、发行等事情处理完毕，才有了整段时间。从 2019 年春节开始，准备用一年的时间做这件事。当我和妻子把所有的资料在大床上摊开,不只是无限感叹,简直是无比震撼!

十六开的稿纸上,贴满了纸片,每一片是一则对联资料,按国家分层粘贴。

那纸片,有不同形状,长形,方形,巴掌大;说是"巴掌",有成人巴掌,有婴儿巴掌,有狗爪子,也有猫爪子……

那纸片,有不同质地,白纸,报纸,稿纸,彩色纸,甚至包装纸;可以想见,那是发现了资料,临时记下的……

那纸片,有不同墨色,黑色,蓝色,红色,绿色;看得出,不是一次写出的,每次手边有什么笔,就抓起什么……

这哪里是一层层自制的资料卡片,分明是一朵朵积累的五彩云霞!我的任务非常明确,就是剪之、裁之、缝之、补之、分之、合之、涂之、抹之,精心编织成漫天云锦,万里云涛。

这种编织并不容易,如何在总体设计下条分缕析呢?我的一些考虑,也许既能帮助读者理解,又能给编者一些参考。

首先是,对联按什么规律排列。通常的做法,是先按五大洲,再分国别,这很省事。这样的归纳,几乎没有什么学术性,而且各国对联的多寡,相差太大。如果编选国内的对联,西藏、青海的数量极少,读者很容易理解;域外对联,为什么此国几百副,彼国只有一两副,是搜集不到,还是另有原因?实在无法解释。

我一直认为,"分类排列",能体现编者的科学精神,是全神贯注思考的产物。我编的《格言对联大观》,九类;《古今对联书目》,二十八类;《新编巧妙对联》,三十一类;《数字合称大辞典》,六十四类。本书分类的方式,打破国别,是个很不错的选择。

其次是,哪些算是国外对联。有如下几种情况:外国人写外国事、赠外国人,算;外籍华人写外国事、赠外国人,算;中国人写外国事,算;中国人赠外国人,可以算;外国人赠中国人(如日本人挽孙中山),应该算;外国人写中国事(如某人题黄山),能算吗?外籍华人写中国事、赠中国人,能算吗?海外华人(未入外籍)写中国事、赠中国人,不能算吧?

情况很复杂,按作者国籍、按人事国籍、按知识产权归属,都不能一揽子解决问题,这类"说不清楚"的作品,数量又很大,不可不收。于是,我将所有的对联分成"远传"和"交流"两编,如此囊括,似乎没有多大疑问了。

这就自然涉及书名了。"国外""外国",我都觉得"界限"过于清楚,这些对联基本上是汉语文化传播的结果,用"域外"似乎更有"远传"和"交流"的内涵。

　　还请读者理解的一点是,我们的注释比较少,不像一般诗词对联书籍,注释比正文还多。主要是因为可供选择的资料不多,网络上的内容又常常不敢引用。与其注错,不如不注,认真读书的人应该相信这句话。即使这样,我们也不敢保证没有错误,作为资料来源的书刊报,有多少错误转移和叠加,实在难以估算。但我们是认真进行了一番编织的,这毕竟是我们亲手织成的第一件"云锦"。

　　彩云可以散落,如同我抬头便可以望见的晚霞,很快就要消失。云锦可不一样,它可能会陪你走遍世界。最后,作为一份珍贵的礼物,送给五湖四海的朋友。

2022 年 7 月 7 日于北京